熱愛を祈願します！

Mika & Takahiro

篠原 怜

Rei Shinohara

EB
エタニティ文庫

目次

熱愛を祈願します！

1

この世には八百万《やおよろず》の神がいるという。

学問の神様、商売繁盛の神様、五穀豊穣《ごこくほうじょう》の神様、台所の神様、トイレの神様……

そして――

恋の神様も、もちろんいる。


午前九時。東京、臨海部にあるオフィスビル。

地下駐車場に停まった高級車から、春らしいアイボリーのスーツを着た女性が降りた。足にはジミーチュウの、エレガントなピンヒールを履いている。

うやうやしく頭を下げて、有吉美香《ありよしみか》は出迎えの挨拶《あいさつ》をする。

「おはようございます、社長」

「おはよう、有吉。もうすぐ四月だというのに、今朝は冷えるわね」

「はい、社長。オフィスは昨日より暖かくしてあります」

美香の返事に、女性は満足そうな表情を浮かべた。

彼女は藤堂希和子《とうどうきわこ》。女手ひとつでふたりの息子を育てながら藤堂フーズを創業し、十年足らずで業界トップに押し上げた人物だ。

日本経済界の大物を実兄《じっけい》に持つ彼女は、今最も旬な女性実業家。

そして目下《もっか》のところ美香のボスである。

「会議の前に温かいものが飲みたいわ」

エレベーターに向かって歩き出しながら、希和子が言った。美香は運転手から希和子のバッグを受け取ると、急いでボスのあとを追う。

「すぐに温かいものをお持ちいたします」

「ダブルのソイラテにしてね。それと、くれぐれも早く。わかっていると思うけど、私――」

希和子はちらりと美香を振り返り、プレッシャーをかけるような視線を送ってきた。

「待たされるのは嫌いなの」

「承知いたしました、社長」

そつなく返事をしてから、美香は心の中でソイラテ、ソイラテ……と繰り返し、先を急いだ。

有吉美香、二十七歳。今日も社長秘書としての一日が始まる。

目がくらむような高層ビルにあるオフィスの中を、スーツにパンプスで忙しく立ち働く。編《あ》み込んだ髪は後ろにまとめ、シンプルなアクセサリーと控えめな香りを身にまとう。服もメイクも派手すぎるのはNGだが、やぼったい身なりは社長の眉間に皺《しわ》が寄る。

藤堂フーズは、食材の定期宅配サービス「ハッピーママ」を運営する会社だ。社長の希和子がシングルマザーでふたりの息子を育てた経験をいかし、「頑張るママを応援する」をコンセプトに、ぱぱっと作れるお惣菜《そうざい》セットから産地指定の厳選食材まで、幅広い商品を扱っている。

創業以来、仕事や育児に忙しい主婦層を中心に、利用者をぐんぐん増やしてきた。

そんな成長著《いちじる》しい会社の、栄《は》えある社長秘書となった美香だが、第二秘書である彼女の業務内容は雑用がほとんど。朝は一番に出勤してオフィスの準備を整え、社長を出迎えたあとは飲み物や軽食の用意。電話の取り次ぎはもちろん、来客の対応、社長の肩《かた》揉《も》みに使いっ走り……などなど。社長が快適に仕事できるよう、気を配ることが業務の中心だ。

スケジュール管理や出張のお供は、ペアを組んでいる先輩秘書の高木悦子《たかぎえつこ》がやってくれる。

「ソイラテを買ってきます」

社長室に着くと、美香は悦子にあとを任せてオフィスを出た。この時期の社長のお気に入りは、近所に店舗を構える外資系コーヒーチェーン店の、ダブルソイラテエクストラホット。トールサイズ。

デリバリーはしてくれないので、必要に応じて美香が買いに走る。

「お願いね」

そう答えた悦子は三十五歳、独身。秘書歴は十年近い。英語、イタリア語、中国語を操《あやつ》る才女で、その上おしゃれ。悪い人ではないが、絶対に使い走りはやろうとしない。まあいいか。デスクワークより、お使いのほうがわたしには向いてるし。

美香は外国語全般が苦手だし、ＯＬの経験もない。持っているのは幼稚園教諭の免許と保育士の資格、あとは自動車運転免許くらいだ。

藤堂フーズには「すくすくっこルーム」という会社直営の企業内保育所がある。美香はそこの保育士募集の求人を見て、この会社にやって来た。それなのに社長秘書に任命されてしまったのは、運命のいたずらというべきか。

いや、仕事の神に見放されたのかもしれない。


美香が希和子の秘書になったのは、去年の夏だった。その年の春までは、キリスト教系の幼稚園で先生をしていたが、園長のパワハラに耐えかねて退職していた。

それから数カ月。心機一転、再就職を決意した美香は、すくすくっこルームの求人情報を見つけて見学に訪れた。

すくすくっこルームはこぢんまりとした保育所だったが、明るく清潔で、子どもたちがのびのび過ごしていた。さらにこの園は病児保育にも対応しているので、子どもが急病の時でも親は仕事を休まずに済む。

まさに親にも子どもにも素晴らしい環境で、勤務条件も悪くない。美香は強く心を惹《ひ》かれた。

ぜひ、ここで働きたい。ここでたくさんの子どもたちを笑顔にしてあげたい。そう思って採用試験に臨《のぞ》んでみると、とんとん拍子に選考は進み、最終面接の場に希和子が現れた。

「肩が凝《こ》ったわ。揉《も》んでくれないかしら、有吉さん」

エレガントなほほ笑みを浮かべながら、カリスマ社長は何とも突飛《とっぴ》な要望を言ってよこした。藤堂フーズについてはホームページで調べた程度の知識しかなかったが、希和子がたびたびテレビに出ていたこともあり、彼女の顔と名前は知っていた。

これも何かの適性を見るのだろうと、美香は求められるまま、社長の肩を揉み始めた。すぐに希和子が心地良さそうな声を上げる。

「あなた、上手ねぇ……。力加減がちょうどいいわ」

「ありがとうございます。以前の上司も肩凝りがひどくて、たびたび揉んでおりました」

気を良くした美香は、ついついそんなことを言ってしまった。元上司の園長は希和子と同世代の女性だったが、人使いが荒く、よく肩や腰のマッサージをさせられていたのだ。

「そうなの。どうりで上手なはずだわ。素晴らしい才能をお持ちよ」

「才能だなんて……。ただ子どもの頃からピアノを習い、学生時代はテニスもやっておりましたので、指の力や握力が強いのだと思います」

「まあ、ピアノにテニス。素敵なご趣味だわ。あ、あ、そこそこ……、う～ん……」

気持ちいいわぁ……と、希和子があまりにも無邪気《むじゃき》に喜ぶので、美香は心を込めて肩を揉み続けた。今思えば、それが運のツキだったのかもしれない。

やがて希和子はにっこりほほ笑むと、人事部長に命じた。

「彼女は私の秘書に」

「はい？」

顔を見合わせる美香と人事部長に、希和子はきっぱりと言い放った。

「聞こえなかった？　有吉美香は社長室付の秘書で採用よ。有吉さん、明日から出社してちょうだい」

「でも、わたしは保育士の求人を見て……」

「代わりの秘書が見つかるまでよ。見つかり次第、すくすくっこルームに異動させてあげるから。それまで頑張りなさい！」

有無《うむ》を言わさぬ希和子の勢いに圧倒され、美香は拒否することができなかった。あとで聞いたのだが、ちょうど前任の第二秘書が辞めたばかりで、希和子は肩揉みが上手な人材を大至急で探していたのだそうだ。

以来、美香の新米秘書としての日々が始まった。

業務中に肩が凝《こ》れば――

「肩が凝ったわ。有吉、揉《も》んでちょうだい」

「はい、ただいま」

経済番組に出演するため、テレビ局に行った時も――

「スタイリストが用意した服が気に入らないわ。すぐに代わりの服を持って来て」

「すっ、すぐにお届けいたします！」

さらには、ロシアからＶＩＰを迎える時に――

「ロシアからお越しになるお客様が、忍者に会いたいそうよ。手配して」

「はい、え、忍者？」

社長のリクエストは私用も含めて膨大《ぼうだい》な量だった。残業なんて当たり前、深夜だろうが休日だろうが、お構いなしに携帯に連絡が入る。悦子の話では、前任の第二秘書は一カ月もたずに辞めたらしい。

しかし美香だけが厳しくされているのではなく、社員全員が高い水準を求められているのだ。有能と認められれば、年齢や性別に関係なくチャンスを与えられる。逆に無能の烙印《らくいん》を押されてしまうと、古参《こさん》であってもバッサリ切られる。

そのため、社員たちは陰で社長を「ピンヒールを履いた悪魔」と呼び、恐れていた。新しい秘書さえ見つかれば、すぐにも保育所に異動できる。そう信じて頑張っている美香だが、半年以上経ったのに、いまだに代わりの秘書は来ない。仕事の神は間違いなく自分を見捨てたのだと、近頃真剣にそう思う。

「どうした。暗い顔して」

買ってきたラテを手にエレベーターを待っていると、隣に人が立った。顔を上げなくても誰だかわかる。こののびやかな甘い声と、その場にいるだけで人々の注目を集めてしまうような存在感。

「専務」

希和子の次男で、この会社の専務を務める藤堂貴大《たかひろ》がそこにいた。今日も仕立ての良さそうなスーツに身を包み、後ろには坂田《さかた》という、若い男の秘書を従えている。

「また社長のパシリか」

からかうように言うと、貴大は美香の手にしたラテを見てぷっと噴《ふ》き出した。

「パシリだなんて……。これがわたしの仕事ですから」

後ろで坂田も笑った気がして、美香はとても恥ずかしくなった。

「悪い。冗談が過ぎたな。確かにそれも大事な仕事だ」

「いえ……」

「有吉がいつも骨を折ってくれるから、社長が気持ち良く仕事ができる。結果、俺たち役員や各部署のトップへの風当たりも弱くなり、社内に平穏が訪れ、仕事の効率が上がる。みんな有吉には感謝してるよ。そうだよな、坂田」

「はい、専務」

坂田は美香をちらりと見ると、ほとんど表情を変えぬまま返事をした。

一応は褒《ほ》めてくれているらしい。沈みかけた気分が、じわじわと浮上し始めた。

貴大はいつもこうだ。顔を合わせるたびに、元気か？　飯食ったか？　残業ばっかかするなよ、などと声をかけてくれる。

重役なのに気さくな性格で、ちょっぴり俺様な一面もあるが、基本的には誰にでも親切だ。

年齢は三十歳。陰で悪魔と呼ばれている母親には顔も性格も似ておらず、その風貌《ふうぼう》はとろけるほどにハンサムで、希和子の長男で副社長を務める大輔《だいすけ》共々、「独身極上ブラザーズ」と囁《ささや》かれ、社内の多くの女性を虜《とりこ》にしている。

「有吉。もっとこっちに来いよ。ラテを落とすぞ」

「は、はい……」

エレベーターは、思ったよりも混んでいた。貴大は身体の向きを変え、美香とラテが押し潰されないように、自分の腕でガードしてくれる。そのせいで、美香の頬は長身の貴大のスーツの胸に押し当てられた。

「専務、あの……」

「じっとしてろ。でないと、こぼすぞ」

「はい、でも」

ど、どうしよう。これじゃあ、まるで、まるで——

まるで満員電車の中で抱き合うカップルのようだ。顔を上げれば、貴大と至近距離で見つめ合うことになってしまう。けれど無理に動けば、社長のラテが潰されかねない。

彼が身に着けた爽《さわ》やかな香水が鼻をくすぐり、心臓がバクバク鳴り出した。

どうか、彼に聞こえませんように。

目的の階に着くと、美香は慌てて貴大から離れ、エレベーターを降りた。そして一緒に降りた彼に、頬を赤らめながら礼を言う。

「ありがとうございました」

「いや。それより顔が赤いぞ。熱でもあるのか」

「熱なんか、ありません……」

あなたのせいです——

入社してから、ずっとずっと、憧れてきたのだから。しかしそれは口にできない。

貴大の周りには、彼を狙う美女がうじゃうじゃいる。美香のような平凡な容姿の雑用係などお呼びじゃないのだ。

しかも以前に悦子から聞いた話では、貴大は希和子の意向でたびたび見合いをしているらしい。希和子の兄は日本有数の大企業である、藤堂グループ総帥《そうすい》の藤堂和明《かずあき》だ。となれば見合いの相手も、良家の子女に違いない。

貴大は優しいから、自分のことを気にかけてくれる。だけど、身の程はわきまえなくてはと、日頃から心がけていた。

お先に、と貴大に一礼し、美香はソイラテを持ったまま廊下を急いだ。しかしすぐに追いつかれた。社長室はこの突き当たりなのだが、専務室も同じ方向なのだ。

ちなみに秘書室も同じフロアにあり、室長と役員付ではない秘書たちが詰めているが、美香と坂田はそれぞれのボスの部屋の前に席を用意されている。

「有吉」

「はい？」

美香と並んで歩きながら、貴大が話しかけてきた。

「最近どうだ？」

「どうだとおっしゃいますと？」

「仕事だよ。無理してないか？　いくら社長相手でも、できないことはできないと言っていいんだぞ」

　上方から、優しい視線が降り注《そそ》いだ。この会社で美香にこんな言葉をかけてくれるのは、たぶん貴大だけだろう。他の社員は社長の機嫌を損ねないように立ち回ることで精一杯で、美香のような雑用係を気づかう余裕はないのだ。貴大の優しさに触れて、胸の中が温かいものでいっぱいになった。

「ときどき、難しいご要望をいただきますが、なんとかなっております」

　実際はときどきではない。しょっちゅうだ。しかしそこ《そこ》は貴大の手前、呑み込む。

「そっか。ありがとう」

「はい？」

「おふくろのワガママを聞いてくれて。礼を言うよ。役員と息子と、両方の立場から」

　美香は足を止めた。嬉しくて涙が出そうだった。

　貴大は数歩進んでから、両手をスラックスのポケットに差し込んだまま振り返る。

「いえ、だって、これがわたしの仕事ですから……」

「そうか。じゃあ、君の仕事を頑張れよな。そのうち飯でも奢《おご》るから」

　端整な顔にセクシーな笑みを浮かべ、貴大は専務室に消えた。そのあとに坂田が続く。

　見送る美香の胸はきゅんきゅん鳴っていた。仕事の神には見捨てられたが、恋の神はまだ諦《あきら》めるなと言っているみたいだ。

手の届かない相手。けれど想い続けるのは自由だということだろうか。

2

イケメンの笑顔は、疲れた心に栄養を補給してくれるサプリみたいなものだ。

けれど時間が経つと、その効力は消えてしまう。

四月に入って最初の金曜日。貴大は昨日から大阪に出張している。エレベーター前で励《はげ》まされた日以来、顔を合わせても食事に行く話は出なかった。

ほらね。やっぱり社交辞令。期待するだけ無駄なのよ。

午後九時を回り、ひとりで社長室の片付けをしていた美香は、残念な気持ちでいっぱいになった。

社長は夕方から、悦子を伴い同業者との会合に出ていた。今頃は仕事の話も終わり、ホテルでの会食の最中だろう。それが済めば、ふたりともまっすぐ帰宅する予定だ。

「ホテルのブッフェか。わたしなんて……」

リフレッシュルームに常備されている冷凍グラタンを、残業の合間にレンジでチンしてひとりで食べた。食材宅配会社なので、社員のために無料の軽食が用意されているのだ。他にはパンやフルーツ、飲み物もそろっている。

来週になったら、退職願を出そうかな。

もくもくとデスクまわりの片付けを進めていくうちに、美香の頭にはそんな考えが浮かんできた。

秘書の仕事には慣れたと思っている。悪魔のような社長ではあるが、あれでなかなか可愛いところもあるのだ。美香が肩を揉《も》んであげると心から喜んでくれるし、残業代もケチらない。髪型はこうしてみなさいとか、こんな色のブラウスが似合うとか、少々強引だが的確なアドバイスをしてくれる。それに従った結果――

「美香、オシャレになったわねえ」

去年の暮れに実家に帰ると、母親にそう言われた。久々に会う友人の反応も同じだった。褒《ほ》められて悪い気がするはずもなく、だったらもう少し秘書を頑張っちゃおうかな？……となってしまったのだ。しかし、ふと冷静になった時、やっぱり子ども相手の仕事に戻りたくなる。社長好みのスタイリッシュなスーツやパンプスで過ごすより、動きやすい服にスニーカーで園庭を走るほうが性《しょう》に合う――巡《めぐ》り巡って、こんな結論に落ち着くのだ。

だが、この調子ではすくすくっこルームには異動できないだろう。永遠に。

「やっぱり神様なんかいないわ。いるのは、ピンヒールを履いた悪魔だけよ」

金曜日だというのに、デートの予定もない寂《さび》しい現実。自分は社長に上手く丸め込まれているのだというストレスが高じて、美香はつい愚痴《ぐち》を漏《も》らしてしまった。するといきなり背後でドアが開く音がした。

「何をぶつぶつ言ってるんだ？」

「きゃっ！　せ、専務……！」

驚いた美香が振り返ると、社長室の入り口に貴大が立っていた。いつ大阪から戻ったのだろう。

「驚かせてごめん。明かりがついていたから、おふくろがいるのかと思ったら、やっぱり君か」

半ば冷やかすような口調で言うと、貴大はすたすたと中に入って来た。どうやら社長の悪口の部分は聞いていないらしい。美香は、ほっと胸を撫《な》で下ろした。

「社長はホテルでの会合のあと、そのまま帰宅のご予定です。急ぎのご用件でしょうか？」

「いや、そうじゃない。君ひとりか？　高木はどうしたんだ」

「社長のお供のあと、直帰の予定です。わたしも片付けが済んだら帰ります」

「そうか」

貴大は腕時計を確認しながらゆっくりと近付いて来た。空気が動いて、彼のまとうシトラスの香りが鼻をくすぐる。

この香り、嫌いじゃない。爽《さわ》やかすぎず、ほのかに甘い。この前エレベーターの中で嗅《か》いだから覚えている。

スーツはどこのブランドだろう。銀座辺りに店を構える老舗《しにせ》のテーラーだろうか。もしくは母親がヨーロッパの高級ブランドが好きだから、そちらかもしれない。例《たと》えばアルマーニとか、グッチとか。どちらにしろ、長身で肩幅のある彼だから、なんでも似合いそうだ。そして思う。

どうして彼は、あの社長の息子なんだろう。

いずれどこかの社長令嬢と結婚するのだろうから、下手に近付かないでほしい。優しくされたら期待してしまう。高鳴る胸をどう鎮《しず》めたらいいかわからなくなる。

彼への想いが募《つの》りすぎて、どうにかなりそうだった。そんな美香に、腕時計から視線を上げた貴大が声をかける。

「食事はまた今度だな。そろそろ切り上げろ。家まで送るから」

「え？」

美香はぽかんと口を開けたまま、まじまじと貴大を見た。

「俺の車で君を家まで送ると言ったんだ。実は今日、君を食事に誘うつもりだったが、大阪での仕事がなかなか片付かなくて、こんな時間になっちまった。すまないな、俺のほうから言い出したのに」

どうやら本気のお誘いだったらしい。奈落《ならく》の底まで落ちかけていた美香の気分は、彼の言葉に救われぐんぐん浮上していった。

「ありがとうございます。でも、わたしのことならお気になさらずに。電車で帰りますから」

「遠慮は禁物《きんもつ》だ。食事は来週の金曜にしよう。他の予定を入れるなよ」

「でも、あの……」

「くどいぞ。それとも何か、俺の車には乗れないとでも？」

「いえ、そんなわけでは……」

「じゃあ、どうして。俺に家を知られたら困るとか？」

「そんなことありません！」

また一歩貴大が近付いて来て、思わずあとずさった美香のお尻にデスクがぶつかる。これ以上逃げられない。今夜の貴大は、いつもとは何かが違うみたいだ。

「じゃあ、余計な気を回すな。人の厚意は素直に受け取るもんだ」

貴大の男らしい黒い瞳が、すぐそばに迫った。

どうしよう、断れない。だって彼が好きだもの。

これはひとりで残業していることへのご褒美《ほうび》だろうか。だったら、いっそ素直に受け取ってしまおうか。

「はい……じゃあ、お言葉に甘えて」

貴大の熱意に負けて頷《うなず》けば、彼は表情を和らげて美香の腕をそっと叩いた。

「十五分後に駐車場だ。遅れるなよ」


貴大の車は黒のドイツ車だった。車高が低めのツードアのボディは、顔が映るくらいぴかぴかに磨かれている。美香を助手席に乗せると、貴大はカーナビをセットして発進した。臨海部にある本社ビルから美香の住むマンションまで、三十分の距離だとナビが告げる。

「聞いてもいいか？　有吉」

車を発進させてすぐに、貴大が口を開いた。

「はい、なんでしょうか」

「そろそろ辞めたくなったんじゃないか？　前の秘書は、おふくろがあまりにもこき使うんで、ある日突然来なくなり、退職願を郵送で送り付けてきたよ」

心の中を読まれたみたいで、美香は息が止まりそうになった。

「楽な仕事ではありませんが、いつかすくすくっこルームに異動させてもらう約束なので」

「そっか、有吉は保育士募集の求人を見てうちに来たんだっけか」

貴大に直接話したわけではないが、秘書に採用された経緯《けいい》は社内に知れ渡っている。

「元はキリスト教系の幼稚園で教えていました。保育士の資格も持っております」

美香は今とは違う日々を思い出す。あの頃は、社長ではなく子どもたちを出迎える朝から一日が始まった。

春には遠足や写生会、夏はプールに花火。クリスマスの朗読劇や聖歌隊の指導もやった。お給料は今ほど高くはなかったし、中には問題を抱えている子どももいたが、子どもたちに教えることは楽しかった。

「幼稚園はどうして辞めたんだ？」

「一昨年《おととし》、園長が変わったんです。新しい園長は、それはそれは暴君でした」

「なんだか、うちの社長みたいだな」

貴大の声は、明らかに笑いを含んでいた。

「そんなことは……。確かに社長は厳しい方ですが、理由もなく部下を怒鳴ったりしません。それに残業や休日出勤をした場合は、きちんと手当をくださいます。けど園長は……」

その時の気分で職員に当たり散らすし、休日には無報酬で私邸《してい》の草取りまでさせられた。

「はい」

「情緒不安定で、公私混同型……ってとこか」

「そんな感じです。あと、寄付の額で子どもを差別したんです」

親が裕福で多額の寄付を見込める子どもは、多少の悪さをしても大目に見られた。そんなこと、教育の場ではあってはならないことだと美香は思っている。

「すごい園長だな。ところでキリスト教系ということは、礼拝をやったりしたのか？」

「はい。一日の始まりはお祈りからで、食事の前にも神に感謝の祈りを捧げます」

ふうーん、と何やら楽しげに貴大は相槌《あいづち》を打っていたが、やがて真面目な声で言った。

「もしかして、有吉はキリスト教徒なのか？」

「いいえ。その園はクリスチャンでなくても採用されたので」

「そうか、安心した。ついでに君の家族構成は？」

「……両親と弟がひとり、川崎に住んでます……って、あの……専務。何が安心なんですか？」

美香の問いに、貴大は前を向いたまま、大げさに首を横に振って見せた。

「いや、こっちのことだ。それで暴君の園長にムカついて、啖呵《たんか》を切って辞めたとか？」

今度は美香が首を横に振る番だった。

「そんな勇気ありません。園長の方針ですから従っていました。けど、一度だけ園長に意見したらその直後からいじめというか、その……」

「パワハラか」

「はい。わたしだけ無視されたり、ひとりではできそうもない仕事を押し付けられたり……。それでストレスで体調を崩して入院したんです。もう、辞めるしかないって思いました」

園内で孤立させられ、不眠や神経性の胃炎に悩まされた。今思うと、メンタルの弱さを痛感する。

「なかなかの修羅場《しゅらば》を体験してるんだな。それなのにまた、おふくろみたいなボスの部下になるとは」

望んでなったわけじゃない。ついてなかっただけだ。

そうは思ったが、秘書になってから嫌なことばかりではなかったと思い出し、努めて明るい声で言う。

「でもなんとか半年頑張ったし、そのうち新しい秘書が来てくれるはずですから」

「だと、いいけどな」

「えっ！　来ないんですか？」

「いや、冗談。その辺は俺は知らないんだ」

「そうですか」

「でも、許してやってほしい。ああ見えて、色々と苦労してるんだ。うちのおふくろは」

「周りに厳しくするのは、自分もそういう扱いを受けてきたから、つい……な」

「専務」

「社長が……ですか」

「そう。もしもっと聞きたいなら、来週の食事の時に話すよ」

社長の過去——

三十代で離婚。以来シングルマザーで奮闘《ふんとう》し、スーパーのお惣菜《そうざい》売場からチェーンの弁当屋勤務を経て、四十代で食材宅配会社を起業。実兄《じっけい》は経済界の大物、藤堂和明氏……

美香はそれくらいしか知らない。希和子はたびたびテレビに登場するが、彼女の過去の結婚について、特に貴大と大輔の父親についてては何も公表されていないのだ。

「お誘いは嬉しいのですが、わたしなんかが専務とご一緒してもよろしいのでしょうか」

「いけない理由なんてあるのか？　会社を離れたら、ただの男と女だろ」

た、ただの男と女——

びっくりして言葉が出ない。そんな美香を気にした様子もなく、貴大はなおも続けた。

「今後も俺は、有吉さえ良ければ車で送るけど。何か不都合でもあるか？」

「不都合というか……」

社長の目が怖いが、それだけじゃない。

「失礼ですが、専務はお付き合いをされている女性はいらっしゃらないんですか？」

「急になんだよ」

貴大は声を出して笑った。美香は意地になって突っ込む。

「だって、専務はお見合いをされているんでしょう？　もしお付き合いされている方がいらっしゃるなら、わたしなんかと食事したりドライブしたりするなんて、お相手の方が悲しまれると思います」

「……真面目だねえ。有吉は」

貴大が小さく吐息を漏《も》らしたのがわかる。怒らせてしまったのかと思ったが、彼の横顔を見ると、そうでもなさそうだった。

「藤堂の伯父《おじ》が世話をしたがるので、以前は、ほぼ毎月のように見合いをさせられた」

「ほぼ毎月」

「ああ。だけど去年の九月を最後に、見合いはしていない。特定の相手もいない。ま、大輔は毎月のように、どこぞのご令嬢と見合いをしているが」

そうなんだ。専務はもう、お見合いをしていないんだ。

それがわかった途端《とたん》、心が軽くなった。

「これで気が済んだ？　だから言っただろう？　余計な気を回すなって」

「はい、あの。詮索《せんさく》したみたいで、申し訳ありません」

「いや……」

　そのあと、美香は何を言えばいいかわからなくなった。しばらく黙り込んでいると、急に車の流れが悪くなった。前方に「事故」と表示された電光掲示板が見える。

　貴大は車を減速させた。

「週末は予定があるのか？」

「日曜日に、友人の結婚式に招かれています。明日はその準備で色々と……」

「奇遇《きぐう》だな。俺も日曜日に、知人の結婚式に招かれてる」

「そうでしたか」

　貴大の知人とはどういう人なのだろう。やっぱりお金持ちなのだろうか。

「プライベートな君の姿も、一度見てみたいな」

　今夜の貴大は、美香を惑《まど》わすようなことばかり言う。オフの日、美香はたいていユルい服で過ごすが、日曜日はフォーマルなピンクのワンピースで神前式に出る予定だ。

　わたしだって、いつもと違うあなたを見たい――

　去年の秋を最後に、お見合いをやめたわけを知りたい――

　美香が藤堂フーズの社員になったのは、去年の夏。貴大が見合いをやめる少し前だ。

　彼は初めて顔を合わせた時から親切で、美香は何度となく彼の言葉に救われてきた。しかし、彼が優しくしてくれるのは、美香が元気に秘書の仕事に励《はげ》めば、彼の母親が機嫌良く仕事に就《つ》けるからだと思っていた。

だけどもし、他にも理由があるのだとしたら。

あれこれ考えているうちに、次第に眠くなっていった。

「有吉」

名前を呼ばれて目覚めた時、すぐそばに貴大の顔があった。美香は悲鳴を上げそうなほど驚いた。はっとして顔を上げると、フロントガラスの向こうに、自宅マンションが見えている。

「ごめん。あまりにもよく寝ていたから、起こすのが忍びなくて。きっかり五分、寝顔を見させてもらった」

「ええっー？　も、申し訳ありません……。わたしったら！」

顔が熱くなってきた。慌てて手の甲で口元をぬぐう。大丈夫、涎《よだれ》は出ていない。ほっとしてシートベルトに手をかけたが、あせってしまい、なかなかはずせなかった。

貴大がくすくすと笑い出す。

「いいことを教えてあげよう。初めて乗る男の車では、眠らないほうがいい。君の身のためだ」

「本当に申し訳ありません。そんなつもりじゃなくて……」

「いいよ、気にするな。元はと言えば、うちのおふくろがこき使うせいだから」

「違うんです。あの、あまりにも乗り心地が良くて、安心したというか……」

「ふーん。俺の隣だと安心できるのか。じゃあ、許してやろう」

絶対にからかわれている。からかって反応を楽しんでいるのだ。

恥ずかしすぎて彼と目が合わせられなくなった美香は、礼を言ってドアを開けると、逃げるように夜の車道に降り立った。

「おやすみなさい」

「ああ。おやすみ。来週の金曜日、忘れるなよ」

「ええと……、はい」

しばしば美香をからかいはするが、貴大はいい人なのだ。自分のような者を労《いたわ》ってくれるのだから。

美香は軽く会釈《えしゃく》をしてドアを閉めた。けれど車はすぐには動かなかった。やがて助手席の窓がするすると下がり、こちらを見つめる彼と目が合う。

「俺は、神様はいると思うよ」

「え？」

ほの暗い車内で、貴大はハンドルに片手をかけて、まっすぐに美香を見据《みす》えた。彼は続けて言葉をつむぐ。

「悪魔もいるかもしれないが、神様も君のそばにいるよ、有吉。信心深く、何事にも真面目に取り組んでいれば、いつかきっと報《むく》われる。じゃあ結婚式、楽しんで来いよ」

車が走り去っても、美香はその場を動けなかった。どうやら、社長室での愚痴《ぐち》を聞かれていたらしい。しかし、彼の母親の悪口を聞かれたことへのショックより、励《はげ》ましてもらったことへの喜びが勝った。

神様はいる。じゃあ、恋の神様はわたしにどうしろと……？

ゴージャスな専務を想い続けるのは自由かもしれないが、かといって、気持ちを伝えることなどできそうになかった。

3

貴大の言葉が頭を離れないまま日曜日になり、美香は短大時代の友人四人とともに、千葉の外房《そとぼう》にある白岬町《しろさきまち》を訪れた。この町にある白岬神社で、同じく短大仲間である片《かた》岡《おか》モエの神前式が行われる。

モエは白岬町の生まれで、地元の観光産業に携《たずさ》わる実業家の娘だ。ぱっと見は長身でがっちりした体形ではあるが、一途《いちず》な性格で、好きになった相手にはとことん尽くすタイプ。

ふたりの姉がすでに嫁《とつ》いでいた彼女は、優雅な婚活ライフを送りながら、家業を継いでくれる婿養子《むこようし》を探していた。そして去年の五月にめでたく料理人の夫、正平《しょうへい》と入籍。幸せな新婚生活をスタートさせている。

入籍の翌月にはこの白岬で披露宴《ひろうえん》が行われ、ひょろりと背が高く実直そうな夫の横で、モエが豪華なウェディングドレス姿を見せてくれた。なぜ一年近く経った今頃になって挙式をするのかといえば、モエがふたりの思い出の神社で、満開の桜をバックに神前式を挙げたいと希望したからだ。

「だってここはぁ、ダーリンとデートした大切な場所なんだものぉ」

付き合い始めて間もない頃、ふたりはこの神社の境内《けいだい》で、たびたびデートを重ねたらしい。

「白岬神社は地元で有名な、縁結び神社なのよ」

一年後にまた挙式に行くのもなあ……と最初は渋っていた友人たちだが、縁結び神社というモエの言葉に、独身だった全員が参加を決めた。

美香は髪を巻いてハーフアップにし、落ち着いたピンクのワンピースに黒のボレロを羽織《はお》っている。アクセサリーはパールのチョーカーと、おそろいのブレスレット。華やかな装《よそお》いの友人たちの中にいても、見劣りすることはないだろう。

白岬神社へは、東京から特急で一時間。さらに駅から車で二十分ほどかかる。

大きな鳥居と、対《つい》になった狛犬《こまいぬ》。拝殿《はいでん》の入り口には手の込んだ細工《さいく》を施《ほどこ》した欄間《らんま》があり、拝殿の奥の本殿《ほんでん》を含め、神社全体が地元の文化財に指定されているそうだ。決して大きな神社ではないが、その佇《たたず》まいは長い歴史を感じさせた。

今は拝殿に向かって境内《けいだい》を縦断《じゅうだん》するように緋色《ひいろ》の毛《もう》せんが敷かれ、親族以外の参列者がその両端に集まっている。

「桜が綺麗ね。モエがこの時期に式を挙げたがった気持ち、わかるわー」

美香の隣で、同じく式に招かれた明日香《あすか》が言った。境内の桜は見頃を迎えていて、外で式の開始を待つ人々の目を楽しませている。

「でも、他に人がいないわよ？　有名な縁結び神社っていう感じはしないかな」

そう言ったのは、歯科医院の受付をしている弥生《やよい》だ。弥生の言葉に友人一同が周囲を見回す。桜は綺麗だし、境内の掃除は行き届いているが、確かに式に参加する人々以外の参拝者は見かけない。

交通の便の悪い田舎町だし、メジャーな縁結びスポットではないのかもしれない。

「モエはああ言ってたけど、実はあまりご利益《りやく》がないのかも」

そんな不謹慎《ふきんしん》な言葉を囁《ささや》いたのは、保育士の佐智子《さちこ》だ。美香はつい口を挟む。

「その辺にしておこうよ。おめでたい日なんだから」

友人たちが苦笑いした時、どおんと大きく太鼓が鳴った。参列者一同が顔を上げると、今度は雅《みやび》やかな雅楽《ががく》の音色が辺りに響き始める。

毛せんの先端に、黒い冠《かんむり》に白い装束《しょうぞく》を着た神職の男性が姿を現した。参進《さんしん》と呼ばれる儀式で、神職や巫女《みこ》に先導された新郎新婦が、拝殿に向けてゆっくりと行進するのだ。

本来ならば参列者である美香たちも後ろに続くのだが、白岬神社は行進できるスペースが短いので、両脇で待機となった。

「来た来た。へえー、なんだか本格的ねえ……」

佐智子が小声で言った。雅楽の調《しら》べが次第に大きくなり、先頭の神職がゆっくりと近付いて来る。

何かで読んだが、神主という呼び名は俗称のようなもので、正しくは神職と呼ぶらしい。その神職の後ろにもうひとり神職が続き、和装の雅楽隊、朱色の袴《はかま》を穿《は》いて、髪にかんざしを飾った巫女が続いた。新郎新婦は巫女のあとを歩いている。

「うわ、モエが着ているのって何？」

「まさかの十二単《じゅうにひとえ》とか。人とは違ったことをやりたがるコだからね、モエは」

美香も友人たちが指さすほうを見る。巫女の後ろに色鮮やかな着物を重ね着し、介添《かいぞ》え人に裾を持たせてそろりそろりと歩くモエの姿が見えた。

お雛様《ひなさま》のようなかつらに金色の冠《かんむり》。隣にはこれまたお内裏様《だいりさま》のような、シックな紫の衣装を着た正平の姿があった。

友人たちはモエ夫婦についてあれやこれやと囁《ささや》き合っていたが、急に話題が変わる。

「ちょっと、先頭の人を見てよ。イケメン神主!」

「どれどれ……。えっ! 誰あれ、素敵」

「うそ、見えないー!」

「やば……。どこかの役者じゃない? あんな神主いるの?」

自然と声が大きくなり、他の参列者からジロジロ見られる。美香は静かにするように人差し指を立ててから、自分も爪先立《つまさきだ》って、近付いて来た先頭の男性に注目した。

すらりとした長身に、黒い冠をかぶり、あご下で紐《ひも》を結んでいる。首元がスクエアになった平安貴族のような白い上衣《じょうい》の下は、同じく白い袴《はかま》のようなものを穿《は》いていた。

彼は口元をきりりと結び、伏し目がちに歩を進めている。その立ち振る舞いからは厳粛《げんしゅく》な雰囲気が醸《かも》し出されていた。それでも彼が若く、まるで映画か何かから抜け出てきたように美しいのは、誰の目にも明らかだ。

「やだ……。本当に素敵」

黒と白という至ってシンプルな装《よそお》いなのに、圧倒的な存在感があって、完全に主役を食っている。モエと正平は笑みを浮かべながら行進していたが、友人たちは神主に心を奪われ、モエそっちのけで、神主に向けてスマートフォンのシャッターボタンを押し続けた。

あれ？　あの人どこかで見たような……

神主が美香の前まで来た時だ。まるで現代の光源氏かと見まがうようなイケメン神主の横顔に、美香は既視感《きしかん》を覚えた。懐かしくて切なくて、ひどく胸がざわついた。

「かしーこみー、かしーこみー……」

イケメン神主は独特の節回《ふしまわ》しをつけて、祝詞《のりと》と呼ばれる神社特有の文章を読み上げていった。式の最中もずっと考えていたのだが、結局美香は、イケメン神主をどこで見たのか思い出せない。もっと近くで顔を見ることができれば良かったのだが、美香たち友人は拝殿《はいでん》の最後列に座らされ、遠目に式を見守るしかできなかったのだ。式は滞《とどこお》りなく進み、やがて終了した。

ま、いいか。

気にはなったが、美香にとってはどうでもいいことだ。自分の心にいるのは貴大だけなのだから。

外に出ると、記念撮影の準備が始まっていた。まずは新郎新婦のツーショット、それから親族での撮影。最後に全体での集合写真を撮るそうだ。友人たちはイケメン神主を探しに行ってしまったので、美香はひとりで近くをぶらつくことにした。

境内《けいだい》にはおみくじが結び付けられた結びどころや、古いお札《ふだ》を納める納札所《のうさつしょ》、たくさんの絵馬がかけられた場所があった。さらに進むと四方を縄で囲われ、しめ縄の巻かれた大木がある。近付いてみると、「ご神木」と書かれた立て看板があった。

ご神木か。お願いしちゃおうかな――

木の前に立った美香は、背筋を伸ばすと、ご神木に向かって両手を合わせた。ここがモエの言うとおりの有名な縁結び神社なら、きっと願いを聞いてくれるはずだ。

神様お願いします。専務、いえ貴大さんともっと仲良くなれますように。

身分違いは百も承知。結婚なんて望まない。ただ彼のそばに、ずっといたい。それだけ――

目を閉じてそう願った直後。

その願い、かなえてあげましょう。

「えっ?」

頭の中にそんな声が響いた。

驚いた美香は慌てて辺りを見回したが、誰もいない。気のせいだろうか。いや、確かに人の声を聞いた。それも女の声だ。

思わず目の前のご神木を見上げると、四方に伸びた枝が、春の風にゆったりと揺れている。なんだか気味が悪くなり、その場を去ろうとすると、何かに足を取られてつまずきそうになった。

「わっ！」

慌てて足元を見れば、地面に盛り上がった木の根っこ付近に、左足の靴のヒールが挟まっている。

「いやだ、どうしよう」

足を引いてみたが、抜き取れない。細めのヒールが、見事に根の隙間に刺さっていた。無理に動かせば、ぽきりと折れるかもしれない。

どうしてこんな細いヒールを履いて来ちゃったんだろう。

美香はその場にしゃがみ込み、手で靴のかかと部分を動かしてみたが無駄だった。

「どうなさいました？」

困り果てていると後ろから声がした。衣擦《きぬず》れの音がして、光沢《こうたく》のある純白の装束《しょうぞく》がすぐそばで立ち止まる。さっきのイケメン神主だ。

「靴が引っかかってしまって……」

しゃがんだまま、美香は顔だけ上に向けて言う。顔を拝むチャンス――と思ったのだが、目が合った瞬間、お互い、あっと声を上げてしまった。

「せ、専務……。藤堂専務ですよね？」

「有吉……。結婚式って、片岡さんのお嬢さんのだったのか」

イケメン神主の正体は、まさかの貴大だった。どうりで横顔に見覚えがあったはずだ。

しかしなぜ貴大がこんな場所で、神主の真似ごとをしているのだろう。

「モエはわたしの友人なんです。専務こそ、ここで何をしていらっしゃるんですか？

その格好は……」

「しっ！　静かに」

貴大は立ち上がりかけた美香を制するように、人差し指を口の前に立てた。そして自らもその場にしゃがみ込むと、美香に顔を近付けて囁《ささや》いた。

「今は専務じゃない。ここではその言葉を口にしないように」

「は、はい……」

「俺が靴を取るから、とりあえず立ちなさい。手を」

貴大は立ち上がってそう言うと、美香の目の前に手を差し出した。言われるがまま、その手を取る。すると温かくて大きな彼の手が美香の手をしっかりと握り、引き上げてくれた。

コスプレにしては似合いすぎる、貴大の神主姿。改めて面と向かうと、なんと言葉をかけていいかわからない。

美香を立たせてすぐ、貴大は再びその場にしゃがみ込んだ。

「俺の肩につかまれ、有吉。それから左足を上げるんだ」

「申し訳ありません、せん……、いえ、神主さん」

彼の肩に手を置かせてもらい、そっと左足を上げた。貴大は片手で袖を押さえ、もう片方の手で木の根に挟まってしまった美香のハイヒールに手をかける。

その途端《とたん》、するっと、ハイヒールが持ち上がった。

「うそっ！」

「ヒールは折れてないし、傷も付いてない。良かったな」

貴大は傷がないかどうかハイヒールを確認してから、シンデレラの王子さながらに美香の前に置いてくれる。にわかには信じられないが、美香は礼を言い、急いでハイヒールを履き直した。

「お手を煩《わずら》わせて申し訳ありません。でも、さっきは本当にびくともしなかったんです」

まるで美香をその場に釘付けにするみたいに、靴が頑《がん》として動かなかった。先ほどの声といい、靴といい、この神社には何かあるのだろうか。不思議でならない。

「謝らなくていいよ、靴を取るのに、ちょっとしたコツが必要だったんだ」

「そうでしょうか」

「ああ。それより写真撮影が始まるから、早く行ったほうがいい」

「はい……。じゃあせん……いえ、神主さん」

ぺこりと頭を下げて美香が立ち去ろうとした時だ。

「美香ちゃん」

貴大はいきなり美香の名を呼ぶと、腕をつかんで自分のほうに引き寄せた。白くふんわりと広がる装束《しょうぞく》が、美香を包み込むようにひるがえる。

「桜色のワンピースが良く似合ってる。上品で女性的でとても君らしい」

「あ……、ありが……」

見つめられてそう言われ、美香の気分は一気に天へ駆け上る。

「俺と君が知り合いだということは、誰にも言わないように」

さらに顔を近付けて、貴大は美香の耳元で囁《ささや》いた。耳朶《みみたぶ》に触れる彼の息に、美香は膝が震えそうになる。

「……もしかして、藤堂フーズの重役だということを隠していらっしゃるんですか？」

「小難しいことは考えなくていい。片岡さんにも他の友人にもしゃべるなよ。もちろん、明日会社に行っても、今日見たことは誰にも言うな」

最後は命令口調になった。なんだろう。いったい貴大は何を隠しているのだろうか。

「わかりました。専務がそうおっしゃるなら……」

「ありがとう、美香ちゃん。この件については、日を改めて話すから」

頼んだぞ。貴大に背を押されて、美香は写真撮影の場所に向かう。まだ少し胸がドキドキしていたが、名前で呼ばれたことも、貴大と秘密を共有することも、妙に嬉しかった。

高鳴る胸を鎮《しず》めるように手で押さえながら、拝殿《はいでん》の前に集まっていた友人たちの許《もと》へ急ぐ。友人たちは戻って来た美香に言った。

「あのイケメン神主、ここの宮司《ぐうじ》さんの息子なんだって」

「そうなんだ……。えっ！　息子？」

ということは、もしかしてその宮司が社長の別れた夫？　社長は神主の嫁だった——？

4

まずいな——

愛車を飛ばして帰途につく間も、貴大の頭の中は想定外の出来事にどう対処すべきかでいっぱいだった。

六時過ぎに自宅マンションに戻ると、留守中に上がり込んだ兄の大輔が、キッチンで食事の用意をしていた。両親が離婚して以来、長らく母と兄と三人で暮らしてきた貴大だが、四年ほど前から、ベイエリアにある都内のマンションでひとり暮らしをしている。

「何してるんだ。お前、今日は見合いのはずだろう？」

得意げに料理の盛り付けをしている兄に向かって、貴大は声をかけた。

「俺が作ったアスパラのミラノ風、上々の出来だぞ」

軽口で返した大輔は、呆れ顔の弟に気付いて顔を上げる。

「心配するな。やるべきことはやって五時前にはお開きになった。それよりお前の首尾はどうだ？」

貴大は片岡家からもらった土産《みやげ》の品々の入った紙袋を、キッチンカウンターに置いて言う。

「緊張したが、上々だ。生まれて初めて斎主《さいしゅ》をやった」

「斎主……。ということはお前が神前式を仕切って、祝詞《のりと》も読み上げたのか？」

「ああ。予定では修造《しゅうぞう》さんがやるはずだったけど、これも経験だからと言われて」

「じゃあ、本格的な神主デビューってことか」

「そんなとこだ」

フライ返しを持ったまま、大輔は感心したように拍手した。細身のフレームのメガネに、紫のシャツ。袖は肘まで捲《まく》り上げ、腰に辛子色《からしいろ》のエプロンを巻いている。

「で、親父《おやじ》の体調は？」

「あまり良くなかった。この式を見届けたから、安心して入院できると言ってた」

「そうか」

めったに表情を変えない兄が、父の様子を聞いて顔を曇《くも》らせた。広いリビングのソファに向かう貴大のあとを黙って付いて来る。

「とりあえず何か飲むか？」

「ビールくれ。キンキンに冷えてるやつを」

「待ってろ、一緒に乾杯してやる」

またキッチンに引っ込んだ兄を横目に、貴大はジャケットを脱いでダイニングチェアの背にかける。そしてテレビの前にふたつ並べて置いた、ひとりがけのソファに腰を下ろした。留守の間に大輔が掃除もしたのか、ソファの前のテーブルに出しっぱなしにしてあった雑誌やリモコンが整頓されている。

会社ではクールな副社長を装《よそお》っているが、大輔は料理や掃除が得意な家庭的な男だ。その上家電オタクで、実家には選び抜かれたこだわりの生活家電が溢《あふ》れている。

その兄が、栓を開けた瓶ビールを二本手にして戻って来た。片方を貴大に差し出す。

「ほれ」

「サンキュ」

渡されたビールはよく冷えていた。大輔は残りの一本を持ったまま隣のソファに腰を下ろすと、軽くビールを掲《かか》げて言った。

「お前の初めてのご奉仕を祝して乾杯」

貴大も真似してビールを掲げ、そのままぐびりとあおった。ほろ苦いイギリス産のビールが、空腹の胃袋にじんわりと染みていく。

希和子の別れた夫であり、貴大と大輔の父である三枝博之《さえぐさひろゆき》は、白岬神社の宮司《ぐうじ》だ。三枝家は「社家《しゃけ》」と言って、代々神職を世襲《せしゅう》してきた一族である。今日の神前式は父が斎主《さいしゅ》を務める予定だったが、体調が悪化したせいで、貴大が代わりを務めることになった。

博之は一年前に癌《がん》の宣告を受け、今は通院しながら療養中《りょうようちゅう》だ。修造というのは、父の妹の深山瑠璃子《みやまるりこ》の夫で、博之と同じように隣町の神社で神職をしている。

貴大は、母に内緒で大学四年の時に神職の資格を取った。階級的には下っ端《したっぱ》なものの、一人前の神職——すなわち神主になった。その後は仕事をする傍《かたわ》ら、父の神社が忙しい時だけ手伝いに行っている。

会社でこの事実を知るのは、兄の大輔だけだ。つい数時間前、美香もそこに含まれたが。

離婚後の母は、父が息子たちに面会することを許さなかった。もし内緒で貴大が神主の資格を取り、こっそりと父を手伝っていると知ったら、天地がひっくり返るほど怒るだろう。

「ところでおふくろは？」

「和明さん夫妻と、歌舞伎座《かぶきざ》に行った。あと二、三時間は一緒だろう。お前は友人の結婚式で帰りが遅くなると信じてるから、安心しろ」

兄がニヤッと笑った。女性経験はそれなりにあるが、恋愛には興味がないと言い切る兄は、母に勧められるままに見合いを繰り返している。母親が姑《しゅうとめ》にいびられたせいで離婚したので、結婚相手は母が気に入る女性にしたいそうだ。

「なるほどな。さすがは兄貴、手抜かりはないか」

「当たり前だ」

大学の同期生だった両親は、神社の跡取り息子と巨大企業グループの令嬢という素性《すじょう》を知らぬまま恋に落ち、希和子が妊娠したことにより、卒業と同時に結婚した。希和子は慣れない土地で神主の嫁として頑張ったが、博之の浮気と姑の嫁いびりに耐えかね、貴大が七歳の時に息子たちを連れて家を出たのだ。

結婚に反対した藤堂の家とは絶縁状態であったので、離婚後の数年間、母子は極貧《ごくひん》生活を送ることとなった。

希和子は現在の地位を手に入れるまで、辛酸《しんさん》を嘗《な》め尽くした。ときどき別れた夫のことをマスコミが嗅《か》ぎ回るが、希和子が実家と和解したため、スキャンダルを嫌う藤堂の伯父《おじ》が裏で手を回してひねり潰している。

「俺がおふくろの会社を継ぎ、お前はあの神社を守る。もしお前が金銭的に困っても、俺は絶対にお前を見捨てない。お前が神主の資格を取った時にそう決めただろう？

貴大」

大輔の言葉に、貴大は現実に引き戻された。

「ああ。大丈夫だ、よくわかってるよ」

大輔も貴大も、苦労して育ててくれた母には心から感謝している。

離婚して藤堂の名字に変わってからは、母のためにも父方の身内とは一切会わずに過ごしたほどだ。

しかし貴大が二十歳の時、母の目を盗んで会いに来た父から、祖父母の死と、祖母が死の間際《まぎわ》まで、孫のどちらかに神社を継いでほしいと願っていたと聞かされた。

十数年ぶりに会う父はめっきり老け込み、懐かしい神社も経営の悪化で人手不足に悩まされているという。それを知った時、憎しみはどこかに消え去り、やがて兄弟は、父を支えることを決心した。

貴大は空《から》になったビール瓶をテーブルに置いた。今考えるべきは、そのことではない。美香についてだ。

「少々まずいことになった。会社の女の子に見られたんだ」

「見られた……？　誰に何を」

「有吉美香だ。新婦の友人として、彼女も式に招かれていたんだ。ご神木の前でばったり会って……」

「ほう。美香ちゃんか……。お前の大好きな」

一瞬険《けわ》しい顔になった兄だが、美香の名を聞いて口元を緩《ゆる》めた。

有吉美香。確かに大好きだ。

目を閉じれば、雅楽《ががく》の音色が響く中に、品の良い桜色のワンピースを着た美香の姿が浮かぶ。

彼女はいつもと違う香水をまとっていた。甘くて女らしい香りだ。ほっそりとした脚が綺麗で、立ち上がらせた時、思わずドレスの胸元の谷間に目が行ってしまった。

職務も忘れ、貴大はつかの間、不埒《ふらち》な想いに囚われた。

美香が入社したばかりの頃は、社長のワガママに振り回されている彼女を、興味深く見ているだけだった。

そのうち、社長の面倒な要望にもせっせと応《こた》える彼女に本気で惹《ひ》かれるようになった。

貴大は資産家の令嬢やモデル並みの美女には魅力を感じない。

時代遅れかもしれないが、ひたむきでけなげな女性に憧れるのだ。社長のラテを買うために息を切らしながら走る美香に心を癒《いや》され、いつの間にか全力で愛してやりたいと思うようになった。

それほどに惹かれながらも、頑張れと励《はげ》ますだけで半年以上が過ぎてしまっている。

「彼女には何も話してないのか」

大輔が探るように言う。貴大は頷《うなず》くことしかできなかった。

「当然だ。なんだかんだ言っても、彼女は社長の腹心《ふくしん》だ。下手をすればこの十年の努力が水の泡になる。だから口止めした」

「口止め……。でも、もう時間がないぞ。隠したままでいいのか？」

「たった一度、家まで送っただけだぞ。俺のことをどう思ってるかさえわからない」

「じゃあ明日の晩、ホテルのスイートに連れ込んで、夜通し抱いてやれ。そしてひと言、俺と一緒に白岬に来てくれと言えばいい。彼女が思わず頷くような強引さを見せろ」

冷徹《れいてつ》な目とは正反対な熱い兄の言葉に、貴大は唖然《あぜん》とした。同時に兄の提案を頭の中で想像してしまい、淫《みだ》らな誘惑に負けそうになる。

「お前、口のきき方がだんだんおふくろに似てきたな。大切だと思うからこそ、手が出せないんだろうが」

「それがお前の悪いところだ。他人の顔色をうかがいすぎる。好きなら奪え。なぜさっさとものにしない。他の男にさらわれるぞ」

奪えと言われても。

母親があのピンヒールを履いた悪魔で、伯父《おじ》は藤堂グループ総帥《そうすい》だ。そんな肩書きを背負ったままうかつに手を出しては、美香は戸惑《とまど》い、離れていくだろう。

すべての女が金の匂いに惹《ひ》かれるわけではない。ことに美香は、身の程をわきまえすぎている女だ。

でも、彼女はご神木の前で俺の手を取った。

あの木には古くから語り継がれる恋物語がある。遠い昔、戦《いくさ》で傷付いた武将があの木の根元に倒れていると、通りかかった町の娘に助けられた。ふたりは恋に落ち、やがて身分の違いを乗り越え結ばれた。

町の郷土資料館にも文献が残る、古代のロマンス。あの木の下で手を取り合った男女は結ばれる――いつしかそんな言い伝えが広まり、白岬神社は縁結び神社と呼ばれるようになった。

俺たちも結ばれる運命にある。

貴大はそう確信していた。美香にすべてを打ち明け、ふたりの関係を一歩先に進めようと、真剣に考え込んだ。


月曜日の午後六時過ぎ、貴大は帰り支度《じたく》をしている美香を拉致《らち》するように車に乗せ、都心から離れた場所まで車を飛ばした。たどり着いたのは、江戸川近くの雑居ビル。このビルの五階で、高校時代の友人が洋食屋を営《いとな》んでいる。

社長はもうひとりの秘書と営業部長を伴い、神楽坂《かぐらざか》の料亭でロシアのＶＩＰを接待中だ。ここまで来れば遭遇《そうぐう》することもないと考えたのだ。

「で。昨日の約束は守ってくれただろうな」

「は、はい……」

貴大は、ピザと飲み物を運んで来たスタッフが出て行くなり、そう切り出した。ふたりが案内されたのは、店の奥の小さな個室で、気をきかせた友人が、テーブルの上に花やキャンドルを飾ってくれていた。室内はほの暗く、窓からはベイエリアの夜景も見えたが、美香はふたりきりでいるのが落ち着かないのか、しきりに周囲を見回している。

「そうか。色々と無理を言って悪かった。とりあえずピザでもつまみながら飲めよ。事情を説明するから」

「はい。では……」

ピザと一緒に美香にはカンパリソーダを勧め、自分はウーロン茶を頼んだ。

「昨日のことなんだが、実は俺は神主、いや、正しく言うと神職の資格を持ってるんだ」

大輔に言われたように、貴大はすべてを打ち明けるつもりで来た。意外にも美香はさほど驚かなかった。

「やっぱり、そうでしたか。式のあとの食事会で、友人たちがイケメン神主さんの話題で盛り上がってしまって……。友人から、専務があの神社の宮司《ぐうじ》さんの息子さんだと聞きました」

「なんだ、もうばれてるのか」

少しだけ拍子抜けした気分になる。貴大は頬杖《ほおづえ》をつきながら、ため息を漏《も》らした。

「三枝さんとおっしゃる方が、専務のお父さんで、社長の……？」

「別れた亭主だ。三枝の家は社家《しゃけ》といって、ようするに、白岬で代々神社の宮司を世襲《せしゅう》してきた家なんだ。けどこの二年ほど親父《おやじ》の体調が悪くて、俺が手伝いに行く回数が増えた」

「そうでしたか。わたしはてっきり、専務のサイドビジネスだと思いました。失礼ですが、この件は社長には？」

「隠している」

美香が息を呑んだ。貴大はウーロン茶をひと口飲むと、慎重に話を進めた。

「親父とおふくろは大学の同期生で、いわゆるデキ婚をしたんだ。だけど祖母の嫁いびりや親父の浮気のせいで別れた。その後のシングルマザー時代は君も知っているとおりだ」

「ええ。社長の著書で読みました。とにかく貧乏で、食べ物に事欠いたと……」

「全部事実だ。俺が小学生から中学生の頃にかけては悲惨だった。でもおふくろは俺たちのために、藤堂の力を借りずに死にもの狂いで働いたんだ。そんなおふくろだから、俺が三枝の家の手伝いをしてると知ったら、即刻親父の息の根を止めに行くだろう」

その場面を想像したのか、美香は両手を胸に当てて小さく身震《みぶる》いした。

「でも専務。社長に反対されるようなことを、どうして隠れてまでなさるんですか？」

その言葉には、わずかに非難が込められているように感じた。

「手塩にかけて育てた息子さんが、隠れて元ご主人と通じていると知ったら、ショックを受けられるでしょう。社長がお気の毒です」

「確かに親父《おやじ》はろくでなしだ」

貴大の脳裏《のうり》に、やせ衰《おとろ》え、神職にはあるまじき無精《ぶしょう》ひげをうっすら生《は》やした博之の顔が浮かぶ。昔はああではなかった。凛々《りり》しい神主だと、近所でも評判だったのを覚えている。

父は妻と実母の間で板挟みになり、現実逃避するかのように浮気をした。結果、妻とふたりの息子を失ったのだ。

「それでも親なんだ」

「専務」

「あの神社は縁結びで知られていたが、親父たちの離婚のせいで評判が落ち、参拝者も減った。今では神職は親父ひとりになり、後継者の問題もある。放っておけないんだ。あとは亡くなった祖父母だ」

先代宮司《ぐうじ》である祖父は貴大が高校生の時に亡くなり、祖母はその三年後に逝《い》った。その事実を告《つ》げられた時の喪失感《そうしつかん》。いまだに忘れられない。

「祖父母は、孫のどちらかに神社を継いでほしいと願っていたそうだ。祖母は確かにおふくろにはきつく当たっていたが、俺と大輔は可愛がってもらった。それなのに、離れて暮らしていたから何もしてあげられなかった」

「だから神主になろうと？」

「そう」

空気が重くなる。美香は、心もち明るい声で質問をしてきた。

「でも神前式には雅楽隊《ががくたい》や巫女《みこ》さんがいました。人手が足りなさそうには見えませんでしたが」

「あれは新郎新婦のほうで連れて来た、助《すけ》っ人《と》だ。うちの神社は、神職は親父ひとり。大きな祭りがある時はバイトの巫女を雇い、それ以外は地元の人間で、神職に協力してくれる役割の総代や、叔母《おば》とその旦那が手伝いに来てくれる」

「そうだったんですか……。神社も色々と大変なんですね」

「地元の人たちも、俺か大輔に戻って来てほしいと言ってくれている。大輔はおふくろの会社を継ぐべきだと思う。だから俺が親父の跡を継ぐ。そう考えたんだ」

「そうですね……、えっ、継ぐ？　手伝いではなく、専務は神社のお仕事を本職になさるおつもりなんですか？」

「いや、その……。なあ、美香ちゃん」

貴大は身を乗り出し、テーブルの上の美香の手を取った。そうして、うろたえる美香の目をじっと見つめる。

自分をこき使う、悪魔のようなボスの身になって考える辺りが、いかにも美香らしい。優しい子なんだよな。だからおふくろにいいように使われる。

しかし、その優しさに貴大は惹《ひ》かれていた。

「明日にでも専務を辞めて神社の神主になる——。そう言ったら、美香ちゃんは一緒に来てくれるか?」

「え?」

「おふくろは激怒して、親子の縁を切るだろう。神社の件では、前にも一度ケンカになってるんだ。でも心配はいらない。俺には蓄《たくわ》えがある。自分の妻子に苦労をかけることはないはずだ。だから美香ちゃん」

「さ、妻子?」

美香は目を丸くした。貴大はそれを無視して美香の頬に触れる。びくりと肩を震わせた彼女の頬を、手のひらでそっと包み込む。温かくて、かすかに震えるすべすべの肌。

今日は珍しく、髪を下ろしている。緩《ゆる》く波打つ柔らかい髪が、妙に女っぽい。

ふっくらした唇は、キスしたらどんな味がするだろう。

「美香ちゃん。俺と……」

　貴大は頬の線に沿って指をすべらせ、美香のあごを持ち上げた。

「俺と一緒に白岬に来てくれ。君はどうしたら俺のものになってくれる？　静寂《せいじゃく》とテーブルに置かれたキャンドルの明かりが、貴大を大胆にした。しかし――

「そんなご冗談をおっしゃってはいけません、専務……！」

　美香はわずかに身を引いて、貴大の手から逃れた。

「確かにわたしは社長の秘書ですが、ヘッドハンティングするような価値はありません。それに専務がいなくなっては社長が悲しまれます。会社も困ります」

　ヘッドハンティングだと……？　おいおい。

　勇気を振り絞《しぼ》っての愛の告白なのに、どうしてそんな結論にたどり着くのか。じれったくなった貴大は、否定しようと慌てて口を開いた。

「ヘッドハンティングなんかじゃないよ。俺は君を――」

　けれど美香はそれ以上聞きたくないと言わんばかりに、首を横に振る。

「専務は優しい方です。亡くなったおばあ様のために神主の資格を取って、ご病気のお父様のために神社のお手伝いをなさる。もちろんお母様のために重役としての責務も果たされている。感動します。わたしの憧れている専務がそんな人で嬉しくて……、あ」

　そこまで言ってから美香は口元を押さえて、明らかに恥じらう素振りを見せた。

「申し訳ありません！」

美香はぺこりと頭を下げた。

「ずっと専務に憧れていました。今日お話をうかがって、ますます専務が好きになりました。ですから」

「ですから……?」

顔を上げた美香は、まぶしい笑顔を貴大に向けた。

「社長とお話しになるべきです」

そして諭《さと》すように言葉を続けた。

「時間をかけて説得なされば、わかってくれるはずです。その頃には会社ももっと成長して、安定期に入るのではないでしょうか。それまで辛抱《しんぼう》なさるほうが……。縁を切るなどもってのほかです」

「美香ちゃん」

「今うかがったことは誰にも言いませんから……。あ、ピザが冷《さ》めてしまいましたね……」

「いやいいよ、例《たと》えばの話だよ」

「専務」

彼女は泣きそうな顔をしていた。貴大はなだめるように言う。

「例えばの話。冗談だ。真《ま》に受けなくていいから」

そうさ、真に受けなくていいよ。今はまだ。

自分の中で、何かが急速に冷めていくのを貴大は感じた。

あと十日も経たないうちに、貴大は会社を去り白岬に帰るという極秘作戦を決行する予定だ。もし美香がうんと言ってくれたら、彼女を連れて行こうと考えている。自分たちはいわゆる恋人同士ではないが、一緒に暮らすうちに深い愛が生まれるだろう。

彼女が望むなら、幼稚園でも保育所でも好きな仕事に就《つ》けるよう協力するつもりだ。

しかし美香は貴大より、秘書の仕事、いや、すくすくっこルームのほうが大事らしい。

その事実が貴大の全身を駆け巡《めぐ》り、雷に打たれたようなショックを与えた。

「どうやら振られたようだ」

ディナーのあとに美香を送り、そのまま自宅に帰った貴大は、大輔に電話で報告をした。

「スイートルームに連れ込んだのか。むせるほどのバラを用意したか？」

「いや、友人が経営する洋食屋に連れて行った。臨海公園の夜景が見える店だ」

「この、ヘタレ野郎が」

大輔の容赦《ようしゃ》ない言葉に、貴大は心が折れそうになる。

「それでも予定どおり決行だ。ほんとに好きなら、一度や二度の失敗で諦《あきら》めるな」

「諦めねえよ」

そうとも、諦めるものか。

自分たちはご神木の加護を受けた。必ず、彼女は俺のものになるのだから。

5

はあ……、キスされるかと思った。

貴大のせいで、美香は夜遅くまで寝付けなかった。

貴大に連れて行かれた夜景の綺麗な店で、美香は思いがけず彼と急接近した。目を閉じても、すぐそばに迫った彼の顔や、頬を包んだ彼の手の感触が何度もよみがえる。あごに添えられた彼の指が美香の顔を上に向け、伏し目がちな彼の顔が今にも重なりそうに感じられた。

まるでプロポーズの予行練習みたいだ。美香はうっとりと彼に見入ってしまったが、我に返り、慌てて彼の告白を遮《さえぎ》った。彼は明らかに気を悪くしていた。でも一介の社長秘書の身としては、あんなふうにしか答えられない。

あれは、本当に冗談だったのだろうか。彼が語った人生設計は、やけにリアルに感じられたのだが。そのことが気になって、ますます寝付けなくなる。

おかげで、翌日は寝不足のまま出勤することになった。

「どうしたの？　寝不足？」

「ええ、あの、はい……」

　メイクでごまかしたつもりだったが、悦子に指摘されてしまう。社長を出迎えた時も、怖い目でにらまれた。きっとしょぼくれた顔が気に入らなかったのだろう。

　昨夜聞かされた希和子の過去は、美香にとって衝撃《しょうげき》だった。慣れない土地での結婚生活。姑《しゅうとめ》にいびられ、どんなに辛かったことか。なぜ、貴大の父は希和子を守ってやれなかったのか——

　思い出すと美香の胸も苦しくなった。

　しかし、そういった辛い経験が、自身と同じような境遇の母親を応援する事業の設立につながったのかと思うと、いっそう希和子を尊敬し、彼女の部下であることが誇らしくさえなった。

　眠気を追いやり、今日も仕事に励《はげ》む。いつものように社長の使い走りで外出し、ようやく席に戻った時、デスクの上の内線が鳴った。社長室からだ。

「有吉、いる？　すぐに来て！」

　受話器を取った美香が何か言うより前に、希和子の大声が耳に響いた。

「はい！　ただいま」

　受話器を戻した美香に、悦子がこっそり声をかける。

「おかんむりよー。何をやらかしたの？」

「身に覚えはありませんけど……」

興味本位の悦子の視線をよそに、美香は席を立って社長室のドアをノックする。

「お呼びでしょうか」

ドアを開けると希和子のデスクの前に貴大がいた。美香が席を外している間に入室したのだろう。彼と目が合い、足がすくんでしまう。

「ここに来て」

そう促《うなが》され、美香は緊張しながら希和子の前に進み出る。その間ずっと、貴大の視線は自分に注《そそ》がれたままだ。今までとは明らかに違う、強烈な視線にぞくっとした。

「昨夜、八時頃かしら。臨海公園の近くで貴大の車とあなたたちふたりを見かけたわ。何をしてたの？」

「は……？」

背中に冷水を浴びせられた気分になる。ちょうどその頃には店を出て、ふたりで駐車場に向かっていたはずだ。

「社長は神楽坂で接待だったと聞いておりますが」

黙って聞いていた貴大がそう返した。希和子は頬杖《ほおづえ》をつきながら、息子の顔を見上げる。

「お座敷で忍者ショーを見ながら、しゃぶしゃぶを食べてたんだけどね、ベステミアノフ夫妻がディズニーランドの花火を見たいとおっしゃるので、車であの近くまで行ったのよ。それで」

見つかっちゃったんだ。そういえば、専務のお友達のお店からも花火が見えたっけ――

上手くごまかさなきゃ……。と思った時には、貴大がのんびりと口を開いていた。

「実は日曜日の結婚式で彼女とばったり会ったんだ。その時の参列者の何人かと、昨日あの近くの店で飯を食ったんだよ。彼女も一緒に」

「同じ結婚式に出てたってこと？」

「そう。お互い新郎新婦の友人でさ。驚いたよ。なあ、有吉」

「はい……。まさかあの、専務のお知り合いの方だったとは……」

美香は慌てて話を合わせた。

「ふーん」

そんな嘘が社長に通用するわけがないと思ったのだが、希和子はしばらく無言で美香と貴大を見比べると、追及の手を緩《ゆる》めた。

「ならいいわ。別に怒ってるんじゃないの。意外な組み合わせだなと思ったから」

「意外ですか？　歳も近いしお互い独身だし……」

貴大は冗談めかして言ったが、希和子が興味なさげにそっぽを向いたので口をつぐんだ。そしてすぐに真面目な顔に戻り、手にしていた資料を社長のデスクに置く。

「それでは、この案件を進めたいので決裁をいただけますか？　ご出発までもう一週間ですし」

「ああ、そうだったわね」

希和子はメガネをかけると、貴大の差し出した書類に手を伸ばした。来週の後半より、希和子は海外出張のため長期不在となる。訪問先はヨーロッパからアジアまで数カ国に及ぶ。

毎年恒例の、商品の買い付けや新規マーケットを開拓するための出張。ヨーロッパでは王族との面会が予定されており、最後の二週間はドバイでのプライベート休暇に当てられていた。そのせいで、商用というより外遊と呼ぶほうがふさわしく感じられる。

全日程は二カ月。美香がこの会社に来て以来、社長がこれほど長く不在になることはなかった。

大声で万歳《ばんざい》したいところだが、トップがこんなに会社をあけて良いのだろうかと思わなくもない。

「これで進めてちょうだい。ねえ、貴大。今からでも遅くないわ。お前も一緒に来ない？」

希和子は書類を貴大に返しながらそう言った。

「私は他にも交渉中の案件がありますので、そちらを優先させていただきませんと」

「やっぱり無理なの？」

「はい。ヨーロッパは魅力的ではありますが」

出張のメンバーは希和子と大輔、海外営業部長と秘書の悦子。そして西野《にしの》という、役員付ではないベテラン女性秘書の、計五名となっている。

希和子は美香を連れて行きたがったのだが、社長秘書がひとりは残ったほうが、何かあった時に社内で対応しやすい……と西野が言い出し、代わりに自分が社長のお世話係として同行すると主張した。

なんとなく、会社のお金で海外に行きたいという西野の下心を感じないわけでもなかったが、美香は謹《つつし》んで同行を辞退し、希和子もしぶしぶながら西野の提案を受け入れたのだ。

海外は魅力的だが、たまには希和子と離れるのもいいだろう。社長がいない間に思い切って長い休みを取り、リフレッシュするつもりだ。

「有吉も来られないんだし、肩が凝《こ》ったらどうしようかしら」

「西野さんや悦子さんにお願いすればよろしいと思います」

「そうね、出発は来週だし。今更、子どもみたいなことを言うのはよすわ」

美香はほっと胸を撫《な》で下ろし、その場を辞した。自分のデスクに戻って十分ほどすると、貴大も社長室から出てきた。

彼は美香をそわそわさせるような流し目を送ってきたが、無言でその場を通り過ぎた。

それからの一週間はあわただしく過ぎ去った。社長と次期社長がそろって長期不在になるため、社内はその準備に追われることとなる。

貴大は美香を避けているようだった。顔を合わせても、おはようとお疲れ様でしたのふた言しか交わさない。彼の秘密を共有したことで、逆にふたりの距離があいたみたいだ。寂《さび》しいが、やむを得ない。

水曜日の午後には、成田で社長一行を見送った。最初の訪問地はイタリア。美味《おい》しい生ハムとオリーブオイルを買い付けるとのことだ。

そして美香が木曜の朝出勤すると、貴大が明日から二週間の休暇に入ると、秘書室の面々に通達があった。

あれ？　交渉中の案件があったんじゃ……

それを理由に海外への同行を断ったはずだ。怪訝《けげん》に思っていると、翌日事件は起こった。

「大変です。専務が辞任されました！」

金曜日の午後、美香が秘書室で同僚たちと打ち合わせをしていると、貴大の秘書の坂田が大声で叫びながら駆け込んで来た。

「休暇に入ったら渡すようにと、糸井《いとい》副社長へのメッセージをお預かりしていたんですが、先ほどそれをお届けしたら、出てきたのは辞任届で、すでに電話も通じません」

青ざめた顔で、坂田は秘書室長の田澤《たざわ》に訴えた。糸井というのはもうひとりの副社長で、会社創設時から希和子を支える古参《こさん》の男性だ。

「辞任だと……？　そんなこと誰も聞いていないが。社長はご存じなのか？」

「何も告《つ》げずにお辞めになったようです。社長への対応は大輔様がなさるので心配はいらないと」

秘書室にいた面々は驚いて顔を見合わせる。田澤室長が困ったようにつぶやいた。

「まるで次男が逃げ出したみたいじゃないか。どうなってるんだ、坂田！」

混乱する田澤をよそに、坂田は呆然と成り行きを見つめていた美香に詰め寄った。

「お前が専務を振ったからだ！」

「ええっ？」

驚く美香に、その場にいた同僚たちの視線が注《そそ》がれる。

「専務はお前のことが好きだった。毎日毎日、涙ぐましいほどお前を気づかってた。それなのにお前ときたら、いじいじして専務の気持ちに応《こた》えてやらない……。この鈍感、ボケ女！」

専務は白岬に行ったのだ。お父さんを手伝うために――

ふたりで食事した時に言われた言葉は、冗談ではなかったのだ。本気だとわかっていたら、もっと真剣に止めたのに、どうして見抜けなかったのだろう。坂田の言うとおり、自分は鈍感なボケ女だ。

その坂田の発言のせいで、貴大ファンの女子社員たちからは、終日非難の目で見られた。わたしが何をしたっていうのよ——そう思ったが、怖くて言い返せない。

社内は大混乱だったが、社長ではなく、まずは大輔にコンタクトを取るべきだと糸井が判断した。美香には何もできることはないので、対応に追われる幹部たちを横目に定時で退社する。

美香自身も来週から休暇の予定だ。ノープランでどこかに旅立ち、温泉にでも浸《つ》かりながら今後のことを考えようと思っていた。

しかしこれでは、到底のんびりできそうにない。

食事も忘れて、美香が自宅のリビングでイライラしていると、八時頃、銀座のデパートの外商部を名乗る女性の訪問を受けた。彼女は貴大から預かったというプレゼントを持参していた。

「藤堂さんは、いつこれを？　何かおっしゃってましたか？」

「先日の日曜日にご自宅にうかがい、お選びいただきました。詳しいことは中のカードをご覧ください。大切な方へのプレゼントだからと、直接お渡しするように承《うけたまわ》りました」

親切そうな外商部員は、それだけ言って帰って行った。美香がショッピングバッグを開けると、白いメッセージカードと水色の小箱が現れ、小箱の中にはダイヤのブレスレットが入っていた。

「うわ……、綺麗……」

手に取って、たっぷりと観察する。目がくらむようなダイヤの輝きに、疲れが吹き飛んだ。プラチナに総ダイヤ、安物ではない。カードには手書きで、こう書かれていた。

『有吉美香様へ　君は君の仕事を頑張れ。　藤堂貴大』

「せんむ……！」

嬉しくて涙が出そうになる。けれど、こんな高いものをもらうわけにはいかない。無駄かもしれないと思いつつも、彼のスマートフォンに電話した。先日一緒に夕食をした時、番号を交換していたのだ。しかし聞こえてきたのは、この番号は現在使われておりませんという機械的なメッセージ。

どうしよう。どうしたらいいの――

いつの間にか、ソファの上でうたたねをしていた。夢の中に、怒り狂う希和子が現れた。恐怖にうなされていると、電話の着信音に気付く。けたたましく鳴っているのは、社用の携帯だ。

慌てて携帯をつかむと、待ち受け画面に「藤堂社長」の文字が浮かんでいる。時刻は、土曜日の午前三時。

「有吉です！」

「さっさと出なさい！　いつまで待たせる気よ！」

ひぃぃ……！

先ほどまで見ていた夢さながらの希和子の怒声に、美香は携帯を取り落としそうになった。約一万キロも離れたヨーロッパにいるとは思えないほど、鮮明な怒鳴り声だ。

「も、申し訳ございません！」

「詫《わ》びて済む問題じゃないわ、貴大のことよ。お前、知ってたんでしょう?」

「あ……」

「あ……じゃないわよ。糸井と大輔がこそこそ連絡し合ってるから、おかしいと思って糸井を問い詰めたら全部白状したわ。すぐに貴大に電話をしたんだけど、携帯が解約されてる。まさかと思ってネットで検索したら、白い斎服《さいふく》を着た貴大の写真がブログに掲載されてるじゃない！」

「まあ……、そんなものが?」

それは知らなかった。もしかしたらモエの結婚式の際に撮った写真を、友人たちの誰かが自分のブログにアップしたのかもしれない。

「しらばっくれないで。お前が偶然貴大と会ったという結婚式、白岬神社のことでしょう？　貴大はそこで神主をしてたんじゃないの？」

すべてばれている。早口で捲《まく》し立てられ、眠気が一気に吹き飛んだ。

「実はお父様がご病気だとかで、専務がお手伝いするしかないとうかがいました。絶対に他言《たごん》してはならないと念を押されて……」

「三枝博之のことも聞いたの？　貴大から？」

「はい……、申し訳《わけ》ございません！」

美香はただ、詫びることしかできなかった。いくら貴大が打ち明けてくれたとはいえ、他人の自分が知り得て良い情報ではない。

「だったら、どうして教えてくれなかったの」

希和子の声が急にトーンダウンした。

「貴大は私の留守を狙って会社を辞めたのよ。大輔もグルね。お前さえ教えてくれていたら手を打てたわ。あんな……、あんな男の跡を継がせるために育ててきたんじゃないのに！」

希和子の声は、今にも泣き出しそうに聞こえた。美香は、こんなに動揺する希和子の声を聞いたことがない。

罪悪感で言葉に詰まっていると、希和子が早口で告《つ》げる。

「私の代わりに今すぐ白岬に行きなさい、有吉。行って貴大を連れ戻すこと。連れ戻すまでは出社を禁じます」

「社長、それは……」

「それとこの件は、社内の人間には伏せておいて。わかったわね？」

無茶苦茶すぎて返事ができない。呆然としている美香に、希和子の声がとどめを刺した。

「聞こえなかった？　責任を取って今すぐ白岬に行き、私の次男を連れ戻して来なさい！」

6

貴大が白岬にある父・博之の自宅へ着いたのは、金曜日の昼だった。

出発の際には、身の回りのものとお気に入りのギターだけを愛車に詰め込んだ。父の家は一昨年《おととし》に建て替えて、二階には貴大が自由に使える部屋がある。

キングサイズのベッドも運び込んであるし、家電もそろっているから、生活するには支障がない。

神社から歩いて二分ほどの距離にあるこの家から、父の博之は毎朝歩いて出勤していた。その父は先週ようやく入院し、本格的な治療が始まっている。

だから貴大は、父の代わりにこの神社を切り盛りするため、重役職を辞任した。もともと、いつかはこうするつもりで神主の資格を取った。父の病気のせいで、それが若干早まっただけのことだ。

荷物を運び込む前に、まずは伯父《おじ》の和明に電話をかける。

「……ええ。和明さんを失望させてしまったかもしれませんが、僕の好きにさせてください」

和明は電話の向こうでくぐもった笑い声を漏《も》らした。

「失望はしないさ。ただもったいないとは思うがな。お前だって子どもじゃないし、自分の考えで前に進めばいいよ。希和子はしばらく荒れると思うが、できるだけ話し合うように」

「はい」

「あとは、お前が博之さんを支えてあげなさい」

「はい。ありがとうございます」

電話を切って、貴大はほんの少し心が軽くなった。伯父の和明は、貴大の行動に理解を示してくれた。母にはすまないと思うが、理解してもらえるまで、根気良く説明するしかないだろう。

ついにひとりになったか——

そんな感慨《かんがい》にふけりながら、二階に荷物を運び入れ、整理をしていた時だ。

「貴大」

声がしたので階下に下りていくと、叔母《おば》の瑠璃子が玄関先にいた。

「ルリさん。片付いたら、顔を出そうと思ってたとこだ」

「いいよ、慌てなくて。それより何か手伝おうか？」

「ひとりで大丈夫だよ。たいした荷物じゃないし」

「そうお？　じゃあ、社務所《しゃむしょ》にお昼を用意してるから食べにおいで」

「ありがとう、ルリさん」

父の妹である瑠璃子は四十九歳。両親が離婚する前は、幼かった貴大と大輔とよく遊んでくれた優しい叔母だ。

父が不在のこの一週間は、叔母夫婦と近隣の住民に神社の管理を頼んでいた。

神主の仕事は朝拝《ちょうはい》といって、神様に食物を供《そな》え、祝詞《のりと》を奏上《そうじょう》する作業から始まる。

日中は祈願に訪れた人のために、各種の祈祷《きとう》を奉仕する。場合によっては住宅を建てる場所に赴《おもむ》き、神様に祈りを捧げる地鎮祭《じちんさい》という仕事もある。

他には細々《こまごま》とした事務仕事もこなし、朝拝と同じ作業の夕拝《ゆうはい》で一日を終える。

白岬神社は参拝者も祈祷の依頼もそう多くはないので、もっぱら境内《けいだい》を掃除してばかりだと父は言っていた。神様の領域を清浄に保つのも神主の役目だ。明日からは俺が全部やりますから」

「修造さんには、いつも助けてもらってすみません。明日からは俺が全部やりますから」


貴大は叔母に言った。叔母は笑顔で答える。

「大丈夫、ゆっくり覚えたらいいよ。とりあえず明日と明後日《あさって》はうちの人も来られるから」

早くおいでと付け加え、瑠璃子は社務所に戻って行った。

今頃、会社では貴大の辞任が知れ渡り、ちょっとした騒ぎになっているかもしれない。別れの挨拶《あいさつ》もせずに去ったのは、騒ぎを大きくしないためだ。

問題は、いつまでおふくろにばれずに済むかだな。

貴大は昔一度だけ、父の跡を継いでも良いかと母に尋ね、激怒されたことがある。母にとっては父との結婚生活そのものが、黒歴史なのだ。だから大輔と示し合わせ、母の留守を狙って会社を去った。いくら母が怒っても、たくさんの商談を放り出して海外からここに駆け付けることは不可能だ。

きっと母を傷付けるに違いない。けれど日々老いて、病《やまい》に苦しむ父を見捨てることもできなかった。母には時間をかけて理解してもらうしかない。以前、美香が言ったように。

この一週間は、徹夜続きで専務としての仕事を片付けた。おかげで美香とはろくに話せなかったが、そう遠くないうちに会えるだろうと、貴大は楽観視している。

何しろ自分たちはご神木の加護を受けているのだ。

この木の下で手を取り合った男女は結ばれる——これがあの木にまつわる伝説なのだから。

自分のことを忘れてほしくなくて、美香にブレスレットを贈った。次に会う時に彼女が身に着けてくれることを願うばかりだ。


日曜日の夜に、総代たちが社務所《しゃむしょ》の座敷で貴大の歓迎会を開いてくれた。社務所というのは、簡単に言えば事務所のようなものだ。事務室や台所、宴会ができるような座敷がある。

また、授与所《じゅよしょ》といって、絵馬やお守りを販売したり、祈祷《きとう》の受付をする窓口も併設している。

「いやあ、貴大さんが来てくれて良かったよなあ」

寿司やオードブルの並んだテーブルの前で、片岡モエの父、義正《よしまさ》が大きな声で言った。総代の中でも発言力が強い男なのか、乾杯の音頭《おんど》を取り、その後もやたらと仕切りたがる。すでにそこそこ飲んでいて、顔がだいぶ赤い。

「皆様には父のことで色々とご心配をおかけしました。今後は私が禰宜《ねぎ》として、宮司《ぐうじ》である父の代わりを務めさせていただきます」

座の中央に座らされた貴大は、一同に深々と頭を下げた。禰宜というのは神社における役職名のようなもので、神社の代表者である宮司の次の地位に当たる。

「修造さんもルリ子さんも忙しいんだろう？　貴大ちゃんが出かける時は、うちの女房に社務所の留守番をさせるから、遠慮なく言いなよ」

そう提案してきたのは、トマト農家を営《いとな》んでいる三浦善次郎《みうらぜんじろう》だ。善次郎の長男の武《たけし》は貴大と同い年で、同じ保育所に通い、一年間だけだが一緒に小学校に通った仲だ。

「ありがとうございます。どうしても無理な時は、お願いするかもしれません」

「遠慮はいらねえよ、貴大。うちのおふくろはここに来たくて仕方ないんだから」

父とともに歓迎会に来ていた武が口を挟む。

「おふくろの奴、貴大が気に入ったんだよ。あんなイイ男になるとは思わなかったとか言っちゃってさー。いい歳して、恥ずかしいったらありゃしねえ」

武の言葉に座は大いに沸《わ》いたが、父親のほうは恥ずかしそうに下を向いていた。

「お父さんの具合はどうなんだい？」

再び片岡義正に尋ねられた。貴大は昨日、一日の務めを終えてから病院に父を見舞っていた。博之が入院したのは、ここから車で三十分ほどの場所にある癌《がん》の先進治療を行う病院だ。

「あまり良くはないのですが、おとなしく治療を受けるように言っておきました」

入院して一週間。各種の検査結果を踏まえ、医師は貴大に「もって半年」と告《つ》げた。今後、専門的な治療を開始すれば予想は変わるかもしれないが、それでも先は長くないことは明白だ。

「そうかい。あんたも大変だろうが、お父さんの面倒を見てあげてよ、親子なんだから」

義正の言葉に、他の面々も一様に頷《うなず》いた。

「貴大さんのお母さんも苦労したんだろうが、博之さんも色々とあったんだよ」

「ええ。そのようですね、ありがとうございます。皆さん」

田舎の旦那方は、基本的には気のいい連中だ。貴大は彼らと上手く付き合っていこうと思った。

翌朝は五時に起床して身支度《みじたく》を済ませ、ひとりで朝拝《ちょうはい》を行った。三方《さんぼう》という台に載せた神様への供物を拝殿《はいでん》の奥に供《そな》え、祝詞《のりと》を奏上《そうじょう》する。

神社は道路から百メートルほど入り込んだ場所にある。周辺に人家はなく、石段を下って道路を挟んだ向こうは田んぼ。裏手は山林。そのためか周囲は静かで、厳《おごそ》かな気配に心も洗われるようだった。

自分の中に迷いはない、そう貴大は思っている。

朝拝を済ませて、ご神木に美香とのことを祈る。それから境内《けいだい》の掃除を始めると、ちょうど掃除が終わる頃に武がやって来た。

「おう、昨日はお疲れ！」

「ああ。お疲れ様でした。これから仕事か？」

「うん。出勤前にちょっとお前の様子を見て来いって、おふくろがさ」

武は都内の私立大学を卒業後、地元に戻り、今は町役場の土木課に勤務している。役場の男性職員は大半がスーツではなく、グレーの作業服姿で仕事をしているそうだ。

だから武も、毎日自宅からこの格好で出勤するらしい。武は独身で、この近くにある自宅に両親と三人で住んでいる。

「今日はお前ひとりか？」

武が尋ねた。貴大はほうきで地面を掃《は》きながら頷く。

「ああ。出かける予定もないし、掃除しながらたまった仕事を片付けるよ」

「結局のところ、おふくろさんは、お前が神主になることに賛成してくれたのか？」

その問いかけに、貴大は黙って首を横に振る。

「聞く耳さえ持ってくれない。だからおふくろが出張で海外に行った隙に、会社を辞めてきた」

「マジか。で……、会社のほうは大丈夫なのか？」

「あの会社には優秀な人材が多い。役員がひとり抜けた穴なんか、すぐに埋まるさ」

「そうか、そんなものなのかなあ……」

武はズボンのポケットに両手を突っ込み、所在なさげに貴大の周囲を歩いた。

「でも、なんかもったいないよな。そう思わねえか？　貴大」

「何がもったいないって？」

「会社を辞めたことだよ。お前の会社って、テレビでコマーシャルやってる『ハッピーママのお手軽惣菜《そうざい》』とかいう宅配セットの会社だろ？　うちでも注文してるし、嫁に行ったねえちゃんも使ってるって言ってた。人気だよなあ」

『ハッピーママのお手軽惣菜』は、藤堂フーズの主力商品のひとつだ。疲れて帰っても、ぱぱっと簡単！　そんなキャッチコピーの流れるテレビCMが人気を博《はく》している。また定番の惣菜セットの他に、離乳食やダイエットメニュー、糖尿病患者に向けた専用メニューもそろっている。

メニューの開発会議や、モニターを集めての意見交換会など、すべて希和子自らが出席し、現場の生の声を採《と》り入れていた。

「うちのおふくろは、昔はスーパーの惣菜売り場や弁当屋で働いてた。そこで身に付けた知識で、主婦受けするメニューを考案してるんだ」

「だからその……、もっと会社は大きくなるんじゃねえのか？　それをお前と大輔さんが継ぐんだろ。カッコいい車に乗って、カッコいいスーツ着て」

武は温厚そうな顔に、不服の色を浮かべる。

「親父《おやじ》たちはお前が神社を継いで喜んでるが、俺はお前が自分の未来を諦《あきら》めたみたいで納得いかねえんだよ。博之さんは気の毒だが、自業自得だろう？」

確かに父については、武の言うとおりかもしれなかった。

「褒《ほ》められた親じゃないよな。でもばあさんのこと、故郷のことや親父のこと、色々と考えて自分で決めたんだ。あとはここから、自分の人生を自分でプロデュースしていくさ」

「ちぇ、かっこつけやがって」

武はげんこつで貴大の背をこづいた。

「まあ、お前がそう言うんなら俺はいいよ。なんか困ったら言え。いつでも力になるから」

「サンキュ。あえて言うなら、ひとつ、いや、ひとりだけ心残りがあるんだけど……」

「なんだそれ、ひとりって……。あ、女か」

武が途端《とたん》に、ニヤニヤし始める。そして貴大にすり寄り、小声で囁《ささや》いた。

「もしかして彼女がいたのか？」

「彼女未満かな。なかなかイエスと言ってくれなくて」

「へえー。お前モテそうに見えるけどなあ」

「この男前な顔をもってしても、なびかない女もいるんだよ」

そう、美香のように。

呆れ顔の武をよそに、貴大は拝殿《はいでん》の向こうに見えるご神木に視線を移した。

今は待つしかない、そう思っている。神社の仕事が落ち着けば、必ず会いに行く。そして今度こそ、美香に好きだと伝え、さらってでもここに連れて来る。

「んじゃ、俺そろそろ行くよ。ひとりになっちゃうけど、頑張れよ」

「おう、わざわざ悪かったな。またいつでも来いよ」

「俺にも縁結びの祈願をしてくれ」

「ご祈祷《きとう》の受付は午後四時まで、社務所《しゃむしょ》でやってるよ」

「わかったよ……」

くるりと背を向けた武は鳥居のほうに歩き出したが、すぐに足を止めた。

「女の子がお参りに来たぞ」

貴大は武の指さすほうを向いた。キャリーケースを転がす女性が、髪をなびかせながらこちらに歩いて来る。タクシーに乗って来たのだろう。彼女の後方では鳥居の外に停まったタクシーがバックで方向転換し、走り去って行った。

白の細身のパンツに、水色のシャツ。重そうなキャリーを引きずりながら、せっかちに足を速める姿に、貴大の胸がどくんと大きく高鳴った。

見間違いでなければ、今最も会いたい女性が自分に向かって歩いて来る。

「驚いた。もうご利益《りやく》があったとは」

そんな言葉が口をついて出た。美香に会えますようにとご神木に願ったのは、つい一時間ほど前のことだ。武が怪訝《けげん》そうな顔で言う。

「知り合いか？　綺麗なコだな」

「専務！」

石段の下から美香はひと言そう呼ぶと、キャリーケースを持ち上げて石段を上る。そして目を丸くする武の前を突っ切って、貴大に駆け寄ってきた。

「専務、どうして、どうしてこんな……」

息を切らしながら、美香は泣きそうな顔で貴大に詰め寄った。オフィスにいる彼女はいつもスカートだったが、パンツスタイルも新鮮でいい――そんな思いが貴大の頭をかすめる。

「会社のみんなが心配しています。もちろん社長も、専務……！」

「その呼び方はやめろ。俺はもう、君の会社とはなんの関係もない」

熱い想いとは裏腹に、貴大は冷たい口調で美香をあしらった。美香がびっくりしたように左手を口に当てた時、その手首に自分が贈ったブレスレットが輝いたのを見つけ、貴大はますます心が満たされていく。

「では……では貴大さん……、社長の指示でお迎えにあがりました。どうか、会社に……」

「社長に……？　もう伝わったのか？」

「はい。金曜の深夜にイタリアからお電話をいただきました。わたしのせいで専務、いえ、貴大さんを止めることができなかったと、厳しくお叱りを受けました」

辞任の件は、しばらく母の耳に入れないよう糸井に伝えたつもりだが、そう上手くはいかなかったようだ。

「どうして君のせいになるんだ」

しょげる美香の言い分が、貴大には理解できない。

「モエの結婚式のことが社長にばれて……。専務が神主をしていたことをわたしが報告しなかったので、お怒りになったのです。それで」

この展開は想定外だった。母の怒りの矛先《ほこさき》が彼女に向けられ、彼女が使者に立てられるとは。もし誰かが説得に来るとしたら、藤堂の伯父《おじ》の周りの者だろうと思っていた。けれど嬉しい誤算ではあった。恋焦がれている相手が、自分から飛び込んできたのだから。

「そうか、君にはすまないことをしたな。けど、悪いが今は仕事中なんだ。そんな話に付き合ってる暇はない」

「おい、貴大。なんだってそんな……」

黙って状況を見守っていた武が、声を荒らげて割って入った。

「お前の会社のコだろう？　心配して来てくれたんじゃないのか？　それなのに」

幼馴染《おさななじみ》の言葉を無視して、貴大は昂《たか》ぶる心を悟られないように、あえて冷たい口調で言う。

「どうしてもと言うなら、今夜六時に湊屋《みなとや》のラウンジに来てくれ。そこでなら話を聞く」

美香の目が大きく見開かれ、困惑の色を浮かべた。

その目、ぞくぞくする。

いい子の仮面を剥《は》いで、奔放《ほんぽう》な女の姿を見てみたい。彼女はもらった。決して離しはしない。

7

湊屋は海沿いに建つ全室オーシャンビューの大型ホテルで、正面玄関から入ってすぐのところに、開放感のあるラウンジとギフトコーナーがあった。

「……で、罪の意識を感じて、ここまで俺を迎えに来たと？」

「はい」

「海外旅行に行くみたいな、大荷物を抱えて？」

「はい……。専務を連れ戻すまでは、出社するなと社長に言われました。ですから、しばらくこちらに滞在することになるだろうと思い、着替えを詰め込んできたんです」

「今夜はどこに泊まるんだ?」

「モエの家です。彼女の新居は広くて、ゲストルームがいくつかある、まあその……豪《ごう》邸《てい》でして」

午後六時過ぎ。美香は湊屋のラウンジで、貴大と向かい合っていた。

神社で湊屋に来いと言われた時、なんのことかすぐにはわからなかったが、あの場にいた作業服姿の男が教えてくれたのだ。

「湊屋は隣町にある大きなホテルだよ。車で行けば十五分かからない」

男は美香には親切そうな口調で言ったが、貴大には険《けわ》しい顔を向けた。

「彼女、困ってるだろ?　意地悪すんじゃねえぞ!」

おそらく彼は貴大の友人だろう。作業服姿の男はそれだけ言い残すと、去って行った。

あのあと、貴大は境内《けいだい》の奥に行ってしまったので、やむなく美香はモエに電話をし、近くまで迎えに来てもらった。

以前より遊びにおいでと言ってくれていたので、今週いっぱい泊めてもらう約束で白岬に来ている。

モエは切羽詰《せっぱつ》まった美香の事情を詮索《せんさく》することもせず、快《こころよ》く迎え入れ、先ほどもここまで送ってくれた。

「あの……。このブレスレット、ありがとうございました」

話が途切れたので、美香は左手をかざして、彼から贈られたブレスレットを見せた。

「どういたしまして。身に着けてくれて嬉しいよ。それに良く似合う」

面と向かって言われると、まさに心臓が口から飛び出そうなほど緊張した。

「最初は、お返しすべきだと思いました。いただく理由がなかったので」

「君に対する応援のつもりだ。深く考えることはないって」

「そ、そうですよね。深い意味なんて、ないですよね……。でもわたしはたぶん専務……、いえ、貴大さんとどこかでつながっていたかったんだと思います」

そう素直に白状した。ダイヤに目がくらまなかったと言えば嘘になる。だけどこれを身に着けていれば、きっと彼に再会できる気がしたのだ。手の届かない相手だと彼への想いを封印しておきながら、美香の心はいまだに彼を追い求めている。

自分の矛盾に、美香自身どう対処したらいいかわからない。

「君にしてはストレートな表現だな。でも悪くない」

貴大はあのとろけるような甘い笑顔でテーブルに頬杖《ほおづえ》をつき、心もち美香との距離を詰めた。

朝は白い和装の上衣《じょうい》に、あさぎ色の袴姿《はかますがた》だったが、今は着替えて別人の様相を呈《てい》している。

赤と黒の大柄のチェックのシャツに、色あせたブルージーンズ。シャツの襟元《えりもと》から白のインナーと、銀色のペンダントが見えていた。もう少し日に焼けていたなら、サーファーに見えなくもない。

「で、それはつまり、俺に対する気持ちが憧れ以上になったと思っていいのかな？」

「それは……、今は申し上げられません」

美香が答えた途端《とたん》、見事なまでにはっきりと、貴大の顔から笑みが消えた。

「じらすね、美香ちゃん。そんなに駆け引き上手な女性だとは思わなかったよ」

「か、駆け引きではなくて、ただ……。今は他に聞いていただきたいことがあるんです」

彼への愛を口にしそうになる。でもそんなことを伝えに来たわけではない。

「どうして黙って会社をお辞めになったのですか？」

貴大は少しだけ不機嫌な顔になり、椅子の背もたれに身体を預けた。

「仕方ないんだ。おふくろは俺が神主になることに大反対で、この数年は話し合いたくても、向き合ってすらくれなかった。だけど親父《おやじ》が病気になり、これ以上のんびりしていられなくなった。だから大人げないのは百も承知で、おふくろの留守中に会社を辞めたんだ」

「社長がどんなに怒っても、すぐには帰国できないからですか？　二カ月という長期の日程は、ひょっとしてわざと……？」

「ああ。大輔があえてたくさんのスケジュールを組み込み、同行して社長を引き止めてる。俺はその間にあの神社の正式な神職になるため、手続き中だ」

「ひどい」

「なんとでも言ってくれ。それでも会社には迷惑がかからないように、抱えていた案件はあらかた片付けて来たんだから」

貴大は悪びれた素振りを見せない。そんな様子だから、彼は何も間違ったことをしていないような気にさせられ、美香は混乱した。

「ほんの少しだけ神社は無人にするとか、臨時の神主さんを雇うとかはできなかったんですか？」

「一週間は叔母《おば》の旦那に頼んだが、あちらも忙しい身だしね。それ以上は甘えられない」

貴大はコーヒーに口を付けた。そして神妙《しんみょう》な顔で言う。

「祖母が死んだあと、大輔と約束したんだ。俺たちふたりで母と父と、両方を支えるとね。親父が生きている間に、俺がひとりでできるところを見てもらわないとな」

「お父様、そんなにお悪いんですか？」

「癌《がん》なんだ。放っておけば、もって半年。だから即入院させた」

「は……、半年……」

それでは、最後の半年を実の父親のために使おうと彼が考えるのも無理はない。

これでは何も言えない。

黙り込んでしまうと、貴大は慰《なぐさ》めるように、穏やかな口調で言った。

「おふくろがどんなふうに君を脅《おど》したかはわからないが、君は何も気にすることはない。今までどおり会社に行け。これは俺たち家族の問題なんだから」

「ですが、社長の声は泣いているように聞こえました。あんな社長は初めてで……」

まったく危機感を持たない貴大に、美香は金曜日の深夜の電話の様子を話して聞かせる。

お前のせいで貴大を止められなかったとなじられ、どんなに罪の意識に苛《さいな》まれたことか。

「それが甘いって言うんだ。君の良心に訴えかけるための泣き落としだって気付けよ」

「え？」

「いいか」

貴大は、再び身を乗り出し、いつかのように美香の手を取った。

「おふくろは俺を連れ戻したくてもできない。かといって三枝の家が絡む問題だから、藤堂の伯父《おじ》にはすがれない。プライドが許さないんだろう。だから君をけしかけた。君なら言いなりにできるからな」

「な……」

「でも俺はもういい大人だ。おふくろにはすまないと思うが、自分の意志を貫《つらぬ》かせてもらう」

「じゃあ、会社には……？」

「戻らない。おふくろのことは大輔がそばでフォローする。あとは時間が解決してくれるだろう」

そんな――

こんなに冷たい人だったのか、貴大は。

「さてと」

貴大は唐突に話を打ち切った。

「神主は早寝早起きなんだ。そろそろ帰らせてもらう。モエさんの家を教えてくれ。送るから」

貴大は伝票をつかんで立ち上がると、さっさと会計に向かった。美香は慌ててそのあとを追う。

「せめて社長に電話して、お話ししていただけませんか？」

「断る。言っただろう？　大輔がフォローするって」

会計を済ませた彼は大股でロビーを歩き、正面玄関へと向かった。

「でも、それではわたしが困るんです。このままじゃ出社できません」

「だったら休暇でもとれよ。たっぷり休んで復帰した頃には、おふくろも忘れてるさ」

「社長に限って、そんなことないって……、ご存じでしょう?」

なんだか泣きたくなった。

美香の気も知らぬまま、貴大はさっさと玄関を出ると左に曲がる。その先は駐車場で、貴大の車が停まっているのが見えた。

「戻ってくれないなら、わたし明日も神社にうかがいます。明後日《あさって》も、その次の日も。貴大さんが会社に戻ると約束してくれるまで、毎日通って説得します!」

彼の言い分もわからなくないが、それではやはり希和子が気の毒だ。電話での動揺した声、あれが演技だとは思えない。思い出すたび、良心の呵責《かしゃく》に苛《さいな》まれる。

神社の今後は憂慮《ゆうりょ》すべきだが、貴大ひとりが背負うべきことではないとも思う。

「勝手にするさ」

貴大は冷たく言い放ったが、いきなり立ち止まると美香の手をつかんだ。

波の音がすぐそばで聞こえ、駐車場の先に延びる遊歩道の向こうに海が近いことを美香は感じた。

「貴大さん……」

貴大は月明かりの中、少しだけ険《けわ》しい視線で美香を見据《みす》えた。

「君は俺を拒否したくせに、俺にはおふくろに従えと言う。ずいぶん勝手なんだな」

「わたしは社長の秘書です。社長のご命令に従うことしかできません」

悲しいけれど、そうするしかない。彼への気持ちと自分の立場。両方をはかりにかければ、美香はバカ正直に秘書の立場を貫《つらぬ》いてしまう。

「だけど嘘でもいいから、自分の意思で俺に会いに来た。そう言ってほしかったよ」

貴大は美香の左手をつかんで、その手のひらにキスをした。

「きゃ……」

「俺のことが好きだから、このブレスレットを身に着けた。俺を忘れられないし、離れたくない。お願いだから帰って来て……。素直にそう言ってくれたら、気が変わったかもしれないのに」

本心を見抜かれて、身体が硬直しそうになった。次の瞬間、彼に抱きしめられる。

「君が好きだよ、美香」

大好きな人からの愛の告白に、美香は息が止まりそうになった。

「君がおふくろの秘書になって間もなくの頃から、ずっと惹《ひ》かれていた。どれだけおふくろにこき使われても、音《ね》を上げず頑張り抜いていた君を」

「貴大さん……」

「いつかこうして君を抱いて、俺の愛で癒《いや》してやりたい。ずっとそう願ってた。だから見合いもやめたんだ」

嬉しくて幸せで、胸が潰れそうになる。この瞬間をずっと夢見ていた。それと同時に、自分には過ぎた願いだと打ち消し続けてきた。涙が溢《あふ》れそうになった瞬間、急に唇を奪われる。性急な彼の動きとは裏腹に、彼の唇は優しくて温かで、美香の抵抗を押さえ込んでしまった。

「たか……、ん……」

口付けを通して、身体の中に温かいものが流れ込んでくる。その心地良さに、美香は彼を押し退《の》けることすらできない。

「素直になれよ」

一度唇を離した彼が、囁《ささや》くように言った。美香を見据《みす》える彼の瞳に、切ない光が宿っている。

「君の心も俺にあると言ってくれ」

「違います。わたしは……」

「まだ言うか」

貴大は美香の両腕をあざができそうなほど強い力でつかむと、自分の胸に抱き寄せて、素早くもう一度口付けた。逃げようとしたが、彼の手が腰に回され、身動きすらできない。今度はさっきとは違う、噛《か》みつくような激しいキスだ。がつがつと美香の唇をなぶりながら強く吸い上げ、やがて舌が割って入る。

「ん……」

呻《うめ》いたはずみに、腰に回された手に力が込められた。口内に入り込んだ彼の舌がまたたく間に美香の舌をとらえ、強く吸われる。

その途端《とたん》、頭のてっぺんがしびれた。背筋がぞくっとして、そのざわめきが下半身へと移っていく。美香は立っているのがやっとになってしまった。

彼の息づかいと波の音がときどき聞こえる。無重力の世界にいるみたいに身体がふわふわした。思考が停止し、彼が与えてくれるぞくぞくする感覚に、どっぷりと浸《つ》かってしまう。

キスってすごい。こんなに気持ちいいものだっけ。

自分の背中を彼の手がせわしなく撫《な》でさする。その間も執拗《しつよう》に唇を求められた。激しいキスだと思ったのは最初だけで、いつしか甘く濃密《のうみつ》な口付けに変わっている。

彼が美香を欲しているのが、身体中に伝わってくる。

「美香……」

気だるくて足から力が抜けてしまい、美香は立っていられなくなる。少しだけよろめくと、彼の腕がしっかりと支えてくれた。頼もしい胸と腕に、ついすがってしまいたくなる。

「自分がどれほど俺を欲しているか、認めたらどうだ」

美香の喉元《のどもと》に唇を這《は》わせながら彼が言った。彼の片方の手は美香の腰を抱き、もう片方の手は美香の胸をさすっている。そして強く密着し合った下腹が、彼の昂《たか》ぶりを伝えてきた。

「強情だな」

その傲慢《ごうまん》な囁《ささや》きに、美香は正気に返る。

「違います」

「違わない。君は自分の気持ちを認める勇気が持てずに、仕事だからと逃げている」

「……だとしても、それがいけないことですか？　だってあなたは……」

あの社長の息子で、さらには大企業グループの御曹子《おんぞうし》だ。怖気《おじけ》付かないほうがどうかしている。

「まあ、いいよ。今日はこれくらいで許してやる」

貴大は美香の頬を手で包み込み、額に口付けた。これから楽しいゲームを始めるとでも言わんばかりの、余裕を感じさせる口調だ。

「俺を説得しに来るのは構わないが、もてなすつもりはないからな」

強く美香の手を引くと、貴大はまた車へと歩き出す。美香は足がもつれそうになりながら、引きずられるようにして彼の隣を歩いた。

「平気です」

「君がおふくろの手先とわかれば、地元の人たちを敵に回すかもしれない。それも覚悟してておけよ」

「し、します……」

「でもせっかくだから、少しは譲歩《じょうほ》してあげるよ。乗って」

車の前まで来ると彼は助手席のドアを開け、美香を押し込めるように乗せた。

「君が友達の家を出て俺の家で暮らすなら、そうだな。一回ぐらいはおふくろに電話をしてもいいよ」

「え？」

「だから。君が俺の家で暮らして、俺のすべてを受け入れる。そうするなら、それと引き換えにおふくろと話すよ」

運転席に乗り込んだ彼は、信じられないような提案をした。


二十分後、美香はモエの新居の前で貴大の車を降りた。モエは実家と隣接する土地に、色づかいの明るい、洋瓦《ようがわら》を載せた家を建てていた。

「おかえり、美香。電話してくれたら迎えに行ったのに」

広い玄関ホールに入ると、水色のワンピースを着たモエが朗《ほが》らかに迎えてくれた。夫の正平はまだ帰っていないのか、家の中はしんとしている。

「どうしたの？　顔が赤いよ？」

長身のモエが、かがみ込むようにして問いかけてきた。つい先ほど、車を降りる直前に貴大からもう一度キスされた。そのせいで、美香の心は千々《ちぢ》に乱れてしまっている。

少しの間、モエは美香の様子を観察していたが、何か気付くところがあったのか、再び尋ねた。

「美香、もしかして恋してる？　目がうるうるしてる」

モエは美香の背をそっと押して、広いリビングに連れて行ってくれた。華やかな赤いバラ模様のクラシックなソファに座ると、美香は急に切なくなった。

「好きだけど、どうしたらいいかわからないの」

「どうしたらって……。美香はその人とどんな関係になりたいの？」

モエは、まるで小さい子どもをなだめるみたいに言った。

「どんなって……。普通の恋人同士になりたい。けど、無理なの……」

「もしかして、あの新しい神主さん？」

「えっ？　やだ、どうして？」

びっくりして顔を上げた美香の視線が、モエの興味深そうな瞳とぶつかる。

「だって今朝、美香は神社の近くにいたでしょ？　あの神主さんは東京の会社を辞めて来たってパパが言ってたから、なんとなく美香が急に白岬に来たことと関係ありそうだなーって……」

うふふ、と無邪気《むじゃき》に笑われて、美香は反論する気が失せてしまった。

「詳しくは言えないんだけど……、わたし、彼に東京に戻ってもらわなきゃならないの」

「やっぱりそうだったの。うちのダーリンには負けるけど、あの神主さんもイイ男だもんね」

にっこり笑うと、モエは大きな手で美香の両方の頬をぷにっとつかんだ。

「そんな顔しないの。あの神社にはね、縁結びの神様がいるんだから。明日行って、よーくお願いするといいよ。きっと幸せになれるから」

モエの優しい言葉が胸に染みた。結婚を機に、彼女はうんと穏やかになった。

神社。そうだ。ご神木。

その願い、かなえてあげましょう——ご神木に貴大とのことを願った時、優しい声が確かにそう言った。彼が会社に戻れば、また一介の秘書と重役の関係に戻る。社長は喜ぶだろうが、彼は再び手の届かない存在になってしまう。

だったらこのまま彼を受け入れるほうが、幸せになれるかもしれない——！

8

貴大とずっとこの町で暮らしたいけれど、彼には会社に戻ってもらわなくては困る。一夜明けると心が落ち着き、美香は冷静さを取り戻した。自分の役目は、彼と社長の関係を修復させること。すべてが美香のせいではないが、多少の責任はある。

その朝、神社に向かう美香のために、正平が弁当を作ってくれた。もともと彼はフレンチの料理人だったが、今はモエの父が経営する温泉旅館の板場で、創作和食の料理人として活躍している。

毎日モエの昼食用に弁当を作って出勤しているので、ひとつぐらい増えてもどうということはないそうだ。

そんな友人夫婦の協力を得て、美香はお弁当を入れたリュックを背にバスに乗った。十分少々バスに揺られてのどかな田舎道で下車し、白岬神社の鳥居をくぐったのは八時ちょうど。このバスを逃すと、次のバスは午前十時だった。

境内《けいだい》には誰もいなかった。昨日と同じようにしんとしている。

空は青く、空気は澄んで清々《すがすが》しく、深呼吸しただけで身体が生き返るようだ。

まずは手水舎《ちょうずや》で手を清め、拝殿《はいでん》に向かう。ふうとひと呼吸して、美香はさい銭箱の前に進み出た。ポケットから取り出した小銭をそっと投じて鈴を鳴らし、二度お辞儀して、二度柏手《かしわで》を打つ。それから目を閉じて祈った。

神様、貴大さんが……

その先の願いが出てこない。決心して来たはずなのに、彼がここにいてくれたほうが、社長の目を気にすることなく会えるような気がしてしまう。

昨夜のキスは素敵だった。彼が好きだと、改めて自覚するほどに。

うそ、やだ、なんてお願いしよう……

「早いな。というか、ほんとに来たんだ」

まごまごしていると、背後から貴大の声がした。いきなりだったので、びくりと肩を震わせてしまう。さい銭を払ったのだし、早く願い事を言わなくては。

慌てて、イエス様に願うみたいに両手を組み合わせて目を閉じる。

なんでもいいから、どうにかなりますように、神様お願い！

「最後に一礼をするんだ。そこに書いてあるだろう」

「え？　ああ、はい、申し訳ありません」

願い事を済ませて退《ど》こうとすると、貴大からだめ出しをされた。確かにさい銭箱の向こう側に、「正しいお参りの仕方……二礼二拍一礼」と書かれた札《ふだ》が立っている。

美香は丁寧《ていねい》に一礼して、後ろを振り返る。するとすぐ目の前に貴大がいたので、小さく叫びそうになった。

「おはよう」

「お、おはようございます」

必死に叫びを呑み込み、朝の挨拶《あいさつ》をした。

改めて顔を合わせると、昨夜のキスを思い出して赤面してしまう。彼は昨日とまったく同じ、白い上衣《じょうい》にあさぎ色の袴《はかま》という姿だった。これって制服みたいなものなのだろうか。階級によって、色や形が定められているとか。

「昨日も言ったが、俺は仕事中だ。君の説得とやらに付き合うつもりはない」

腰に手を当てて、優雅に、しかし尊大に貴大は言った。

「わかってます。ご参拝する方のご迷惑にならないようにしておりますので、気が変わったら声をかけてください」

「気は変わらない。こんなことしても無駄だ」

「やってみなければわかりません」

「それより俺の提案を受け入れたらどうだ？　君だって少しは譲歩《じょうほ》しろよ」

「じょ、じょうほって……」

貴大は、明らかに欲望を含んだ視線を投げかけてきた。ただのルームシェアではないことぐらい、この顔を見ればわかる。

「ご心配なく。友人夫婦を頼りますので」

社長に電話をしてもらう代わりに彼と一緒に暮らすなんて、そんな提案には応じかねる。

「新婚の家に居候《いそうろう》するとは、無粋《ぶすい》だな」

「その点は配慮してるつもりです。どうかお気づかいなく。貴大さんのほうこそ、社長に電話したくなったらいつでもおっしゃってください。ここに社用携帯がありますから」

「意地っ張りめ」

美香が言いなりにならないとわかると、貴大は社務所《しゃむしょ》の中に消えてしまった。

誘惑には負けないから。

そう心に誓って境内《けいだい》を見渡すと、社務所の真向かいに平らな石で囲った花壇《かだん》があった。そばに行ってみたが、石の上に座っても花を荒らすことはなさそうだ。

座ってもいいかな。

美香は石の上に腰を下ろした。少々お尻の下が冷えるが、どうにか耐えられる。ここなら境内の様子が良く見えるので、貴大の行動も把握《はあく》できそうだ。

彼は社務所に入って行ったが、お守りを販売する窓口の向こうには誰も姿を見せない。神社は人手不足だと言っていたが、案外本当なのかもしれない。

そうこうするうちに、ウォーキングの途中らしき女性がひとり現れた。先ほど美香がしたのと同じように手水《ちょうず》を使い、鈴を鳴らしてお参りして、また鳥居の外に出て行く。それから少し経つと、今度は段ボールを抱えた男性が、社務所《しゃむしょ》の引き戸を開けて中に入って行くのが見えた。

十五分ほどで外に出て来た時、男は手ぶらだった。そのままそそくさとさい銭箱の前に進み、お参りを済ますと、急ぎ足で鳥居の外に向かう。

何かの納品だったのかな。

それからしばらくは、誰も来なかった。貴大がほうきや工具箱を手に、あちこち歩き回るくらいだ。神様への奉仕とは別に、掃除に各所のメンテナンス、おさい銭の管理。神主の仕事は雑用が多いらしい。忙しいこともあってか、美香には目もくれない。

「あれ、昨日の人？」

花壇に座ったまま、ついうたたねしそうになっていると、誰かに声をかけられた。慌てて顔を上げたところ、昨日の作業服の男が近付いて来る。今日はひとりではなく、同じ色の作業服を着た男たち数人と一緒だった。

「もしかして、貴大を待ってるの？」

「いいえ。わたしが勝手にここで過ごしているだけです」

美香は立ち上がって答える。待っているといえば、男は貴大を呼んできそうな気配だ。

歳は貴大と同じくらいで、いかにも親切そうなオーラがにじみ出ている。

「俺は三浦武。貴大の幼馴染《おさななじみ》で、町役場に勤めてる。こいつらは同僚。出先からの帰りなんだけどさ、こいつらが新しい神主に会いたいって言うんで、連れて来たんだ」

「そうでしたか。あ、わたしは有吉と申します。貴大さんと同じ会社で社長秘書をしております」

「社長秘書？」

男たちが一斉に声を上げた。

「はい」

男たちの怪訝《けげん》そうな様子に、唯一事情を理解している武が、また口を開く。

「社長ってのは、貴大のおふくろさんなんだよ。ここの宮司《ぐうじ》の別れた奥さんで……」

込み入った話をかいつまんで、武は同僚たちに説明した。全員が町内の者ではないと思うが、皆ある程度の事情は知っているのか、なるほどと頷《うなず》き合っている。

「おふくろさんは貴大が神主をやることに反対でさ、この人に貴大を連れ戻して来いって命令したらしいよ。そうだよね？」

昨日の朝のやり取りを聞いていたので、武はすべて承知らしい。

「はい……」

美香はしぶしぶ頷いた。武がさらに続ける。

「昨日説得したけど貴大がうんと言わなかったから、また説得しに来たの？」

「はい。お気持ちが変わるまで、毎日ここに通うとお伝えしました。貴大さんは勝手にしろとおっしゃいまして」

男たちが何か言いたそうな顔で、目配せしている。

「皆様にはご迷惑かもしれませんが、これがわたしの仕事なので、どうかご容赦《ようしゃ》ください」

新しい神主の就任を歓迎しているという地元の人々には、本当に申し訳ないことだと思う。美香は誠心誠意、頭を下げた。

「ご容赦って言われてもさ……。まさか、ここにずっといるつもりなの？」

黙って聞いていた男たちのうちのひとりが言った。作業服とおそろいのグレーのキャップをかぶり、耳にピアスを着けている。他の男たちも、美香を取り囲むように前に出てきた。

「はい。そうさせていただくしかできませんし……」

「雨が降ったらどうすんだよ。それに、夜はどうするのさ」

今度は、黒ぶちのメガネをかけた男に問われる。

「この近くに友人の家があるんです。夜はそこに帰ります」

「社長さんって厳しい人なんだな。女の子にこんなことさせて」

ピアスの男が言った。つられて他の男たちも口々に言う。

「姑《しゅうとめ》さんとケンカが絶えなくて出て行ったって人だろ？　うちのじいちゃんが言ってた」

「だから貴大は、おふくろさんに内緒で神主の資格を取って、こっそり手伝いに来てたんだよ」

「性格悪そうだな。こんなの秘書の仕事じゃねえだろうに」

「そんなことはありません！」

なぜか希和子の人格否定に話が及ぶ。美香は慌てて口を挟んだ。

「社長は今、海外に出張中で、わたしが来るしかないのです。社長は貴大さんのことを心配なさっています。どうかご理解ください」

「ああ、ごめん。有吉さんを責めてるんじゃないよ」

武は苦笑いしながら否定した。

「ふたりの間に入って気の毒だなと思う。もう一度話し合うように俺からも貴大に伝えるから、気を付けて過ごしなよ」

武はそう言って、仲間を促《うなが》すとその場を離れた。

彼らは全員で参拝し、社務所《しゃむしょ》に立ち寄った。数分の間、中で立ち話をしていたようだが、やがてぞろぞろと出て来て、美香に手を振りながら帰って行った。

それからしばらくすると十二時を過ぎたので、神社の横を流れる川沿いの遊歩道に出て、ベンチに座り弁当を食べる。キンメの切り身を焼いたものと根菜の煮つけ、菜の花の天ぷら。純和食のメニューは、上品な味わいでとても美味《おい》しい。

ご飯はいわゆる雑穀米《ざっこくまい》だった。モエの身体を気づかう正平の愛情をたっぷりと感じてしまう。

川は青く、風がとても気持ち良かった。スマートフォンの地図アプリで確認すると、この川は二キロほど先で太平洋に流れ出るようだ。

幼稚園に勤めていた頃の遠足みたい。

悪くないなと思いつつ、リュックを枕にほんの少し昼寝をした。目覚めたあとは、遊歩道を出たところにあるコンビニでトイレを借り、一時間の昼休みを終えて神社に戻る。

午後もまた、良く言えば奥ゆかしく、悪く言えば閑散《かんさん》とした境内《けいだい》でじっと過ごした。

参拝客はぼちぼち、しかし祈祷《きとう》まで申し込んでいる人は見かけなかった。ひっそりとした神社にひとりで、貴大は寂《さび》しくないのだろうか。見ているほうが切なくなる。

しかし、それは自分も同じだ。日が陰《かげ》るにつれ心細くなる。リストラにあい、ハローワークに通いながらあいた時間に遊歩道で弁当を食べて昼寝をする女。

夕方になると、美香は心の中で今日の自分をそんな境遇に置き換えていた。

五時を過ぎて、貴大が拝殿《はいでん》の扉を閉め始めた。そうして袴《はかま》の裾をひるがえしながら、美香のそばにやって来る。

「これで仕事は終わりだ。もう帰れ」

ちょうど五時半頃にバスがあった。最後に話を聞いてほしかったが、そんな時間も与えられず、彼に追い立てられる。

「明日も来ますから」

「勝手にしなさい」


モエの家に着くと、すでに夕食の支度《したく》が整えられていた。美香にあてがわれた部屋はバスルーム付きの二階の部屋で、シャワーを済ませ着替えてからダイニングルームに下りていく。

「で、どんな感じだった？」

手渡された缶チューハイに口を付けた美香に、モエは尋ねた。サラダやグラタン、パイ生地に詰め物をしたひと口サイズのオードブルなどが食卓に並んでいる。

「けんもほろろ。あと、役場に勤める三浦さんが職場の人を連れて来て、色々聞かれた。わたしがあそこに居座ると、社長が悪く言われちゃうかも」

「ちょっとだけ聞いたよ。親子ゲンカに秘書の子が巻き込まれてるって」

「えっ？」

美香はチューハイを飲む手を止める。

「役場の人たちから、神社の総代さんたちに話がいったみたい。夕方パパから電話があったの。神主さんを追いかけて東京から来たのは、モエの友達かって」

「もしかして、モエに迷惑をかけてる？」

総代というのは、確か神社の世話役のようなものだ。モエの父は地元の名士らしいから、総代であってもおかしくはない。

「ううん、迷惑なことなんかないよ。ただ貴大さんを連れて行かれたら困るから、一度話をしたいって言ってた」

モエの言うとおりになった。

翌朝もバスに揺られて八時に白岬神社に着くと、貴大と見知らぬオジさまたちが美香を待っていたのだ。

「あんたか、有吉さんってのは」

真《ま》っ先《さき》に声をかけて来たのはモエの父だった。赤ら顔でモエと同様、がっちり体型の男。去年の披露宴《ひろうえん》と先日の神前式、二度会っているから顔を覚えている。

「希和子さんに頼まれて、貴大ちゃんを迎えに来たってのは、ほんとかい？」

「はい」

「困るよ。せっかく戻って来てくれたってのに。なあ」

モエの父が、その場に居合わせた他の面々に同意を求める。スーツ、ジャージ、作業服など、服装がばらばらの推定六十歳前後の男性が四人。四人とも何やら困ったような顔で美香を見た。

彼らをかき分け、貴大が前に進み出る。

「私はずっとこの神社にご奉仕するつもりです。ご心配には及びません。彼女もいずれ諦《あきら》めて東京に帰るでしょう、放っておけばいいんです」

そのなんとも冷たい言い草に、美香は愕然《がくぜん》とした。

「ほんとに放っといていいのかい？　希和子さんが乗り込んで来たりしないだろうね」

「母は当分日本に帰りません。だから彼女をよこしたんです。彼女は母の腹心《ふくしん》なんです」

腹心という言葉に、男たちは美香をじろりとにらんだ。

怖くて震え上がった美香は、助けを求めるように貴大に視線を送る。しかし彼は冷たい表情のままだ。好意を示しておきながら、意のままにならないとわかると、こんな仕打ちをするなんて。

モエの父が美香に向かって言った。

「聞いただろう？　貴大ちゃんは、お父さんを助けるために帰って来たんだよ。わかってあげなって。希和子さんにもそう伝えて、あんたは東京に帰りなさい」

「一日中外で過ごして、具合が悪くなっても困るでしょ。ね、ほどほどのところで切り上げて帰りなさいよ」

また別のオジさまにも、そんなふうにたしなめられた。とはいえ、その言葉には美香を心配してくれている気持ちもありそうだ。

「俺の提案を呑めないなら、諦《あきら》めて帰れ。ここに君の居場所はない」

オジさまたちが行ってしまうと、貴大が美香を見下ろして言った。

「帰れません。社長に何を言われるか……」

つい目をそらしてしまうと、彼に肩をつかまれた。

「どっちみち、すくすくっこルームに異動はできないよ。おふくろは、君のことを都合のいい手駒《てごま》くらいにしか思ってない。俺なら諦めて他の保育園を探すな」

「そんなあ……」


ショックな言葉だった。それでも昨日と同様に、夕暮れまで神社で過ごす。六時頃モエの家に向かって歩いていると、社用の携帯に希和子から何通もメールが入っていることに気付いた。

『貴大に会ったのなら、報告して』

メールはすべて同じ内容だった。たぶんまだイタリア滞在中のはずだ。時差を考えると電話していいものかわからず、ひとまずメールで返信する。

『お会いできました。現在、説得中です。経過は追ってご報告いたします』

それからモエの家に帰ると、モエが心配そうに出迎えてくれた。

「うちのパパに会った？」

「うん。ここにいても無駄だから帰ったほうがいいって」

「美香を脅《おど》した？」

「ううん」

モエを安心させようと、美香は笑って親友に伝える。

「ちょっと驚いたけど、総代の皆さんは、わたしのことを心配してくれていたみたい。だから帰りなさいって言ったんだと思う」

しかし、それでは希和子は納得するまい。食事のあとにメールを確認したところ、引き続き説得すること——という返信が届いていた。

神社に通い始めて三日目になると、美香の噂《うわさ》が広まったのか、朝から知らない人たちが立て続けに神社に現れた。美香の母親や祖母に近い年代のオバさまたちや、他には総代と思われる男衆《おとこしゅう》。

皆、美香に声をかけてきては、「あんたが希和子さんの秘書だって……？」から始まり、希和子の近況を聞きたがった。宮司《ぐうじ》夫妻の離婚当時を知っている世代が、物珍しさもあって様子を見に来ているようだ。

中には貴大にかけ合って、早く彼女を追い返せと言っていく者や、逆にまんじゅうやお茶菓子のたぐいを手渡しに来て、大変だねぇ……と慰《なぐさ》めてくれるご老人もいた。

お昼頃、何かの祈祷《きとう》が行われるのか、貴大が黒い烏帽子《えぼし》に地模様《じもよう》の入った青い狩衣《かりぎぬ》を着て、社務所《しゃむしょ》から出て来た。背が高いので、とても見栄《みば》えが良い。貴大の立つ場所だけ平安時代にタイムスリップしたみたいで、今から蹴鞠《けまり》でも始まりそうだ。

美香はこっそりと拝殿《はいでん》に近付き、中の様子をうかがう。なんの祈願かはわからないが、貴大がふたりの男女にお辞儀の仕方をレクチャーしているのが見えた。

会社にいた頃とは全く別の貴大がそこにいる。しかし身なりは変わっても、その仕事ぶりは相変わらず真摯《しんし》で丁寧《ていねい》だ。ろくに参拝者もいない小さな神社。毎日何度も掃《は》き掃除をし、境内《けいだい》のあちこちを見回っている。おかげでいつ来ても清々《すがすが》しい気分になる。

なんだか頭が下がる。いつしか美香は、彼のやりたいようにさせてあげたい気持ちが強くなっていた。

9

四日目は金曜日。その日、美香は希和子からの未明の電話で叩き起こされた。進捗《しんちょく》状況を尋ねるボスにありのままを伝えると、引き続き説得するよう厳しい口調で言われた。

朝から空がどんよりとしていて、美香の心も晴れない。こんなこと、いつまで続くのだろう。気が重いまま神社に着き、いつもの花壇《かだん》に座って考え込んでいると、見知らぬ女性に声をかけられた。

「貴大の叔母《おば》の瑠璃子です」

確か、ご主人が隣町で神主をしている人だ。瑠璃子は五十歳になるかならないかぐらいの小柄な女性で、白岬神社の文字の入ったはっぴを着ている。

「初めまして、有吉と申します」

立ち上がり、美香はきちんとお辞儀した。瑠璃子も同様の会釈《えしゃく》を返してくれた。

「希和子さんの秘書さんなんですってね。事情は貴大から聞いたわ。かわいそうに、いつからこうしてるの？　ご近所の皆さんも心配してるのよ？」

「今日で四日になります。ご近所の皆様にはご心配をおかけして申し訳なく思っております。ですが、これもわたしの仕事なので」

「貴大の決心は固いのよ。こんなことをしても無駄だから、あっちに行きましょう。貴大には希和子さんと話すように、私が言うから」

瑠璃子は社務所のほうを指さし、美香を促《うなが》す。そこへ貴大が現れた。

「彼女のことは放っといてください。自分のことぐらい自分でどうにかしますよ」

「貴大。そんな言い方しなくても……この人にはなんの罪もないでしょ」

「いいんです」

貴大は相変わらずそっけない。昨日は言葉さえかけてくれなかった。

「わたしのことなら大丈夫です。皆様のご迷惑にならないようにいたしますから」

こうなったら、もう根比《こんくら》べだ。彼がこんなに頑固でそっけない人だとは思わなかったが、たとえ連れ戻せなくとも希和子に電話だけはしてもらわなくては。

その日は瑠璃子に社務所《しゃむしょ》の留守番をさせ、貴大は車で出かけたきり午後まで帰らなかった。雨が降り出したのは、午後四時過ぎ。美香は急いで折り畳み傘をさしたが、三十分も経たないうちにゲリラ豪雨のような横殴りの大雨になった。

「きゃあぁ……！」

傘はなんの役にも立たず、あっという間に全身が濡《ぬ》れ、靴に水が染み込んできた。仕方なく、便所と書かれた小屋の軒下《のきした》に移動する。あまりいい臭《にお》いはしないが、ひとまず雨はしのげる。ほっとしたものの、今度は突然立ちくらみに襲《おそ》われた。

昼には正平の弁当を食べたし、貧血体質でもない。いったいどうしたのだろう。やっぱり疲れがたまったのだろうか。それ以上は立っていられず、ついしゃがみ込んでしまう。

意識が遠のきかけた時、誰かの声がした。

「有吉さん」

「有吉。どうした有吉」

はっとして顔を上げると、心配そうな表情を浮かべた貴大と瑠璃子、そしてモエの父と数人の総代連中に取り囲まれていた。貴大は袴《はかま》を脱ぎ、シンプルな白いシャツとブルージーンズに着替えている。

「せんむ……、いえ、貴大さん」

「倒れたのかと思った。立てるか？」

「はい……」

頭にふわりとタオルがかけられ、貴大が手を差し出してくれた。

「ゆっくりでいいよ」

「はい……」

言われたとおりに、ゆっくりと立ち上がる。一瞬また目の前が暗くなりかけたが、貴大が肩を支えてくれたので、なんとか耐えられた。

横から瑠璃子が傘をさしかけてくれ、支えられたまま社務所まで連れて行かれる。玄関の中に入ると広い土間があり、磨かれた上がり框《かまち》の上に座らせてもらった。すぐに瑠璃子が濡れたタオルを取って、また新しいタオルをかけてくれた。ほっとして、思わず吐息が漏《も》れる。

「どうしたんだ。気分が悪くなったのか？」

美香の前に跪《ひざまず》き、心配そうな顔で貴大が言った。

「少しだけ立ちくらみがしました。ずっと座りっぱなしだったからでしょうか。もう平気です。お騒がせして申し訳ありません」

「本当か？　無理してないか？」

「本当です」

問いかけてくる貴大の目は優しかった。貴大さんの恋人になりたい――美香が胸の奥にしまい込んだ願いが、また騒ぎ出す。

「大丈夫なの？　救急車は呼ばなくて平気かい？」

そう尋ねてきたのはモエの父だ。他のオジさま方も心配そうに美香を見守っていた。

「はい、このとおり元気です。皆さん、ご迷惑をおかけして申し訳ありません」

ぺこぺこと頭を下げると、一同がほっと胸を撫《な》で下ろす。

「あの、貴大さん、神社のお仕事はもう？」

「五時を過ぎたから閉めたよ」

この数日で最も優しい声だ。彼は立ち上がってタオルをつかむと、優しい手付きで美香の髪を拭いてくれた。彼の後ろから、瑠璃子が怒りを帯びた声で言う。

「とにかくこんなこと、もうお終《しま》いにしなきゃ。お前が希和子さんに電話して、とりなしてあげなさい」

「そうだよ、貴大さん。希和子さんがいいと言わなきゃ、有吉さんも帰るに帰れないよ」

貴大は無言で美香の髪を拭きながら、叔母《おば》とモエの父の言葉を聞いていた。

「最初は強情な人だなあって思ったけどさ、けなげでいい人じゃないの。有吉さんは」

驚いたことに、いつの間にかモエの父が、美香の味方についてくれている。

「貴大、なんとか言いなさい」

瑠璃子がやや強い口調で言った。貴大は美香の左手を取り、そこに自分が贈ったブレスレットを認めると、後ろの大人たちには見えないように、にやりと笑った。

「実は皆さんに隠していたことがあるんです」

貴大は美香の手を取ったまま、隣に腰を下ろした。そして、神妙《しんみょう》な面持《おもも》ちで一同を見回す。

「彼女は、美香は……。別れた恋人なんです。私たちは、母に内緒でずっと付き合っていました」

「は？」

突然の告白に、美香を含めた一同が目を点にした。

「私は彼女と結婚したかったのですが、彼女は身分違いだからと身を退《ひ》きました。しかし神社を継ぐと決めた私を心配し、こうして白岬まで来てくれたんです」

呆気にとられて、美香は声も出なかった。それをいいことに、貴大はさらに嘘をぶち上げる。

「彼女が会いに来てくれてどんなに嬉しかったかしれません。ですがこんなうらぶれた神社の神主では、結婚しても彼女に苦労をかけることはわかりきっています。現に、私の母は耐えられなくなって逃げ出したくらいですからね。だから私には、彼女に帰れと言うしかできなかった。彼女を思えばこそ、自分の人生に巻き込むわけにはいかなかった。でも彼女は、私の身を案じてここに残ってくれている。母に命じられただけではないんです」

「本当なの？　有吉さん」

瑠璃子が目を潤《うる》ませ問いかけてきた。

「もしかしたらそうなのかもと思ったのよ。あなたがうずくまった時、貴大が血相を変えて飛び出して行ったから。今朝初めて会った時、こんな人がお嫁さんに来てくれたらいいなあって思ったの」

「俺もそんな気がしたんだよ。貴大さんに冷たくされても、めげないで毎日あそこに座ってさあ。好きでもなきゃ、あそこまでできないさ」

モエの父も赤ら顔をほころばせてニコニコと笑っている。

「ち、違います！　わたしはそんなこと……、ほんとに社長命令でお迎えに……」

我に返った美香は、慌てて否定する。しかし誰も本気にしてくれない。

「もういいんだ、美香。皆さんに知ってもらったほうがいい。もう苦しむことはないよ」

「な、な……、何を言ってるんですか！　専務」

「俺も前に踏み出す勇気が出たよ。美香、ここで一緒に暮らそう」

「いい加減にしてください！　だって社長にはなんて……」

「……俺が電話で話をつける。約束しただろう？」

素早く顔を近付けて、貴大が小声で囁《ささや》いた。――社長に電話してくれる？

「だからここは俺の言うことを聞け。俺がさんざん君を苛《いじ》めたから、みんな君に同情してる。ここに住んでも、もう誰も君を追い返せとは言わないよ」

ええっ？　ということは皆さんがわたしの味方になるように、わざとわたしに冷たく当たった？

混乱する美香をよそに、貴大は晴れやかな表情で一同を見渡した。

「ワガママを言って申し訳ないのですが、美香をそばに置くことをお許しいただけますか？　彼女は真面目で頑張り屋です。私に足りない部分を補《おぎな》ってくれるはずです」

こ、この策士ぃ――

そんな美香の心の叫びに気付かないモエの父は、すっかり貴大の話を信じ込んでいた。

「どうせ会社には戻れないんでしょ？　だったらしばらくここで暮らして、ふたりで今後のことを考えなよ。俺は賛成だよ。何かあったらモエを頼りなさいって。いいよねえ、皆さん」

「いいと思うよ。ここは縁結び神社だし、きっと神様が見守ってくださるよ」

誰かが言った。貴大がにっこりとほほ笑んだ。

また明日来るからと言い残して、瑠璃子は帰って行った。モエの父も、美香の荷物を貴大の家に届けるようにと、モエに電話をして帰ってしまっている。

残された美香は、貴大の自宅に連れて行かれた。神社から歩いてすぐの場所にある、モダンな印象の二階建ての家だ。神主の家なので勝手に純和風の建物を想像していたが、全く違う。カーポートには、貴大の高級ドイツ車が停められていた。

貴大はここから神社に通い、社務所《しゃむしょ》で神主の衣装に着替えているそうだ。

彼はわざと美香にそっけなくし、地元民の同情が美香に集まるように仕向けたのだ。

そうして美香をけなげな元恋人に仕立て上げ、周囲が快く《こころよ》迎え入れるようにお膳立《ぜんだ》てした。

美香も瑠璃子も総代たちも、彼の術中《じゅっちゅう》にはまったのだ。

家に連れて来られたものの、どうしたらいいか美香が迷っていると、半ば無理やり洗面所に連れて行かれる。

「すぐにモエさんが着替えを届けてくれるから」

さらっと言って、貴大は美香に男物のバスローブを押し付けた。雨で濡《ぬ》れた服のままでいるわけにもいかないので、仕方なくシャワーを使わせてもらう。熱い湯を浴びると、ようやく生きた心地がした。

シャワーが済むと、美香は借りたバスローブに着替えて、恐る恐るリビングルームをのぞいてみた。庭に面したリビングは明るく開放的で、ダイニングテーブルやL字型に置かれたソファ、大画面テレビ、そして部屋の隅には赤いカバーのかかったアップライトピアノがあった。

貴大は奥のキッチンにいたが、美香に気付くと湯気のたったマグを手に近付いて来た。

「おふくろにはあとで電話する。そう簡単には怒りが収まらないだろうから、おふくろが帰国するまでは君もここに住め。衣食住を提供する代わりに、俺の仕事を手伝ってくれたらいい。もう誰にもつべこべ言わせない。君は俺のものにする」

「あなたの愛人になんかなれない」

美香は震える声で訴える。タダで住まわせてやるから身体を提供しろ――。こんなのは愛じゃない。

「愛人にするなんて言った覚えはないぞ。結婚したいほど君が好きだと言ったんだ。君だって俺に惹《ひ》かれている。どうしてシンプルに考えられないんだ」

貴大はむすっとした表情を浮かべ、ぶかぶかのバスローブの前を両手でかき合わせているる美香をソファに座らせた。そしてステンレスのマグに入ったコーヒーを手渡す。

「あったまるよ、飲むといい」

言われるがまま、美香はミルクだけが入ったコーヒーをする。彼が言うとおり、温かくてほっとした。その様子を隣で見ていた貴大は、無言で美香の左手を取った。手首には彼からもらったダイヤのブレスレットが輝いている。

「好きでもない女に、こんなものを贈ったりしない。君に惹《ひ》かれていた。半年の間、大切に見守ってきた。今ようやく、ただの貴大になれた。俺を受け入れてくれ、美香」

まっすぐ目を見て言われ、反論できなくなる。ただの貴大という言葉に、あらぬ期待をしてしまいそうだ。

「もっとも、嫌とは言わせないけどな」

貴大は美香の手からコーヒーを取り上げてテーブルに置くと、美香の頬を両手で挟み唇にキスをした。美香は貴大の胸を押し返したが、びくともしなかった。

数日前に触れた彼の唇の感触を、まだ覚えている。彼の唇はあの日と変わらず、柔らかくて温かい。

初めは優しく触れるだけだった唇は、すぐに激しく美香の口をむさぼり始めた。唇を吸い上げて軽く噛《か》み、角度を変えて同じことを繰り返す。美香が呻《うめ》くと、貴大は美香をソファに仰向《あおむ》けに寝かせ、もっと深いキスに挑み始める。

引き返すなら今だ。これ以上は危険すぎる。

美香の理性がそう告《つ》げていた。だが、彼を押し退《の》けることができなかった。彼の唇が押し当てられるたびに、理性がどんどん砕けていく。

やがて貴大は唇を割って、舌をすべり込ませてきた。口の中を彼の舌が這《は》い回り激しく絡み合う。息ができなくて顔をそらしたが、すぐに唇をふさがれ、また激しく求められた。

「たか……」

「無駄だ。もう止められない……」

美香は彼の肩に手をかけて押し戻そうとしたが、できずに終わる。黒い革張りのソファをギシっと軋《きし》ませながら、彼は美香をまたぐようにして膝立ちになった。

「美香」

貴大の唇がゆっくりと頬に移動し、続けて首筋をとらえる。そうして彼は、美香の名を呼びながら、軽く耳朶《みみたぶ》を噛んだ。

「だ、だめです、こんなこと。モエが来ちゃいます……」

「そんなに早く来ないよ」

「でも……あ」

身体を起こした彼の唇が、エロティックに濡《ぬ》れている。支配するような視線で美香を釘付けにし、両手で美香のバスローブの前をはだけさせた。美香はその下に何も身に着けていない。下着も穿《は》いていなかった。

「だめ……、やあ……」

「安心しろ。無理やり奪ったりしない。ただ……」

貴大は美香の両手首をつかみ、顔の両脇で押さえ込むと、深いキスでまた美香の抵抗を封じる。やがて美香がぐったりすると、唇を下に這わせていった。すぐに右の乳房にキスが落ちてくる。

「ひゃっ……」

乳首を口に含まれ、ぶるぶると身震《みぶる》いしてしまう。

「ただ、君が誰のものか、身体にわからせる必要がある」

つぶやくように言うと、彼は硬くなるまで乳首を舌で転がし、生々しい音を立てて、何度も激しく吸い上げた。

「ああ……！」

快感が身体を駆け抜けていき、いよいよ下腹の奥の辺りがジンジンし始める。彼に与えられる刺激に、身体は大きく跳ね上がった。

だって、気持ちいいんだもの。大好きな人に触れられて抗《あらが》えるはずがない。

うっかり片膝を立ててしまうと、わずかに開いた美香の脚の間に、ジーンズを穿いたままの彼の下腹が押し付けられる。

初めてキスした晩と同様に、貴大のそこはすでに硬くなっていた。

「ずっと、想像してたんだ。美香を脱がせたら、どんなだろうって」

舌で執拗《しつよう》に乳房を味わいながら、彼はくぐもった声で言った。

「思ったとおり、綺麗な胸だな。形が良くて、とても大きい」

美香の手首を自由にした彼は、両手で左右の乳房をすくい上げた。彼はそう言ったが、決して大きくはない。ごく普通のCカップだ。その乳房を、貴大は愛《いと》おしげに揉《も》みしだく。

「すべてもらうよ。たった今から、君の一切は俺のものだ」

「え……、あ……」

貴大はバスローブの紐《ひも》をほどき、美香の全身を露《あら》わにした。はっと息を呑む間に、彼の手が美香の脚の間にすべり込んできた。ジーンズを穿いた彼の脚が美香の脚を押し開いていたので、閉じることができない。彼の手は難なく美香の秘所にたどり着いた。

「ま、待って」

温かな指先が、秘められた場所にじかに触れた。

「待たない。だって、ほら」

彼は手のひら全体を使って秘所を覆《おお》うと、そっと前後にこすり上げ、同時に指先で閉ざされた秘裂をなぞり始める。

びくんと身体がはずんだが、そこはなめらかにほぐれ、彼の指を呑み込んでいく。

「いや……、いや、だって……」

自分が濡《ぬ》れていることを、貴大の指の動きで思い知らされる。ゆっくりと出し入れされるたびに、くちゅりと淫《みだ》らな音が響き出す。中から甘い蜜を導き出しながら、彼の指がつつっと奥まで分け入る。思わず身体が反《そ》りかえってしまった。

すべてが暴《あば》かれてしまう。彼への想いも、自分の身体の隅々までも。

「貴大さん……」

「じっとして。君はただ、感じていればいい」

彼の顔がすっと離れ、そのまま押し広げられた脚の間に沈んでいくのが見えた。生温かい舌が軽やかに秘所に当てられ、それからゆっくり舐《な》め上げられる。

「い……、あ、あ……！」

絶え間なく秘所を舐められ、思わず熱い吐息が漏《も》れてしまう。

信じられない。彼が、あの彼がこんなことをするなんて。

混乱しながらも悶《もだ》える美香をよそに、貴大は指で器用に草むらをかき分けて、小さな花芽をむき出しにした。最も敏感な、美香の女の部分。

貴大はその小さな花芽につん……と、優しく舌でタッチする。

「……ひぁっ！」

駆け抜ける快感に、美香は打ちのめされそうになった。再び秘裂の奥に指が差し込まれ、柔らかな奥壁を初めはゆっくりと、次第に熱を帯びたように強くこすり上げられる。

それと同時に、小さな花芽は彼の舌でなぶられ続けた。

貴大の指と舌を感じるたびに身体がはね上がる。彼の指先の動きに合わせて、身体の奥がきゅっとうずいた。

「だ、だめ、だめです……、専務……」

「何がだめ？　痛くしたか？」

「ちが……、あ……」

はっきりと言葉にできずに、美香はただ頭を左右に振る。

「美香のここ、すごいよ。ぐちゃぐちゃであったかい」

起き上がった彼が美香に顔を寄せ、耳朶《みみたぶ》に舌を這《は》わせて囁《ささや》く。その間も器用な指が美香の秘所のあちこちを攻め立て、絶え間ない快楽を与え続けてくれた。

「感じるなら、いつでもイっていいよ。美香がどんなふうに乱れるのか見たいから」

「う……」

そんな恥ずかしい真似、できるわけがない。羞恥心《しゅうちしん》をあおられ、美香は彼を押し戻そうと、たくましい胸に手を当てた。けれど美香の身体は望んでいた。じわじわと高まった熱を、一気に放出させたいと。

「素直じゃないなあ、美香は。だったら……」

「え？　いや……あ！」

彼の指の腹が、花芽の奥にある敏感な粒をくりっとはじいた。美香は悲鳴に近い声を上げ、身体をのけ反《ぞ》らせる。抑えのきかなくなった身体が、彼の腕の中で乱れに乱れた。

やがて玄関のチャイムが鳴った。モエであることはわかっていたが、美香は貴大に抱かれたまま、起き上がることすらできなかった。

10

心地良い夢を見ていた。温かな何かにくるまれ、肩を優しく撫《な》でてもらう。その感覚に心から安心し、美香は安らかに眠り続けた。

「美香、美香」

「う……ん」

優しく揺り起こされ、美香は目覚めた。目を開くと、視界に見慣れない部屋が映る。

モノトーンの家具に、たくさんの本が詰まった書棚。その横に立てかけられたタカミネのギター。

「おはよう美香」

肩に唇が触れて、くぐもった声が背後から美香を呼んだ。振り返る間もなく、大きな手が掛け布団の中で動いてお腹を這い上がり、ゆっくりと乳房をつかむ。

「おはようございます……、貴大さん」

瞬時に昨夜の記憶がよみがえる。思い出すと身体が火照《ほて》ってきた。昨夜、彼は約束したとおり、美香にだけ快楽を与えて自分の昂《たか》ぶりは抑え込んだ。そのあとは彼が作ってくれた夕食を食べ、十時には二階にある彼の部屋に連れて行かれた。

「今日からは、ここで一緒に寝ること」

彼はそう言って美香と一緒にベッドにもぐり込むと、背後から包み込むように美香を抱きしめた。

「昔から、ひとりで寝るのが苦手なんだ」

甘えるように美香にしがみついた彼は、先に眠ってしまった。その姿は、寂《さび》しがり屋の大きな子どもみたいで、彼の腕を振りほどけなかった。

そうやって昨夜のことを思い出していると、肩に手をかけられ、後ろを向かされる。貴大は片肘をついて頭を起こしていた。上半身は裸で、乱れた髪がぞくっとするほどセクシーだ。

まだ少し寝ぼけていた美香は、貴大の姿を見て慌てて身体を起こした。自分の姿を確認すると、黒のキャミソールとパンティを身に着けていたので、ほっとする。

「よく寝ていたよ」

「貴大さんも……。わたしより先におやすみになってました」

いくぶん落ち着きを取り戻して言う。彼は美香の言葉に、照れたように目を細めた。

「俺の寝顔を観察したのか」

「か、観察なんかしていません」

「そうか、残念だな」

貴大も半身を起こし、手を伸ばして美香の頬を包んだ。人差し指が頬にかかった髪を払い、唇の端に下りてくる。そうして美香の何か言いたげな様子を察知し、先手を打ってきた。

「文句は一切受け付けない。俺たちは結ばれる運命なんだよ。美香」

身体を起こした彼は美香を仰向《あおむ》けにし、覆《おお》いかぶさって来た。

「君が自分の気持ちに素直になるまで、俺は君を求め続けるよ」

熱っぽく言った彼は美香の左手を取り、手首の内側に口付けた。彼がくれたブレスレットは、彼が身に着けているペンダントと同じブランドだそうだ。さりげないペアアクセサリー。

やがて優しいキスが落ちて来た。そのキスを拒《こば》むことができず、彼の唇を受け入れる。

美香は自分の気持ちに気付いていた。ただ自分があまりにもバカ正直すぎて、希和子の呪縛《じゅばく》から逃れて貴大を求めようとは、なかなか思えない。

ゆっくり眠っていていいと貴大は言ってくれたが、美香は彼とともにベッドを出ると、朝食の用意を手伝うことにした。春から秋は朝六時に社殿《しゃでん》の扉を開けるので、その前に朝食を済ませるという。

広いキッチンの、これまた大きな冷蔵庫の中には、ハッピーママのチルド食材や冷凍食材が詰め込まれていた。

「前のマンションに大量に買い込んであったのを、こっちに持って来たんだ。俺は、毎朝スムージーを飲む。時間がない時はこれだけで一日過ごす」

冷凍庫の中の凍らせたパックをさして彼が言う。ハッピーママのお任せスムージーセットだ。中身はフルーツだけでなく、野菜も入っている。

「君は？」

「……いただきます」

美香の返事を聞いてから、彼はミキサーにふたり分のスムージーセットを放り込み、スイッチを入れた。ぶうんと耳障《みみざわ》りな音がして、中身があっという間に攪拌《かくはん》される。

「主食は何にするんですか？」

「冷凍のマフィンがあるよ。消費期限の近いものから食べてる」

神主さんって、洋食でもいいんだ。

勝手に和装に和食……のようなイメージを作り上げていたが、そうでもないらしい。

美香は最も期限が迫っていた冷凍マフィンを取り出してトースターに入れ、フライパンを借りて、卵とソーセージで適当に朝食を作ってみた。そこにスムージーが添えられる。

グラスに注《そそ》がれたスムージーは、少し不思議な色味だった。しかし飲んでみると、案外口当たりが良い。

「美味《おい》しいですね」

「だろ？　慣れるとやみ付きになるよ。明日からは美香が作ってみる？」

衣食住を提供する代わりに、仕事を手伝う——そんな提案だった。今更嫌だというのもおかしくて、美香はそれも仕事の手伝いであればと頷《うなず》いた。

「はい。使う順番に決まりなどはありますか？」

「冷凍庫のセットを順番に使えばいいよ。それなら栄養も偏《かたよ》らずに摂取できるから」

「わかりました。あの、たまにはご飯とお味噌汁にしてもいいですか？」

食卓に並んだのは、卵以外は冷凍食材ばかりだ。ふたりで食べるなら、炊き立てのご飯と手作りの味噌汁やおかずのほうが温《ぬく》もりがあるのでは……、そんなふうに感じる。

スムージーとの相性は微妙だが、たまにならいいだろう。正平のような上品なおかずは無理だが、簡単なものなら作れると思う。

貴大はマフィンに卵を載せて頬ばっていたが、ゆっくりと頷いた。

「美香が作ってくれるなら、なんでも食べるよ」

優しいまなざしと、甘い言葉。胸の奥がくすぐったくなってくる。貴大さんに恋人になってほしいという望みが、旦那様になってほしいに変わってしまう。同時に、それを口に出せない自分自身のもどかしさが嫌になる。

「じゃあ、そうします。嫌いな食べ物はありますか？」

貴大はしばらく考え込んでいたが、

「イワシ」

とだけ答えた。

その後はもくもくと食べて、てきぱきと出かける準備をする。今夜、ふたりで近所のスーパーに食材の買い出しに行く約束をしてから、貴大は約束どおり希和子に電話をしてくれた。

希和子たちはそろそろスペインに移動したかもしれないが、いずれにしろ向こうは遅い時刻のはずだ。美香はどきどきしながら彼が電話をかけるのを見守る。すると電話はすぐにつながった。

「貴大です」

その言葉のあと、早口に捲《まく》し立てる希和子の声が漏《も》れ聞こえて来た。貴大は厳粛《げんしゅく》な表情で母親の言葉を受け止めていたが、やがてきっぱりと言い切る。

「黙って会社を辞めて悪かった。でも俺の考えは変わらない。白岬で親父《おやじ》を手伝うから」

その爆弾発言の直後、「たかひろー！」という、希和子の絶叫が聞こえた。美香は恐ろしさに思わず耳をふさいだが、しばらくしてから、貴大が携帯を差し出してくる。

「おふくろが、君と話したいそうだ」

美香は恐る恐る電話を受け取る。間違いなく罵倒《ばとう》されるだろう。気が重くて、自然とかぼそい声になった。

「おはようございます。有吉です」

「もう貴大と一緒なの？　日本はまだ六時前かと思ったけど」

「は、はあ……」

昨夜一緒に寝ましたのでとは言えず、美香は言葉をにごす。

「まあいいわ、なんとかそこから貴大を連れ出してちょうだい」

怒りがマックスに達したことでかえって冷静になったのか、希和子の声は不気味なほど落ち着いていた。美香は思わず電話の向こうの希和子に頭を下げながら、控えめな反論を試みる。

「お言葉ですが社長、無理です。専務はもう神社のお仕事に就《つ》いていて、何を言っても聞き入れていただけません。地元の方にも信頼されていますし、わたしではこれ以上は……」

「無理なんて言葉、聞きたくないわ。お前を白岬への長期出張扱いにします。必要経費は払うから、私が帰国するまで白岬に滞在して、貴大を見張りなさい」

「見張る？」

「ええ。貴大がおかしな女に誘惑されそうになったら、即刻阻止しなさい」

「そんなプライベートなことまでは、専務に失礼です」

「帰り次第、貴大は引きずってでも連れ戻すわ。だからそれまでに間違いがあったら困るのよ。私の言うとおりにするなら、そのご褒美《ほうび》にお前をすくすくっこルームに異動させる。それなら文句ないでしょ！」

「社長！」

　あまりにも強引な命令に、美香もつい叫んでしまった。しかし、希和子はそれ以上聞く耳を持たない。

「辞任届は正式に受理されていない。貴大はまだうちの重役なのよ。私が留守の間、お前は藤堂フーズの秘書として貴大を補佐しなさい」

　希和子は言いたいことを言うと、一方的に電話を切った。その瞬間、緊張の糸が切れ、美香はへなへなとダイニングの椅子に座り込む。

　知らないうちに動悸《どうき》が激しくなっていた。息子を思うが故《ゆえ》の希和子の執念《しゅうねん》が怖すぎる。

「おふくろはなんて?」

「帰国するまで、ここであなたを見張れと。そして、あなたの補佐もしろと……」

どう転んでも、貴大のそばにいるしかできない状況だ。まるで見えない力が働いて、美香を貴大のそばに縛り付けているかのような。

貴大は明るい表情で美香の言葉を聞き終えると、美香のすぐ正面までやって来て、美香に覆《おお》いかぶさるようなキスをした。

「最高だな。俺が求めれば、君はどんなことでも応じなきゃならない。さすがはおふくろだ。お言葉に甘えて、君を好きにさせてもらうよ」

「そんな言い方、やめてください」

美香は貴大を押し退《の》けて立ち上がった。

「わたしはあなたの愛人になるつもりはありません。社長は、あなたがおかしな女に誘惑されそうになったら阻止しろとおっしゃいました。もしわたしがあなたと同じベッドで寝たと知ったら、殺されます」

「美香は愛人なんかじゃないし、おふくろに手出しはさせないよ。美香は俺が守る」

「貴大さん」

貴大は取り立てて慌てるふうでもなく、出かける支度《したく》を始めた。

「俺を信じろ。君は二カ月、ここで暮らす。その間に俺が君の心を解き放ち、俺を受け入れられるようにするよ」

　彼を受け入れる――それは、昨夜のようなことを毎晩するのだろうか。考えただけでも全身が火照《ほて》ってくる。もし嫌なら過去の秘書がしたように、退職願を郵送で送り付けて、旅にでも出ればいい。そうすれば、さすがに希和子も追って来ないだろう。でもそんなことはできないと、自分でもわかっていた。

　貴大のことが好きだし、すくすくっこルームへの異動という望みも捨てられない。

　このまま、前に進むしかないのだろうか。結論を先送りにしたまま。

　重たい気持ちのまま貴大を仕事へ送り出すと、美香は台所を片付けた。彼は出かける前に、掃除機のありかを告げて行《い》った。つまり掃除をしておけということだろう。

　ひとまずキッチンとリビング、バスルーム、あとは二階の寝室を掃除した。他の部屋は入っていいかわからないので、今日のところは放置する。

　九時過ぎにモエの来訪を受けた。モエには昨日も荷物を届けてもらったのだが、美香はそれどころではなかったので、直接話していなかった。

「昨日はごめん。何も説明できないのに、荷物を届けてもらって」

「いいのよ、パパから全部聞いたから。あの神主さんと美香の間にそんなドラマがあったなんて、びっくりしちゃった。辛かったね、美香」

リビングに案内すると、モエはそう言いながら大げさに驚いて見せる。

「一度は引き裂かれた身分違いの恋。だけど彼を忘れられない美香は、重役の地位を捨てた彼を追って白岬に来た。彼は美香を愛しているからこそ帰れと言い、美香は彼と、彼のママとの間で板挟みになって心労で倒れる……くぅーーー」

モエが語る内容は、かなり脚色《きゃくしょく》されている。訂正したほうがいいのだが、面倒で何も言う気になれなかった。

「で、これからどうするの？　最終的には結婚を考えてるんでしょ」

「そんなの無理に決まってる。今は彼と彼のお母さんを和解させることが先よ。その先のことなんて……」

「でも好きなんでしょ？　貴大さんのこと」

その率直な指摘に、美香はこっくりと頷《うなず》く。それだけは揺るぎようのない事実。だからこそ、同時に美香を苦しめてもいるのだが。

「上手くいくといいね。困ったことがあったらなんでも言って。飛んで来るから。それと、ふたりを見守ってくれるように、ご神木にお願いするといいよ」

モエは正平が作ってくれた重箱入りの弁当を置いて行ったので、美香はそれを持って十二時頃に社務所《しゃむしょ》を訪れた。貴大にも食べてもらうためである。

「お邪魔します……」

引き戸を開けて中に入ると、すぐ横の事務所のようなところに貴大がいた。いつもの白い上衣《じょうい》にあさぎ色の袴《はかま》で、デスクの上のノートパソコンに向かいながら、携帯電話で誰かと話している。室内にはキャビネットや段ボールなどが乱雑に置かれていた。コピー機もある。この事務所は、配置的にはお守りを売る窓口の真裏辺りになるだろうか。

神主とオフィス用品。またひとつ、神社についてのイメージが覆《くつがえ》されていく。

「美香。来てくれたのか」

電話を切った貴大が、美香に気が付いて玄関に来てくれた。

「お昼ご飯をお持ちしました。自分で作ろうと思ったんですけど、正平さんからの差し入れをモエが届けてくれたので」

「正平さんの手作りなのか？　へえー、楽しみだな、向こうに持って行ってくれる？」

貴大に導かれ、美香は社務所に上がり込んだ。外から見ただけだとわからないが、入ってみると中は意外に広く、部屋がいくつもあった。

「さっきのところは事務所だ。オフィス用品が一式そろってるし、いろんな帳簿《ちょうぼ》がある。仕切りの布の反対側は授与所《じゅよしょ》といって、絵馬やお守りを売っている。向こうには宴会場や台所、食堂、倉庫に更衣室なんかがある」

「へー。この中に宴会場があるんですか？」

美香は貴大が指さしたほうをのぞき込む。天照大神《あまてらすおおみかみ》と書かれた掛け軸に、緑の葉っぱが飾られているのが見えた。あの葉っぱは神棚に供《そな》える榊《さかき》だろう。

「あるよ。神社では何かと総代さんたちの力を借りることが多い。大きな祭りのあとには総代さんたちと一緒に、神様にお供えしたお神酒《みき》を飲むんだ」

「そうなんですか……」

神社ならではの作法やしきたり。馴染《なじ》みがなくて少々取っつきにくいが、そのうち慣れるだろう。

食堂と台所の床はフローリングで、大きな冷蔵庫やテーブルが並んでいた。その光景を見て、美香の頭にぱっと高校時代の合宿所が思い浮かぶ。

「普段は閑散《かんさん》としてるが、年に何回かは人が大勢出入りするから、こういうスペースも必要なんだ」

社務所《しゃむしょ》について手短に説明を受けたあと、ふたりして食堂で弁当を食べた。今日も上品な味付けの、懐石風のおかずだ。

「明日からは美香が俺のランチを作ってくれるんだよな」

とろけるような笑顔で言われては、嫌と言えない。それに、ここで美香ができることといえば、掃除とまかないとお守りの販売くらいだろう。現在の美香は、秘書として白岬に出張しているのだ。貴大の補佐を命じられているため、神社の手伝いも業務のうちかもしれない。そう考えると少しだけ気が楽になった。

午後は、昨日瑠璃子が着ていたのと同じはっぴを着せられ、彼と一緒に境内《けいだい》を歩きながら、神社についてのあれこれや、美香ができそうな仕事を教わった。

この神社の宮司《ぐうじ》は彼の父で、貴大の身分は禰宜《ねぎ》というらしい。宮司はいわば社長のようなもので、禰宜は副社長といったところか。彼の普段着は白衣にあさぎ色の袴《はかま》で、祈《き》祷《とう》や祭祀《さいし》の時にはそれに見合った装束《しょうぞく》があるとのことだ。

昨日はあんなに無茶を言ったくせに、今日の貴大は美香を急《せ》かすこともせず、のんびりと構えている。知らない土地、知らない世界。けれど彼がおおらかに構えているのを見ると、美香の不安もどこかへ消えた。


四時半まで社務所で過ごすと、美香はひと足先に家に帰った。貴大が帰って来れば買い出しに行く約束なので、とりあえず風呂の用意を済ませておく。終わったところに、貴大が荷物を抱え戻って来た。

「明日からはこれを着なさい」

「え？」

貴大は、ダイニングテーブルの上に風呂敷に包まれた荷物を置く。包みをほどくと中から出て来たのは、白い上衣《じょうい》に朱色の袴。肌襦袢《はだじゅばん》と足袋《たび》も入っている。

「こ、これはまさか……」

巫女装束《みこしょうぞく》――？

戸惑《とまど》った様子の美香に、貴大がにっこりとほほ笑む。

「神社の授与所《じゅよしょ》には巫女と決まってる」

美香はぶんぶんと頭を振る。

「無理です。巫女はうら若い乙女と決まっております。わたし二十七歳ですよ？」

「歳は関係ないし、神事の手伝いもしなくていい。これを着て、境内《けいだい》の掃除と参拝者の相手をしてくれたらいいから。そのほうが絵になる」

「あのはっぴじゃ、だめですか？　わたし神道の勉強はしたことないし、ろくな知識もないのにこんなものを着たら、ばちが当たります。それに、どうやって着たらいいか……」

幼稚園の卒園式には教員が袴《はかま》を穿《は》くことがあるが、美香が勤務していたのはキリスト教系の園であったため、そういう習慣はなかった。

「それなら着方を教えてやる。二階に行こう」

「え？　た、貴大さん！」

貴大はもう一度包み直した風呂敷を手に、美香を二階へと促《うなが》した。そのまま寝室に連れて入り、ベッドに包みを置いた彼はカーテンを閉めて明かりをつける。

「脱いで」

「え？」

「脱ぎなさい。それとも俺に脱がせてほしいのか？　そうかそうか」

貴大は急に不遜《ふそん》な顔になり、美香の着ているブラウスに手をかけた。先ほどまではあんなにおおらかに構えていたように思ったのに、再び強引な男に戻ってしまった。

「ま、待って、自分で脱ぎます。んもう……」

美香は貴大の手をどけると、自分でブラウスとスカートを脱ぎ、スリップとブラとパンティだけになる。スリップはラベンダー色。色といいレースといい、このまま着たら透《す》けるかもしれない。

「下着は着けていていい。ただし色や形が透けないようなものにしてくれ。足袋《たび》を履いたら、レースのランジェリーは脱いで肌襦袢《はだじゅばん》を着なさい」

「はい……」

もう、どうにでもなれ。

美香は貴大の前でブラとパンティだけになる。まずは足袋を履き、その上に肌襦袢、白衣と呼ばれる白い着物、最後にスカート状の朱色の袴を穿く。前をきちんと合わせて、紐《ひも》の結び方まですべて彼が教えてくれた。

袴の紐《ひも》は乳房の真下辺りで結ぶので、ちょっと苦しい。

「袴ってスカートみたいなものなんですね……」

「そう。案外簡単に着られるだろう?」

続いて彼は美香の髪を下ろして後ろに流すと、水引《みずひき》という和紙でできた糸と紙を使って、それらしくまとめてくれた。

「おでこは出す。ネイルは落として、アクセサリーは外す。ブレスレットもね」

「わかりました」

支度《したく》が済むと、貴大に肩を抱かれて、大きな姿見の前に連れて行かれる。

「ほら見ろ。良く似合う」

「そうでしょうか」

「うん。……そそられる」

鏡の中で彼がセクシーな笑みを浮かべる。その横には、朱色の袴《はかま》を穿《は》いた見知らぬ女がいた。自分でも、正直当惑する。明日からこの格好で神社に現れたら、近所の人たちもさぞ驚くことだろう。しばらくは説明に追われるかもしれない。けれどこれも貴大の手伝いに必要であるのなら、乗り切るしかない。

社長のため、自分の夢のため、彼のため。頑張らなくては。

11

それから一週間。

「これより、必勝祈願を行います」

拝殿《はいでん》の中、そろいのジャージに身を包んだ体育会系の男たちを前に、貴大は大麻《おおぬさ》を振る。大麻というのは、神事の際に神主が振る大きなはたきのようなものだ。

「かけーまくも、かしこきー……白岬神社の大前に……」

祝詞《のりと》の奏上《そうじょう》も、ようやくコツをつかんだと自負している。

五月。この時期の白岬には、連休を利用してスポーツの合宿に来たアスリートたちが増える。彼らのほとんどは、神社から二、三キロ離れた海岸沿いのホテルや民宿に滞在するが、走り込みの途中に神社に立ち寄り参拝していく者も多い。

さらには、大きな大会を控えたチームがこんなふうに必勝祈願に訪れ、絵馬に願いを書いてぶら下げていくこともある。

貴大がこの神社に来てからそろそろ三週間。その間、休みなく働いている。義理の叔《お》父《じ》、修造に何度か手ほどきを受けてもいるため、神主としてはまずまずサマになっていると信じたい。

「やってるな。ところで、さっきのガタイのいい兄ちゃんたちは？」

祈祷《きとう》を終えて集団が拝殿《はいでん》から出て行くと、武が入れ替わりにひょっこり顔をのぞかせた。

「野球のクラブチームの必勝祈願だ。毎年来てると言ってたよ」

道具の片付けをしながら、貴大は答える。祭日で休みらしく、武はいつもの作業服姿ではなく、半袖のポロシャツにスラックスという服装だ。

「ほう、いいねえ。団体だと初穂料《はつほりょう》をはずんでくれるんだろ？」

「まあ、それなりの額はいただいたよ」

だから終わったあとに渡す土産《みやげ》には、お札《ふだ》やお守りと一緒に、少々高級なお神酒《みき》を入れておいた。

「俺の様子見か？　それともなんか用か？」

「うちの母ちゃんから、トマトの差し入れだ。家に寄ったけど、美香さんがいなかったんでこっちに来たんだ。ものは車に積んである」

武は指で鳥居の方向をさす。鳥居の外に、参拝者用の駐車場があるのだ。

「いつもすまないな。連休で人が来るんで、美香には授与所《じゅよしょ》に詰めてもらってる。昨日から、参拝者に記念撮影をせがまれて困ってるみたいだ」

貴大は拝殿の入り口に立ち、授与所に立ち寄った参拝客とやり取りをしている美香の様子を眺めた。最初こそ巫女《みこ》の衣装を嫌がった美香であったが、結果的に毎日あの姿で参拝客の相手をしている。

「あんまり無理強いさせるなよ。かわいそうに」

武は初めて会った日から、やたらと美香に同情的だった。異性として興味があるというより、困り果てた人を見捨てることができない性格から来るものらしい。

「無理に応じなくてもいいとは言ってある。ただ頼まれたら嫌とは言えない性格みたいで」

「お前が巻き込んでおきながら、のんきだな。そもそも美香さんが恋人だってのも嘘だろ？　好きな女の子がいるけど、イエスと言ってくれないって言ってたじゃねえか」

「あの時はね。今は違う。ここに残って俺と一緒に暮らすのを選んだのは、美香自身だから」

「つまり、両想いになったってことか？　うらやましい奴だなあ……」

武はうらやむようにため息をついた。三つ年上の姉が嫁《とつ》いで五年が経つらしい。武にもときどき縁談が持ち込まれるが、いまだに良い相手に巡《めぐ》り合えず、身を固めていない。

「なあ、美香さんのどこに惚《ほ》れたの？　顔か？　それとも性格か？」

片付けを終えて拝殿の外に出ると、武がそんな質問をしながら付いて来た。すぐそこに美香がいるというのに、大胆な質問である。貴大は美香に聞こえぬよう、絵馬の奉納《ほうのう》所《しょ》のほうに向かった。桜が終わった境内《けいだい》は、新緑の時期を迎えている。

「けなげで働き者なところかな。おふくろの第二秘書はたいてい三カ月もたずに辞めていくのに、美香は半年以上も耐えている」

「希和子さんって、そんなに厳しいのか？」

「秘書に限らず、社員に求める要求が高い。美香は年中無休で、二十四時間おふくろのお守《も》りをしてるようなものだ」

「うへえ……」

大げさに顔をしかめてから、武はちらりと美香のほうを振り向いて言った。

「だけど、お前の親父《おやじ》さんの時に似てるよな。うちの親たちはちょっとだけ心配してる」

「心配？　何を」

「お前も博之さんも、都会で知り合った相手を連れて帰った。それも田舎暮らしを知らない、神社の仕事には縁もゆかりもない女の子。そんな子が神主の家に嫁に来て、上手くいくのかなってこと」

貴大の両親のような前例があるから、年寄りは心配するのだろう。そんな声が出ることは貴大も予想していた。

「今すぐ結婚を迫るつもりはないよ。ただせっかくだから、俺が選んだ世界がどんなものか、彼女にも知ってもらえたらと思ってる」

「ふーん。じゃ、お前のことは好きだけど、神社の仕事を手伝うのは嫌だって美香さんが言ったらどうするんだ？　希和子さんが帰国したら、会社に戻っちゃうかもしれないだろ？」

　専務を辞めて白岬に帰った時、貴大は神職としての経験を積んだら、美香に会いに行こうと考えていた。それには二カ月か三カ月、いや半年くらいの時間が必要だったかもしれない。だからその間に自分のことを忘れてほしくなくて、あのブレスレットを贈った。

　しかし、白岬に来てわずか数日で彼女が追って来た。

あの時、貴大はそれがご神木のお導きだと思った。迷信だと笑われるかもしれないが、彼女を二度と手放すなという神のお告《つ》げに違いないと。

　だから無茶を承知で、彼女を強引にここに引き止めた。あとは生真面目な美香の心を解放し、自分の気持ちに素直になるよう仕向ける。そのために貴大は、一緒に暮らし始めてからというもの、毎晩美香に触れていた。

　とは言っても、無理やり奪うわけではない。彼女が貴大から離れられなくなるような悦《よろこ》びを与え続けているのだ。

「もし戻ったとしても、すぐに美香は帰ってくるよ」

　美香は子ども相手の仕事に就《つ》きたがっている。すくすくっこルームでなくとも、保育所や幼稚園の仕事なら白岬でもできるだろう。いざとなったら、自宅で幼児教室でも開いて、美香に先生をやらせるという手もある。神社の手伝いには人を雇えばいいのだから。それを実行できるだけの財力が貴大にはある。

貴大が大学を卒業する頃、藤堂の祖父が亡くなり大輔と貴大に遺産を残した。貴大は祖父の遺産を投資に回し、数年の間にかなりの財産を築き上げた。たとえ神社の収益が少なくても、食いっぱぐれることはないのだ。

未来への果てない希望についつい笑みを浮かべてから、貴大はここが神前であることに気付いて表情を引きしめる。

「自信家だな、お前」

武は呆れたように言う。

「まあ、そんな話は別の機会にしようぜ。これでも一応、神に仕える身なので」

夕方になって、貴大は箱いっぱいのトマトを持って家に帰った。先に帰っていた美香は、すでに夕食の準備を整えている。

「美香、ただいま」

「おかえりなさい、貴大さん」

「武からトマトをもらったんだ。冷蔵庫に少し残して、あとは冷凍にするから」

　そう説明しながら、貴大はキッチンカウンターの上にトマトの箱を置く。美香は赤く色付いたトマトに顔を近付けて、珍しそうに眺めた。

「わあ……。新鮮なトマトって匂いが強いんですね。生で冷凍するんですか？」

「うん。ダイスカットにして冷凍して、同じく凍らせたバナナと豆乳《ソイミルク》を少し入れてミキサーにかける。美味《うま》いよ」

「……ト、トマトバナナスムージーですか？　牛乳ではなく豆乳を使うんですね」

　美香は眉間に皺《しわ》を寄せた。豆乳と聞いて、希和子を思い出したのだろう。会社にいた時、美香はよく希和子のためにソイラテを買いに走っていた。

「おふくろから電話はあった？」

「い、いいえ」

　美香は大きく目を見張って、ぷるぷると頭を振った。

「社長からのお電話は、たいてい深夜を過ぎた頃にかかってきます」

「そうだっけか」

「でも先ほどメールはいただきました。貴大さんの近況を報告しろと」

「なんて報告したの？」

「元気に、神社のお仕事をされていますと……」

「毎晩同じベッドで寝る女性がいることは、報告しないのか？」

貴大はそう尋ねながら美香に近寄り、シンクの縁《ふち》まで追い詰めた。

「その手の情報はお伝えしません。専務のプライバシーはお守りします」

「俺はもう専務じゃない。何度言ったらわかる。それともわざとか？」

「申し訳ありません……。ですが、社長が辞任届を受理するまで、あなたは専務です」

美香は目を伏せて、両手でエプロンの裾をつかんだ。貴大は両手をシンクの縁に置いて、腕の中に美香を閉じ込めた。美香がどこかよそよそしいのは、希和子からのメールのせいだろうか。

「今夜、抱いてもいいか？」

のけ反《ぞ》った美香の頬すれすれに唇を寄せて囁《ささや》く。彼女がこの家に来てから、貴大はこうして毎晩のように誘っている。しかし美香は決してうんとは言わない。

「だめです」

「抱きたい」

首にかかった彼女の髪をかき上げ、うなじに唇を寄せる。そのまま耳朶《みみたぶ》にも口付けた。その途端《とたん》、美香が肩をすくめ、はあ……っと甘い吐息を漏《も》らす。

「抱かせてくれ」

耳朶を唇で愛撫《あいぶ》しながら貴大は言った。泣きそうな顔で美香が首を横に振る。

「だめ……、わかってるでしょ？」

美香のいつになく強い口調に、貴大はじれたように美香の頬を両手で挟み込んだ。

「ああ、ようくわかってるよ。君は俺に夢中で、毎晩俺の指でイきまくって半狂乱になるくせに、最後の一線だけは拒否する……、これで合ってるよな？」

「そんな言い方やめてください」

「やめない。君が俺をほしいと言うまで絶対にやめない。おいで」

貴大は逃げようとした美香の手を引いてキッチンを出ると、階段を上って二階の寝室に連れ込む。そのまま彼女をベッドに押し倒し、両手の自由を奪って唇に口付けた。

「ん……、んん……」

美香は弱々しく呻《うめ》き、貴大の下で身をよじる。貴大は両脚で美香の腰を挟み込み、エプロンとその下に着ていたブラウスを、まとめてつかんで引っ張り上げた。ブラウスの下から現れたのは肌の色に近い、シームレスのブラジャーだ。以前、巫女《みこ》の装束《しょうぞく》の着方を教えた時、毎日白衣を着るので透《す》けない色の下着にしろと言い含めたからだろう。

「俺が帰る前に下着を脱いでおくというのはどうかな。どうせすぐにこうなるんだし」

「そんな、あ……」

ベージュのブラも一緒に押し上げ、全部まとめて頭から脱がせてしまう。それを無造作に床に放り、貴大は現れたふたつの膨らみを両手で包み込む。外側から押し上げるように丁寧《ていねい》に揉《も》みしだくと、すぐに乳首がつんと立ち上がる。

貴大はかがんで乳輪ごと口に含み、舌を使って乳首の先を執拗《しつよう》に舐《な》め回した。

「あ……ん」

美香は頭をのけ反《ぞ》らせて、艶《なま》めかしい喘《あえ》ぎを漏《も》らした。さらに愉悦《ゆえつ》を加速させようと、スカートの奥に手を這《は》わす。下着を穿《は》いたその場所は、すぐにしっとりと湿り気を帯び始めた。

布の上から、その奥にある秘裂をゆっくりとなぞり上げる。美香は身体をわななかせながら脚を閉じようとしたが、貴大は自分の脚を割り込ませて、彼女のささやかな抵抗を押さえ込んだ。

「抱いてほしいと、どうして素直に言わない」

苦渋《くじゅう》と快感の入り混じった表情を浮かべ、美香は唇を噛《か》んだ。

「こんな抵抗は時間の無駄だよ。君はすでに俺の手に落ちている。心を開いて愛を交わし合うほうが、よっぽど自然だと思わないのか」

貴大は布越しの愛撫《あいぶ》をやめ、直接パンティの中に手をもぐり込ませる。そして茂みの中に埋もれた小さな真珠を探し当てて指で軽くこすると、美香が悲鳴を上げて身体をはずませた。

「ほら、こんなに感じまくるくせに。それとも君はM《エム》なのか？」

「違います……。わかってるくせに、こんなこと社長は絶対に許さない」

美香は涙ぐみながら訴える。形の良い乳房が、呼吸に合わせて緩《ゆる》やかに上下した。

貴大は、ぬかるんだまま熱く息づく美香の秘所に、中指を埋め込んだ。

「貴大さん……。あ、ああ……」

「ふたりだけの秘密にしておけばいい。ここで過ごす時間は、頑張った君へのご褒美《ほうび》だ。だから今は、うんと淫《みだ》らになっていいんだよ、ほら」

「やっ……」

美香の中に埋めた中指で、温かな内部を幾度も押し上げる。そのたびに肉壁がきゅっとしまって貴大の指を圧迫した。貴大は一度指を引き抜くと、美香のパンティを剥《は》ぎ取り、後ろに放った。それから美香の片脚を持ち上げ、二本の指を彼女のぬかるみに差し込む。せまさを感じたのは初めのうちだけで、すぐにぬるりと指が奥深く入っていく。

「はぅ……」

美香は髪を振り乱しながら、何かにつかまろうと手をさまよわせた。貴大はその手をとらえて、互いの手のひらを重ね合わせる。

「そろそろ物足りないだろう？　指だけじゃ」

「そんな……、あ……」

「俺がほしいと言ってくれたら、すぐに満たしてあげるよ。美香」

けれど、だめだと言わんばかりに、美香はやみくもに首を左右に振った。

でもそこが良いところなんだが——内心そう思いながら、貴大は美香に口付けた。

「わかったよ。君が自分からうんと言わなきゃ意味がない。そうなるまで、これからも毎晩こうして美香を溺れさせる。俺なしじゃいられない身体にしてあげるから」

「ひどい……、ああ……。ご、ご飯が……」

喘《あえ》ぎながら、美香がどこかへ視線をさまよわせる。

そういえば帰宅してすぐ、キッチンに天ぷらと煮物があったのを見た。それを思い出し、貴大の空《から》っぽの胃が刺激される。

「そうだな。じゃあ、今はこれで許してあげよう。続きは風呂に入ったらにしような」

身体を起こした貴大は、あいている手で美香の花弁を押し開き、ぷっくりと膨れ上がった芽を指で優しくいたぶる。彼女の頬が紅潮《こうちょう》し、ひときわ大きく身体が震える——

美香はそのまま昇り詰めた。貴大は、美香の身体から絶頂の波が引くまで、飽きることなく口付けを繰り返した。

「強情だな」

12

縁結びの神様、お願い。わたしはどうしたらいいか、教えてください。

朝の境内《けいだい》。ほうきで掃除をしながら、美香は緑の色濃くなったご神木を見上げた。

美香が貴大を追って白岬に来てから、そろそろ三週間が経つ。

彼の家に居候《いそうろう》するようになってからは、ほぼ毎晩のように彼に求められている。セックスそのものはしていないが、裸にされてキスと激しい指使いで攻め立てられ、美香はそのたびにエクスタシーの海に放り出されていた。

もう身体の隅々まで、彼に暴《あば》かれてしまっている。恥ずかしい場所にあるほくろとか、美香自身が見たこともない小さな痣《あざ》の存在とか。達する瞬間に、美香がどんなふうに悶《もだ》え、どんな顔をするかとか。

貴大はそれらを冷静に観察し、恥ずかしがる美香に、こと細かに教えては楽しんでいるのだ。

気が付けばゴールデンウィークも過ぎ、彼が言うように、いつしか美香は物足りなさを感じるようになっていた。空《から》っぽで達するのではなく、彼を感じながらのエクスタシーがほしかった。

しかし彼を受け入れてしまうことは、社長への裏切りだと思う。美香が白岬に来たのは、希和子の許《もと》に貴大を返すためだ。けれどそれすらもう、かないそうにない。

だめよ、朝からご神域で何を考えてるの。

目を閉じて息を吐き、頭を振って、淫《みだ》らな考えを追い払う。その時、背後で足音がした。

「おはようございます。毎日お宮を綺麗にしてくれてありがとう」

そんな声をかけられ、美香ははっと振り返る。そこには、見慣れた老婦人と少女のふたりが立っていた。

「おはようございます。古山《ふるやま》さん、アリスちゃん」

美香はほうきを持ちかえ、ふたりに挨拶《あいさつ》をした。このふたりは、近くに住む古山婦人と孫のアリスだ。

「巫女《みこ》さん、おはようございます」

半袖のワンピースを着たアリスは、祖母の真似をしてぺこりと頭を下げる。もうじき四歳になるという彼女は、まっすぐ切りそろえた前髪が印象的な少女だ。まだ幼稚園には通っておらず、皆にアリスと呼ばれているが、正しくは愛里子《ありす》という漢字を当てるらしい。

祖母のほうは短い髪にきちんとメイクをした上品なご婦人で、毎朝散歩がてら、孫と一緒に参拝に来る。そのため、美香ともすっかり顔馴染《なじ》みになった。

それだけではない。恥ずかしさに耐えて巫女の衣装で神社で過ごすうちに、貴大がねつ造した事実が近所に広まり、美香は彼の恋人として認められることとなった。

中には、結婚もしていない者同士が同居して神様にお仕えするとは何事かと、陰で苦言を呈《てい》する者もいるようだ。しかし貴大の日々の努力が、そういった声を抑え込んでいる。

多くの氏子《うじこ》たちは、真摯《しんし》に神主の仕事に励《はげ》む貴大を評価し、認めてくれていた。

「貴大さんが帰って来てくれて、ほんとに良かった。老人会の皆さんも、そう言ってるんですよ」

「ありがとうございます」

自分が褒《ほ》められたわけではないが、美香は嬉しくなって古山に礼を言う。

「亡くなったサキさんも、草葉《くさば》の陰できっと喜んでますよ」

サキというのは、かつて嫁いびりをしていたという貴大の亡くなった祖母だ。古山くらいの世代は、サキのことを覚えている人が多い。美香も、何人かに生前のサキのことを聞かされた。彼らはそろって、

「いい人だったけど、ちょっとキツくてねえ……」

と言うのだ。

貴大の自宅に飾られた写真の中のサキは、茶色の帽子をかぶってほほ笑む可愛らしいおばあちゃんだ。このおばあちゃんがかつて希和子と壮絶な嫁姑《よめしゅうとめ》戦争を繰り広げていたなんて、到底想像がつかなかった。

「美香さんもよ。慣れない仕事なのに毎日ありがとう」

古山は美香のことを褒めるのも忘れなかった。その言葉に、美香の胸はほっこりと温かくなる。

「瑠璃子さんに色々と教わってはいるのですが、行き届かない点がございましたら、なんなりとお申し付けください。次からは気を付けますので」

「それそれ、そのかしこまったものの言い方」

「え？」

古山は首を傾《かし》げるようにしてほほ笑んだ。

「そういうところはさすがは社長秘書さんねえ。最近は敬語もろくに話せない人が多いのに、美香さんは服装も言葉づかいもきちんとしてるねえって……、老人会で評判ですよ」

「ありがとうございます。上司が服装や礼儀には厳しいもので、つい……」

脳裏《のうり》に希和子の顔が思い浮かんだ。古山のような年配の女性に認めてもらえるのは、希和子に厳しくしつけられたからに違いない。

「そうなの。ちゃんとご苦労もしてるのね。もし困ったことがあったら、いつでも言ってね。近くに住んでるし、何かお手伝いできると思うから」

「ご親切なお言葉、ありがとうございます。その際はよろしくお願いいたします」

古山は孫を連れて参拝に向かった。そのまま帰るのかと思いきや、参拝後、再び美香の許《もと》にやって来る。

「そういえば、また神前式をやるんだって？」

大人の話が始まると思ったのか、アリスが早く帰ろうと言わんばかりに祖母の手を引いた。

「はい……なんでも、オーベルジュ白岬のお客様から、ここで神前式をしたいとご希望があったそうです。昨日、オーベルジュの副支配人さんがお見えになりました」

美香は、昨日社務所《しゃむしょ》に訪れたスーツ姿の男のことを思い浮かべた。

「ああ、椎谷《しいや》さんね。貴大さんも男前だけど、椎谷さんも素敵な人よねぇ」

椎谷の名に、古山の顔がぱっと明るくなった。表情がいきいきとして、一気に十歳くらい若返ったように見える。

オーベルジュ白岬というのは、町の北西部にあるおしゃれなレストラン兼ホテルだ。最近、ガーデンウェディングを始めたそうだが、なぜか神前式を希望するカップルが出たらしい。

しかしオーベルジュにはチャペルしかないので、挙式を白岬神社でお願いしたいと椎谷は言っていた。

貴大よりやや年上の彼は、物腰は柔らかいものの、話の間ほとんど笑顔を見せなかった。

「そうですね。スーツが良くお似合いでした。こちらでは有名な方なのですか？」

「何度かテレビに出たりしている人なの。椎谷さんに会うために、観光バスで全国からファンが押しかけて来るんだから」

「そ、そうなんですか？」

それは驚きだ。確かに、ランチタイムのオーベルジュは、観光バスでやって来た団体客でごった返すと、以前モエから聞いた覚えがある。

「そうよ。オーベルジュと提携《ていけい》して、昔のように参拝客が増えるといいわね。ここはユウナ様ゆかりの縁結び神社なんだもの……」

「ユウナ様？」

きょとんとする美香に、古山はユウナについて説明してくれた。

「うん、ユウナ様はこの神社のご神木にまつわる伝説……。ええとロマンスって言うのかしらねえ。そのロマンスの主人公なのよ。あらやだ。美香さん、知らないの？」

思えば、概要は知りつつも、登場人物の名前までは説明をしたり聞いたりする機会がなかった。

美香が読んでいるのは、社務所《しゃむしょ》にあった参拝者向けの資料に記された、簡単な説明文だけである。それによると平安中期に白岬神社が創建され、その後、地元の娘と中央から来た武将が恋に落ちた。神社で出会ったふたりが結ばれたことで縁結び神社と呼ばれるようになり、神社のご神体は、その娘の持ち物の櫛《くし》だか鏡だかで――

古山婦人の話を聞き、美香はご神木にまつわるロマンスに興味を持った。

「白岬神社のことなら、あっちだよ」

夕方、近所にある郷土資料館を訪れると、学芸員のようなおばさんが、神社に関するコーナーを案内してくれた。

そのコーナーには、古びた古文書、掛け軸、蒔絵《まきえ》などが展示されたガラスケースがあり、その横に、ご神木についてわかりやすく解説してあるパネルがあった。曰《いわ》く――

神社の創建から百年ほど経た平安末期。羽生直実《はぶなおざね》という若い武士が、大怪我をしてご神木の根元に倒れていた。そこへ由宇奈《ゆうな》という平民の娘が通りかかり、傷付いた直実の手を取って家に連れ帰り、手当てをした。ユウナの献身的な看病で直実は回復し、やがてふたりは恋に落ちた。

しかし平家打倒の気運が高まると、直実はユウナを置いて国へ帰ってしまう。歳月は流れ、誰もが直実のことを忘れたが、ユウナは他の男からの求婚を退《しりぞ》け、直実を待ち続ける。

そして十年後。弟に家督を譲《ゆず》った直実が、愛するユウナの許《もと》に帰ってきた。

「……ふたりは結ばれて、子宝にも恵まれ仲良く暮らしましたとさ……というエンディングだ」

夕飯の際、美香が調べてきたことを貴大に話すと、彼はほっけの開きを食べながら、淡々と結末を付け足した。貴大はイワシは嫌いだが、他の魚なら食べてくれる。

「俺が子どもの頃は、あの木の前で記念撮影をするカップルや、良縁を願って祈願に訪れる人が多かったよ。ユウナ様様だった」

展示コーナーには後世の人が描いたユウナの絵もあった。被衣《かずき》と呼ばれる薄手の着物を頭の上からかぶり、優しくほほ笑むユウナ。その絵は深く美香の心に残っている。

「ちょうど、平家との戦《いくさ》に負けた頼朝が安房《あわ》の国——今の千葉県南部で再起した時期と重なるので、羽生は源氏方の武士だったのではという説もある。でもあくまで伝説だ。昔の人が作ったおとぎ話かもしれないし」

「おとぎ話ですか……」

美香は箸《はし》を持つ貴大の綺麗な指先を見つめた。そうして、満開の桜の舞ったモエの結婚式の日を思い浮かべる。

わたしたちも、あのご神木の下で手を取り合った。

靴が挟まり困っていたわたしを、彼が手を差し伸べて助けてくれた。

あの時の光景に、ユウナの伝説が重なる。以前、彼が自分たちは結ばれる運命だと言ったのも、ユウナと羽生のロマンスを知っていたからに違いない。

「でも、この神社のご神体は直実がユウナに贈ったという櫛《くし》なんでしょう? 神主のあなたが頭から否定していいんですか?」

「おっと、そうだな。俺がこのロマンスを否定しちゃ、まずいな」

ビールのグラスを傾けながら、貴大がくすっと笑った。

まずいですよ。だってわたし、声を聞いたんだもの。

あの日、美香はご神木の前で、貴大ともっと仲良くなりたいと願った。そして、はっきりと女の声を聞いたのだ。

『その願い、かなえてあげましょう』

あれはユウナの声だったのかもしれない。

直後、立ち去ろうとした美香は、靴のヒールを木の根に取られて動けなくなり、それに気付いた貴大が助けに来てくれたのだ。あの出来事の何もかもが、ご神木に宿ったユウナの魂が引き起こした出来事だとしたら。

想像した美香は、腕にざわりと鳥肌が立ったのを感じた。

人間とは単純なもので、自分と貴大がご神木のロマンスに導かれているかと思うと、美香は急にロマンスのヒロイン気分になった。いつまでも彼を拒《こば》まずに受け入れたほうが、幸せな未来が待っているのではと……。そう思うと、頑《かたく》なな意思がぐらつき始めた。もちろん、けれどそれが希和子にばれたら、間違いなく会社をクビにされるだろう。すくすくっこルームには二度と採用してもらえない。

ユウナの伝説を知ってから数日が過ぎた。その間も神社ではゆるゆると時が流れ、朝夕の礼拝、各種の祈祷《きとう》など、貴大はつつがなく奉仕していた。

彼が少し高い声で、自ら巻紙《まきがみ》に書き記した祝詞《のりと》を読み上げるのを聞くのが、美香は好きだった。薄青《うすあお》や松葉色《まつばいろ》の狩衣《かりぎぬ》を着て、神前にお辞儀をする姿を拝殿《はいでん》の外から眺めるのも気に入っていた。

ここに、藤堂フーズの専務であった貴大はいない。代わりにいるのは、総代たちに信頼され、着実に地元に根を下ろし始めた若い神主だ。

そして美香は、あることに気付いた。

ゴールデンウィークを過ぎてからというもの、週末になると、遠方から来る女性参拝客が増えているのだ。例《たと》えばドライブがてら県外からやって来るグループや夫婦連れだったり、あるいはバックパッカーのような軽装でふらりと立ち寄る若い女性だったり。

以前、レキジョという言葉が流行《はや》ったが、神社仏閣巡《めぐ》りが好きな女性も多いのだろうか。彼女たちは参拝を済ませたあと、たいてい美香や貴大に縁結びのいわれを質問した。美香は覚えたての知識で、ユウナと直実のロマンスを語る。それを聞いた彼女たちは、ご神木の前で手を合わせて願掛けしたり、記念写真を撮ったりしてから帰って行った。


久しぶりに希和子から電話があったのは、五月も残り数日となった週末のことだった。

「シンガポールは暑くてかなわないわ。そっちはどう？　貴大の様子は？」

「つつがなく過ごしております。貴大さんもお元気です」

午後六時半。希和子からこんな時間に電話をもらうのは初めてだ。食事の用意は済んでいて、貴大は風呂に入っている。

連絡のない間に、社長一行はヨーロッパからアジアに移動したらしい。出張もいよいよ後半。商談はあと二週間ほどで、それが済めば、社長はドバイでの休暇に入る予定だ。

「ただ元気じゃなくて、何をしてるのか教えてくれない？」

「ええと、はい……。神社でのお仕事や地元の方との交流には、すっかり慣れたご様子です。それから、こちらの有名なオーベルジュと神前式のタイアップがまとまりました。神前式については、秋以降のご予約もいただいております。他にもあるのですが……」

観光協会のＷＥＢサイトに、神社のＰＲ動画をアップしてもらった。境内《けいだい》で扱う絵馬やお守りも、新しく可愛らしいものを発注した。

貴大が神社の復興のために試みているものを、美香は順次説明していく。

「さすがは専務です。いくつものアイディアを出されて、地元の方々と意見を交換し合っていらっしゃいます。それに女性の参拝客が増えておりまして……」

「何をバカなこと言ってるの」

「はい？」

希和子は冷たい声で美香の説明を遮った。

「確かに貴大の補佐をしろと言ったわ。だけど神社が繁盛《はんじょう》し、貴大が周囲に認められるための手伝いをしろとは言ってないでしょ」

「お言葉ですが、社長。貴大さんは毎日早朝から休むことなく、神社の仕事に就《つ》かれています。その努力を認めてあげてもよろしいのではないでしょうか」

毎日、近くで彼の頑張りを見ているからこそ、美香はつい、希和子に貴大を認めてくれるよう訴えてしまった。

しかし、希和子は冷ややかに言った。

「お前、貴大にどうやって丸め込まれたの？」

「いえ、そんなわけでは……」

「貴大の努力や結果は当然のこと。私の息子ですから、バカじゃないのよ。だからこそ、白岬みたいな田舎に埋もれさせるわけにはいかないの」

「社長」

「お前は私の離婚原因を知ってるんでしょ？」

「はい……。貴大さんからうかがっております」

「だったら、私が貴大が神社を継ぐことに反対するのも、わかってくれるわよね？」

「……はい」

希和子の気持ちは痛いほど良くわかるつもりだ。けれど今となっては、実の父を支えてやりたいと願う貴大の頑張りも、応援してあげたい。

「なら、これ以上貴大が神社のビジネスを大きくさせないよう、どんな手を使ってもいいから阻止しなさい。これは社長命令です」

「阻止って、そんな……」

「できないならクビよ。すくすくっこルームの件もなかったことにするから」

「ま、待ってください、社長！」

訴えもむなしく、電話は切れた。美香は携帯を握りしめたまま、力なく椅子の上に座り込んだ。

13

風呂から出た貴大は、夕飯をもりもり食べてくれた。

「親父《おやじ》が来月には退院できそうだって、医者が言うんだ」

「良かったですね。お父様はお元気そうでしたか？」

「うん。顔色も良くなってた。だいぶ楽になったんだろうな」

貴大は仕事のあと、病院に父を見舞っていた。そこで主治医から、父の経過が良好であることを告げ《つ》げられたらしい。貴大はこまめに父親の様子を見に行っている。初めのうちは帰るたびに深刻な顔をしていたが、近頃は明るい顔で帰って来るようになった。

「退院したら紹介するよ。親父には恋人と一緒に暮らしてると伝えてあるから」

「はい。楽しみにしてます」

今夜は新じゃがを使ったポテトサラダとスープに、煮込みハンバーグ。トマトソースが上手くできたという自信があった。彼は美味《おい》しそうに食べてくれるが、美香は希和子からの電話のせいで、食事があまり進まない。

できないならクビよ——。何しろ、一番恐れていた言葉が、ボスの口から飛び出したのだから。

そういう時は、すぐに貴大に見抜かれてしまう。

「ところで美香は、何が気がかりなんだ？」

食事の後片付けの手を止めて、貴大はそんなふうに切り出した。

「別に……。急に暑くなったから疲れたみたい。今日は早めにお風呂に入って休みます」

父親の容態《ようだい》が良くなったことであんなに嬉しそうな顔をしていた彼に、さっきの電話のことは言いにくい。

美香はキッチンの隅々まで拭き上げると、タオルで手を拭き二階へ向かう。すぐに貴大があとを追ってきた。そして寝室に入るなり、図星をさされる。

「おふくろから電話があったのか？」

美香は衣類をしまってあるタンスを開けたまま、手を止めた。

「顔に出てる。何を言われたんだ、教えてごらん」

貴大は美香の背後に歩み寄ると、彼女を自分のほうに向かせ、引き出しを閉める。

言ってはいけない――。今の自分は冷静に会話をできる自信がない。言葉にしてしまわないように唇を噛《か》んだが、貴大の優しい視線に、我慢していたものがせきを切って出そうになる。

「神社のお仕事が順調だと話したら、叱られました……。わたし、クビになるかもしれません」

「オーベルジュの件、話したの？」

「はい。貴大さんの頑張りを知ってもらいたくて、つい」

「そうしたら、逆鱗《げきりん》に触れたと……」

美香はこくんと頷《うなず》く。

「社長は貴大さんを絶対に連れ戻すから、これ以上地元に定着しないように邪魔をしろとおっしゃいました。そんなことわたしにはできません」

貴大は大きくため息を漏《も》らすと、美香の頭を自分の胸に抱き寄せた。

「ごめん、美香」

彼の言葉には心からの謝罪が感じられた。その謝罪が美香の決意を崩し、言うまいと誓っていた言葉が、次々と口をついて出た。

「……わたしにも責任があると思ったからここまで来たのに、社長はいつも責めるばかりです」

「ああ、そのとおりだ。美香は悪くない。おふくろの命令に従ってきただけだよな」

「だって社長の痛みがわかるから……。でもわたしだって、心が折れることはあるんです」

貴大は優しく美香の髪を撫《な》でてくれた。涙が込み上げて来て、こらえ切れずに鼻をすすり上げる。

「ひとりにしてください」

「そんなことできるか」

貴大は美香の肩を抱いて、ベッドの端に腰を下ろした。逃げられないようにと、両手で肩を抱かれる。彼の手の温かさに張り詰めていた糸が切れて、涙が溢《あふ》れ出す。美香は、貴大が差し出してくれたハンカチを借りて、声を押し殺すように泣いた。

まぶたの裏側に、これまでの出来事が浮かんでいく。桜の舞う神社で出会った、麗《うるわ》しい神主。一緒に白岬に来てほしいと言った貴大。その彼が辞任して、大騒ぎになった会社。

そして希和子からの深夜の電話。

私の次男を連れ戻して来なさい！　あの時の希和子の叫びが、まだ耳の奥にこだましている。その悲痛な叫びに自分の責任を痛感させられた。

貴大はただ黙って、美香の背をさすってくれた。

「しばらく東京に帰ろうか」

ひとしきり泣くと、貴大がそんなことを言った。鼻水を我慢できなくなり、美香は手を伸ばして、そばのティッシュを取った。恥も外聞もなく、彼の前で鼻をかむ。

「わたしが出社しても追い返せと、社長から秘書室長に申し渡しが行ってるんです」

すっきりしてから訴えると、貴大はまたしても大きな吐息を漏らした。

「美香でなかったら、パワハラで訴えられているな。冷静になるように俺からおふくろに話すよ。俺も美香に甘えすぎていた。これ以上君を苦しめたくない」

「貴大さん」

美香は顔を上げて、貸してもらったハンカチで乱暴に頬の涙をぬぐった。

「俺の説得だけで足りなければ、大輔を頼るよ。絶対になんとかするから」

美香のために親身になってくれる彼に、心がふっと軽くなった。

「と言っても、君を諦《あきら》めたわけじゃないよ。ただ俺のそばにいると、君に怒りの矛先《ほこさき》が向けられる。それよりは、俺とおふくろの間で決着がつくまで、離れているのも手かなと思う」

それは一理ある。しかしやっと白岬の人たちと仲良くなれたのに、ここを去るのは、美香にとっても心残りだ。それだけではない。

美香は目じりの涙を指でぬぐった。

「わたしがいなくなったら、毎朝、冷凍のスムージーとお惣菜《そうざい》セットでご飯を食べるんですか？」

「それの何が悪い」

貴大は開き直ったように笑う。

しかし、食事だけじゃない。掃除洗濯、袴《はかま》や狩衣《かりぎぬ》のクリーニング。総代や業者たちとの連絡の取りまとめなど。いつの間にか、美香がすべて引き受けていた。もし美香が東京へ帰ったら、彼ひとりでさばけるのだろうか。

「心配しなくていい。全部ひとりでできるよ。今は自分のことを考えなさい」

「ええ、でも……」

「それとも美香は俺が心配なの？」

艶《なま》めかしい彼の視線が、美香の視線と絡み合う。

ああ、だめ、彼の術中《じゅっちゅう》にはまっちゃう。

けれど、美香は貴大の視線から逃れられなかった。

「心配です……。食事だけじゃない。収入も安定しない神社で毎日、どうしてるか。夜も眠れないかも」

本当に人騒がせな家族である。だけど希和子といい貴大といい、どうしても憎めないのだ。

「……美香は心配性なんだな。それとも人が良すぎるというのか」

貴大は美香の頭を抱えると、てっぺんをぐりぐりと撫《な》でた。そして顔を挟んで上を向かせる。

「だったらずっと俺のそばにいろ。もうどこにも行くな」

貴大から告《つ》げられた熱い言葉に、失神しそうになる。

ずっとそばにいろって……。それはつまり、あの……

場違いにも浮かれてしまいそうで、たまらず美香は視線をそらした。

「や、やっぱり社長が帰国するまでは……、ここでお世話になります。それがわたしの仕事ですから。そのあとのことは……、その時考えます……」

「なんだよ。泣きやんだと思ったら、またいつもの真面目な美香ちゃんか」

「申し訳ありません……。こういう性格なので」

貴大は穴があくほど美香を見つめた。それから優しく問いかける。

「だったら、正直に答えてくれ。俺がほしいか？」

彼の唇が濡《ぬ》れているように見えた。

ほぼ毎晩、あの唇に征服されている。全身を。

お願い。その顔でその声で、迫らないで。もうこれ以上、拒否できない。

我慢しているのは、彼だけではないのだから。

「聞いている。答えてくれ」

抱き寄せられ、耳元で囁《ささや》かれる。次の瞬間、美香のブラウスの襟元《えりもと》に貴大の指がかかった。彼はそのまま襟元を両手で握り、一気に左右に引く。ばちばちっとボタンがはじけ、同時にベッドの上に押し倒された。

「きゃ……」

「ほしいのか、ほしくないのか」

貴大は美香の顔の両脇に手をついて、覆《おお》いかぶさるように迫った。

「……ええ。あなたがほしいです」

消え入るような声で、美香は言った。これは強要以外の何物でもない。わかってはいるが、貴大を受け入れたいという自分の欲望をこらえ続けるのは、この辺が限界だった。指だけで追い立てられるエクスタシーでは、もはや物足りない。自分の中に彼を迎えて、ともに昇り詰めたかった。自分は良い子でもなんでもない。頭の中では、いつも彼に抱かれる自分を妄想している。

「じゃあ、抱くよ」

「……だ、抱いてください」

「声が小さい」

偉そうな物言いに、むっとなった。美香はつい声を張り上げる。

「だ、抱きたいなら、抱けばいいわ。その代わり、たっぷり満足させてよね！」

言い終わった途端《とたん》、はあはあと喘《あえ》いでいた。貴大は声を上げて笑い出す。

「最高だよ、美香ちゃん。それでいい。そうやってそろそろ、自分の心を解放すべきなんだよ」

「あ……」

もう一度、胸元に貴大の手がかけられたかと思うと、残ったブラウスが、悲鳴を上げるような音を立てて裂かれた。美香を見下ろす貴大の顔は笑っているのに、その目は暗く陰《かげ》っている。頭の中は嫌らしいことでいっぱいだというふうに、ぎらぎらの欲望を隠そうともしていない。

「ちが……、嘘です。今のは嘘……、ああ……!」

「もう遅いよ」

熱い指先がぐいっとブラを押し上げ、ブラウスの切れ端とともにむしり取られていく。

激しい、激しすぎる——

どうやら、自分は大変なスイッチを押してしまったようだ。

「待って。服が」

「あとで新しいブラウスをプレゼントするよ。まったく君ときたら」

貴大は美香の身体を揺さぶりながら、まとわりついた残りの衣類を一気につかんで、頭の上から抜き取った。その拍子に髪を結んでいたシュシュがはずれ、ベッドの上にばらりと髪が広がる。

「本当に長いこと待たされたよ」

貴大の両手が乱暴に乳房をつかんだ。手のひらいっぱいで乳房を覆《おお》い尽くし、メリハリをつけて揉《も》みしだかれる。これまで夜ごと繰り返されてきた愛撫《あいぶ》とは違う、激しさのこもった仕草だ。

「たか……」

美香が訴える間もなく唇が落ちてきて、むき出しの乳房に食らい付かれる。飢えを満たすかのように、舌と唇が乳房をむさぼっていく。さっと全身に鳥肌が立ち、下腹の奥がきゅっとうずいた。

いつもなら、舌で優しく乳首を転がされるのだが、今は違う。

片方に飽きると、もう片方に。貴大は舐《な》めたり吸ったりを繰り返し、その合間に歯を立てた。

「いっ……」

ぴりっと身体に走る痛みに、全身が震えた。それでも彼は詫《わ》びることはなかった。美香のすべてを味わい尽くすような勢いで、美香の乳房や喉元《のどもと》に唇を押し当てていく。

よほど我慢していたのだろう。美香の素肌に次々と熱い烙印《らくいん》を押しながら、貴大はすっかりスタンバイが整った下腹部を、美香の下腹に押し当てた。

ぐいぐいと服越しにそれを押し付けられ、美香の下腹の奥深くがいっそう熱くなる。頭のてっぺんから、熱いものが一気にそこに流れ込んでいくようだ。

貴大の勢いに、完全に圧倒されている。声も出せないまま、美香はひたすら受け身でいるしかなかった。

「すぐに入れるよ」

呻《うめ》くように彼が言った。

「二度目に満足させてあげる。だから今は、俺の好きにさせてくれ……」

え？　二度目……？

身体を起こした彼は、美香の腰に手をかけた。スカートのファスナーが下ろされ、もどかしげにひっぱり下ろされる。パンティにも手がかかると、美香は無意識に腰を浮かせていた。

下半身を覆《おお》っていた衣服がまとめて取り払われる。寒くはないはずなのに、またしても身体が震えた。

貴大は美香の膝頭をつかみ、彼女の恥ずかしい場所を一気に押し開く。

「やっ……」

おかしなものだ。こんなこと、彼にはもう何度もされている。慣れてしまったとさえ思っていた。だけど、今回は明らかに互いの昂《たか》ぶり方が違う。ついにその時が来たのだから。

もうすぐ彼に奪われる――。美香は自分の秘所が空気にさらされる感触に、なんとも言えないエロティックな興奮を覚えていた。

「失礼」

あおるような目で美香を見据《みす》えながら、貴大は彼の人差し指をすっぽりと口に含む。

濡《ぬ》れたその指が視界から消えると、すぐに自分の秘所をなぞられた。そのまま指を奥に差し込まれる。

「っあ……」

美香は頭をのけ反《ぞ》らせた。準備が整わない身体にいきなりの刺激。痛い……と思う間もなく、より深く差し込まれる。そうして二度三度、指が前後するうちに、ぐちゅぐちゅと淫《みだ》らな水音が響き始めた。

恥ずかしさに目をそらす美香とは対照的に、貴大は満足げな笑みを浮かべている。

お前の身体など知り尽くしているぞ。あの目は、そう思っているに違いない。

美香の身体から十分な反応を引き出すと、貴大は身体をひねるようにして、もう片方の手でベッドサイドを探った。

「あ……」

貴大のあいている手が避妊具のパッケージをつかんでいた。ああ、彼は本気なのだ。今度こそ、本気でわたしを抱くのだと思い知らされる。

膝立ちのまま、彼は着ていたTシャツを大胆にまくって脱ぐと、続けてスウェットのズボンを下着とともに引き下ろす。普段は几帳面なのに、今はそんな余裕もないのか、ズボンと下着を重ねたまま脱ぎ捨てた。

彼の裸の上半身は何度か見ている。うっすらと腹筋が割れ、全体的に引き締まった男らしい筋肉質の身体だ。だけど下半身は初めて目にする。下着から解放され、獰猛《どうもう》なほどにいきり立つ彼自身に、美香は思わず息を呑んだ。

うそ……

だけど驚いたのは一瞬だった。彼はすぐに美香に背を向けて、パッケージを破る音だけを響かせながら、避妊具を装着した。すべてが流れるように手際《てぎわ》良く、次に彼が振り返った時には、そのまま勢い良く覆《おお》いかぶさって来た。

「俺がどれほど君を求めていたか、思い知らせてやるよ、美香」

濃厚な口付けのあとに、彼は再び指をくわえる。それからもう一度美香の秘部に指を差し込み、十分に濡《ぬ》れているのを確かめると、美香の両膝を抱えた。

貴大の強い視線にとらえられた。美香は息が止まりそうになる。自分の入り口にぬるりとした硬いものが当てられ、一気に押し入られた。

「んうっ！」

かすかに、引きつるような痛みを感じた。指とは比べられないほどの衝撃《しょうげき》に、無意識に顔を歪《ゆが》めてしまう。

「あっ、あっ、あっ……」

お腹の下のほうが苦しくて、彼が押し入るのに合わせて、勝手に声が漏《も》れた。

「ごめん。すぐに良くなるから」

「違うの……、ただあの、すごい……」

絞《しぼ》り出すようにつぶやいてから、美香は頭をのけ反《ぞ》らせた。

すごい。まさにそれ。

激しくて熱い波が、ぐっと押し上げてくるような。

目を細めて、貴大は一度腰を引く。それから大きく突き上げて、美香の奥深くまで押し入った。美香はあまりの衝撃に絶叫しながら、背中を弓なりに反らせる。

「大丈夫だ。十分濡れてる」

貴大はなだめるように言いながら、美香の額の髪をかき上げ、頬にキスした。続けざま、唇、鎖骨、乳房にも情熱的なキスの雨が降る。

「美香、ずっと待っていたよ」

「わたしも……」

「動くぞ」

美香が挿入の衝撃にようやく慣れたところで、彼はすぐに先へ進んだ。

美香の頭の両脇に手をついた彼は、初めからトップギアで飛ばし始めた。がつがつと、えぐるように腰を打ち付けられ、そのたびに美香の身体は激しく揺さぶられる。

淫《みだ》らな水音は失せて、代わりに肌と肌のぶつかり合う生々しい音が響く。

こ、壊れちゃう――

ベッドが低い音を立てて軋《きし》んだ。獰猛《どうもう》なケダモノに豹変《ひょうへん》した貴大は、徐々《じょじょ》に息を乱しながら、一心不乱に腰を動かし続けた。

「ヤバい……。ヤバすぎるよ、美香」

「な、何が……？」

「根こそぎ持っていかれそうだ。こんなに熱くてしめ付けられたら、もう……」

くっと小さく呻《うめ》いた貴大は、甘美な拷問《ごうもん》に耐えしのぶように歯を食いしばる。あまりにも激しい腰の動きに、美香は必死で彼の背につかまった。その背がしっとりと汗ばんでいることに気付いて、はっとなる。

「もっとだ……」

上体を起こした彼が、つながったまま美香の脚を高く抱え上げた。美香の腰を浮かせ、角度をつけて奥深くにくさびを打ち込む。美香の中で大きく膨張《ぼうちょう》したそれに、美香は自分の限界以上まで彼に押し広げられているように感じた。

あまりに深く入りすぎて、彼の先端が子宮の入り口をこじ開けたのではと思ったほどだ。

苦しいけれど幸せで、美香は何度ものけ反《ぞ》りながら、失神寸前まで追い詰められる。

「だ、だめ、壊れちゃう、ああ……」

「壊れてみろって」

上手く身体を折り重ねて、貴大は美香の唇にキスをした。合わさった唇からすぐに舌が割り込んできて、呼吸が止まりそうになるほど激しく吸われてしまう。

「待った甲斐《かい》があったよ、美香。君は素晴らしい」

つながった部分は、すでにとろとろに溶け始めていた。汗と体液と互いの熱で、脳も溶け出しそうなほど。

だけど、すごく気持ちいい。自分の身体がこれほど彼に応《こた》えていることが、美香本人も不思議でならなかった。

自分を縛り付ける理性とかしがらみとか、そういったものを美香は忘れ去った。髪を振り乱し、恥じらいも失くして声を上げ続ける。やがて彼とつながった辺りがじわじわとうずき始め、下腹の奥からせり上がってきた何かに、身体が支配されていく。

「あ……、うそ……、や、だめ……」

辛くはない。それどころか自分の意識が真《ま》っ白《しろ》になりそうなほどの快感。どうしたら上手くその快感の波に乗れるのか――。わからないまま、美香はやみくもに脚を広げて、自ら腰を振っていた。

もっと深く彼を感じたくて。彼のすべてを余すところなく受け止めたくて。

「美香……、ばか、もう、くそ」

彼は、まだ熱い官能の波間を漂っていたいようだった。しかし無意識に行われた美香の攻めに、苦しげな呻《うめ》きを上げる。そうして再び自分が主導権を取るため、美香の動きを力で封じようとした。

美香の片脚を持ち上げ、折り畳んでより深く自分自身を埋め込む。

「それ……、うあ……！」

その途端《とたん》、先ほどを上回るほどの深い刺激に貫《つらぬ》かれた。息ができない。酸素が足りない。

頭がガンガンし始めて、耳鳴りさえ聞こえてくる。

こんな激しいセックスがいつまで続くのだろう。美香はのけ反《ぞ》りながらシーツをつかんだ。

「だめ、ああ……！」

繰り返される絶叫。かつて経験したことのないスポットが、彼に攻め立てられ続けている。

「許して……、だめ、もう……！」

汗で湿った髪が、首筋に張り付いていた。しかし、払い退《の》けたくても手足が動かない。

繰り返し押し寄せる快感の波に、美香の意識は飛んでしまいそうになる。

「ごめん、俺のほうが限界だ」

苦しげに言いながら、貴大は美香の秘裂の先端に埋まった花芽を指でこすった。

「ひあああ……！」

「ここ……、あとで、たっぷり愛してあげるから。すまない。もう、いくよ」

貴大は美香の上に覆《おお》いかぶさり、身体がばらばらになりそうなほど、強く抱きしめた。

「美香、愛してる……。くそ、最高だよ」

その瞬間は突然やって来た。ひときわ深く腰を打ち付けられる。貴大が喉《のど》の奥から絞《しぼ》り出すような呻きを上げて、美香の肩に歯を当てた。美香はすすり泣きながら弓なりに背中を反らし、目の前に星が飛ぶのを見た。

そしてはじけた。彼と同時に。

いつまでも整わない、荒い息づかい。自分の上にぐったりとのしかかっている彼の身体に、美香は押し潰されそうになる。けれどすぐに彼が動いて、美香の隣にどさりと身体を横たえた。

ぐったりしながら手の甲で額をぬぐう。流れるほどの汗が、手の甲とこめかみを濡《ぬ》らしたのを感じた。

「いいよ、美香はじっとしてて。俺が全部やってあげるから」

二度目を始める前に汗を流したくなった美香は、けだるげにバスルームのドアを開けた。そんな美香に、貴大は優しく言葉をかけてくる。二階の寝室にもバスルームがあるので、裸のまま飛び込んでも困らない。

先ほどまであんなに息を乱していた貴大は、バスルームに入ってすぐに美香に触れたがった。休みもなく毎日早朝から仕事をしているというのに、たいした体力だと思う。

「ほら、つかまれ」

美香の手からシャワーを奪った貴大は、代わりに自分の腰に美香の手を当てがった。彼のウェストは筋肉の鎧《よろい》で覆《おお》われたように硬い。毎晩、腕立て伏せや腹筋をやっているだけで、よくこんなに均整《きんせい》のとれた身体を保てるものだ。

美香が素直に言うことを聞くと、貴大は少しぬるめの湯で美香の全身を流し、楽しそうに髪を洗ってくれた。それが済むと、次は手のひらでボディソープを泡立て始めた。レモンミントの爽《さわ》やかな香りが、浴室内に立ち込める。

「向こうを向いて」

「後ろを向くの？」

「うん。そのほうが洗いやすいだろう？」

「そうかな……」

「そうだよ。心配しないで、すべるといけないから、壁に手をついてろって」

肩に手をかけられ、そのままくるりと後ろを向かされる。仕方なしに、美香は浴室の壁に手を添えた。すぐに背後から回ってきた泡まみれの手が、両方の乳房を包んだ。

決して力を入れず、泡で素肌を包み込むように手のひらがすべっていく。

「動かない」

「は、はい……」

乳房を撫《な》でていた手は、首に這《は》い上がったかと思うと、再び乳房を覆《おお》って、つんと硬くなっている乳首を両方同時にきゅっとつまんだ。

「きゃ……」

「動かない」

「ごめんなさい！」

な、なんなのよ……

二度目は満足させてやると言ったくせに、相変わらずの俺様っぷりだ。言いなりになっている美香は憤慨《ふんがい》しそうになるが、肌の上を軽やかにすべる指の心地良さに、再び気を取られてしまう。

仕方なしにもう一度、味気ない浴室の壁に目を向ける。ソープのポンプを押す音が聞こえ、今度は背中に手が回る。ゆるやかに美香の全身を泡で覆った手は、最後に脚の付け根の茂みにたどり着く。

「んふ」

美香がぶるりと腰を震わすと、背後から忍び笑いが聞こえた。

「ここは、軽く洗っておくよ」

「泡まみれの指で、かき回されたくないだろう?」

耳元に唇を寄せて貴大は囁《ささや》いた。その囁きだけで身体の奥に火がついて、せっかく流れた汗が、また全身に噴《ふ》き出してしまいそうだ。

泡を含んだ手で軽く草むらを撫《な》でると、貴大はシャワーでソープを洗い流した。全身を綺麗に流してから、また美香の身体を自分のほうに向ける。

「気持ち良かった?」

「うん……」

素直に頷《うなず》くと、貴大はシャワーを止めて、美香の顔にまとわりつく髪をかき上げ、優しくキスをしてくれた。

「今度は、わたしが洗ってあげます」

「いいよ」

「どうして?」

「だって、まだ終わってないから」

「え?」

薄笑いを浮かべると、貴大はいきなりその場に跪《ひざまず》いた。

「まだ、ここが残ってる」

「え?」

「え、あ……！」

貴大はもう一度シャワーから湯を細く出すと、片方の手を美香の脚の間に差し込み、指先で美香の秘所を押し開いた。さらに、そこに湯を当てる。

「や、やだ……。そんなこと」

「じっとしてろ。お湯だけで綺麗にしてやるから」

「い、いいです。いいです。そんなこと自分でしま……あ！」

恥ずかしくて死んでしまう。けれど貴大は秘《ひ》めやかな場所に湯を浴びせかけながら、こするように指先を前後させた。甘いうずきが下半身に広がり、抵抗ができない。それをいいことに、彼は中に指を差し込んできた。

「たかひろさん……」

「力を入れるなって。すぐ終わるから」

で、でもこれじゃ……

美香は指を差し込まれた部分が、再びぬかるんでいくのを感じた。快感にうっかり片脚を浮かせてしまうと、貴大はシャワーハンドルを床に置き、美香の片脚を自分の肩に載せた。そうして両手で美香の秘所を大胆に押し開き、ついには顔を近付けて、舌をねじ込んできた。

「あとで、いっぱい愛してあげる――、そう言っただろう」

ねっとりとした音を響かせ、貴大は割れ目の奥を舐《な》め上げる。美香が脚を突っ張ると、濡《ぬ》れた茂みの中から花芽を探し当て、尖《とが》らせた舌先でくるくると円を描くように愛撫《あいぶ》する。

美香は一瞬で頂点に駆け上がり、力の抜けた身体ががっくりと前のめりになった。

一生分の愛撫を、ひと晩で受けているような気分だ。

淫《みだ》らな愛撫は、その後も続いた。ようやくバスルームから連れ出されて身体をタオルでくるまれた美香は、再びベッドに連れ戻される。冷たい水を飲ませてもらったが、身体の火照《ほて》りは容易には収まらない。

「可愛いね、美香」

自分の脚の間に美香を前向きに座らせ、貴大は後ろから手を回して、美香の身体を包んでいたタオルを取り払った。そのまま膝に手を当ててつかむと、左右に大きく開かせる。

「美香の反応が可愛いから、ついつい苛《いじ》めてみたくなる」

言葉どおり、意地悪な声で囁《ささや》くと、貴大はもう何度もエクスタシーに到達した美香の秘部に手を這《は》わせ、さらなる高みへ押し上げようとした。バスルームでも延々と愛撫されていた美香にはもう抵抗する気力も体力も残っていない。

「まだするの？」

「まだって、夜は始まったばかりだよ」

貴大の指は相変わらず美香の中にある。初めはゆっくりと動き、潤《うるお》いを引き出してから一気に俊敏《しゅんびん》な動きに変わっていく。

「あ……」

「嫌じゃないだろう？」

「う、うん……」

「ここと、ここを同時に攻めると、ほら」

「やぁ！」

ぬちゃぬちゃとわざと音を立てながら、貴大は美香の感じやすい部分を遠慮なく攻めてきた。

「今夜は、うんと感じさせてあげるよ」

「もう、十分感じました」

「遠慮するなよ。たっぷり楽しませろって、自分で言ったくせに」

もっと楽しめばいいと囁き、貴大は美香の肩にキスしながら、せわしなく指を動かし続けた。

綺麗にしてもらったばかりの身体が、再び淫《みだ》らに濡《ぬ》れていく。口では抗《あらが》ってみても、美香は貴大から繰り返し与えられる愛撫の虜《とりこ》になっていた。もう彼から離れられそうにない。

「う……」

また身体の奥から何かが込み上げて来て、頭の中にもやがかかる。

「一緒にイきたいか？」

「うん……、早く、早く……来て」

身体ががくがくと震えそうになる。美香から離れた彼が、すばやく避妊具を装着すると、すぐにまた美香に向き直り、そっと仰《あお》向《む》けに押し倒した。それから脚を抱えられ一気に貫《つらぬ》かれる。

「ふ……」

彼が入って来たと同時に、美香は頂点に駆け上がっていた。それが何度目の絶頂であったか、数えている余裕などなかった。

14

あんなに罪悪感でいっぱいだったのに。

彼に抱かれてしまったら、罪の意識はどこかに消えてしまった――

数日が過ぎ、月が変わる。六月は雨の日曜日から始まった。その日神社では、月次祭《つきなみのまつり》という、毎月恒例の行事が行われ、雨天にもかかわらず、そこそこの人数が集まっていた。

「今日は日曜日だから、氏子《うじこ》さんが多く集まりましたね」

夕飯のあと、コーヒーを淹《い》れながら、美香は貴大にそう声をかける。まだ梅雨入《つゆい》りはしていないが、あいにく午前中ずっと、小雨が降り続いた。

「うん、雨の割に人が集まったな」

貴大はタブレット型の端末をいじりながら返事をした。食事の前に風呂に入った彼は、身体にフィットしたTシャツと、すり切れたジーンズを穿《は》いてソファに座っている。神社に行く時は外すネックレスも、帰宅後は再び身に着けていた。

当初こそ美香は神主と聞いて、漠然《ばくぜん》と日常すべてが和風の生活なのかと想像していた。しかし鳥居から外界に出た途端《とたん》、貴大はモダンな一戸建てに住み、高級外国車で買い物に出かけ、スムージーとアイリッシュビール、母の会社の半調理済み簡便食品をこよなく愛する、ちょっぴりリッチな普通の人に戻る。

二階の寝室の奥には小さな書斎スペースが作られ、そこにはデスクトップパソコンが二台と、壁一面の本棚があった。

彼はときどきそこで、美香が目を閉じたあとに誰かと話をしていることがある。

漏《も》れ聞こえてくる会話は、日本語だったり英語だったりした。兄の大輔と連絡を取り合っているのかもしれないし、神社の仕事と並行して続けているという、個人的なビジネスの話かもしれない。

「こっちにおいで」

美香が考え事をしながらぼんやりしていると、貴大が手を差し伸べたので、美香はコーヒーを手に彼のそばへ行く。ソファの前のテーブルにコーヒーを置くと、貴大は美香に自分の膝をまたがらせ、向かい合って座らせた。

脚を開いた拍子にスカートがずり上がってしまったので、美香はそっと手で押さえる。

「隠さなくてもいいのに」

「気になるので……。それより重くないですか？」

「全然。この体勢、たまらないな。目の前に胸の谷間、手を伸ばせば可愛らしいヒップ」

貴大は美香のヒップに両手を当て、さらに手繰《たぐ》り寄せる。ブラウスの上から胸に頬を寄せ、甘えるみたいに目を閉じた。

貴大はこのように、優しいかと思えば強引で、強引かと思えば寂《さび》しがり屋の一面ものぞかせる。

「土曜日、雨にならないといいですね」

美香は貴大の頭を両手で抱え、彼の洗ったばかりの髪を撫《な》でた。次の土曜日には、オーベルジュ白岬の客が神前式を挙げに来る。天気予報では梅雨入《つゆい》りは来週。ぎりぎり雨にはならなそうだ。

「もし降ってもなんとかなるよ。オーベルジュのスタッフが万事抜かりなく手筈を整えてるさ」

貴大はいたってのんきだ。今回は新郎新婦と列席者は着付けやメイク、親族紹介などをオーベルジュで済ませてから車で乗り付けてくる。白岬神社側は雅楽隊《ががくたい》と巫女《みこ》を手配し、神前式を挙げるだけだ。

オーベルジュからも手伝いの人が来るので、美香はただ見物していれば良さそうだった。

「俺も篳篥《ひちりき》の練習をしようかな」

美香が顔を上げると、彼は不意にそうつぶやいた。

「篳篥って、雅楽《ががく》に使う、横笛みたいなやつでしたっけ」

「うん。一応社家《しゃけ》の息子なもんで、大輔とふたりして、小さい頃から練習させられたんだ」

「吹けるんですか？」

「実習先の神社でも練習させられたから。上手くはないが、神前式の曲くらいは吹けるよ」

「へえ……。でも貴大さんは式を進行する役目なので、自分が楽器を演奏する機会はないでしょ？」

「そんなことはない。よその神社の手伝いに行く時に役立つよ。あとはまあ、趣味として」

貴大はそう説明しながら美香のブラウスのボタンをはずし、そこに味気ないベージュのブラを見つけて眉をひそめた。しかしすぐにブラの上にはみ出た乳房にちゅっと音を立てて口付けて、いたずらをするみたいに舌でなぞった。

「ひゃう……！」

美香が肩を震わすと、貴大は面白がって、反対の乳房も舌でなぞる。

「やることが子どもっぽいです」

「美香は少しおりこうさんすぎる」

「おりこうさん？」

「そう。言葉づかいがよそよそしい。いまだに専務と秘書の関係を引きずってるみたいだ」

「それはあの……。もう少し時間が必要です……」

どうしてかは自分でもよくわからない。毎晩のように触れられて、一緒に寝て。美香は完全に貴大に溺れている。ここにはそれを咎《とが》める者はいない。自分たちはご神木の加護を受けているとさえ思っているのに、何かの拍子に冷《さ》めた自分を感じることがあった。

希和子の帰国によって、この関係に終止符が打たれる可能性を否定しきれないからだろうか。

「もう一カ月以上も一緒に暮らしてるのにか？　しょうのないお嬢さんだ」

貴大はそう言ってから美香の腰を支えて、あごにキスをした。脚を開いたパンティの下で、硬くなった彼の下腹部がどくんと脈打つ。

「何かおねだりしてごらん。美香は遠慮ばかりして、俺に甘えてくれない」

「何かって……」

「指輪とか、ネックレスを贈ろうか。あのデパートの外商担当なら、電話をすればすぐ来てくれる」

「いいえ、そういったものは。わたしは貴大さんと一緒なら、それで幸せです」

希和子の帰国と同時に終わりを迎えるかもしれない関係。もしそうであっても、それまでは幸せに浸《ひた》っていたい。

そこでふと、リビングの片隅に置かれた、赤いカバーのかかったアップライトピアノに目が行く。初めてここに連れて来られた日から、ずっと気になっていたのだ。

「あのピアノ、弾いてもいいですか？」

貴大は、美香の視線の先を追った。

「ああ、おふくろが使っていたやつだ。好きに使っていいよ」

「社長が？　もしかして嫁入り道具ですか？」

「……そうだと思う。ときどき弾いていたから。母は俺たち兄弟にもピアノを習わせようとしたが、神主の子には必要ないと言って、祖母が許さなかった」

「うわ……、社長は傷付いたでしょうね」

「たぶんね。だから久しぶりにこの家に帰って来た時、ピアノが残っていたから驚いたんだ」

「お父様とおばあ様は、処分するのが面倒だったのでしょうか……」

「そんなところだろう」

貴大は美香を膝から下ろして立たせると、ピアノのそばに連れて行った。かけてあるカバーをめくり、ふたを開ける。人差し指で鍵盤《けんばん》を押すと、ぽろんと可愛らしい音がした。

「もったいないから、一昨年《おととし》家を建て替えた時に楽器店に預けて、ひととおりのメンテナンスをしてもらった。このままでも使えるけど、調律すればもっと良い音がするはずだよ」

「じゃあ、調律していいですか？」

「うん。美香はピアノが得意なの？」

「得意というほどでもないですが、幼稚園時代は毎日子どもたちに弾いていたので」

「ふうん。じゃあ、調律したら聞かせてくれ」

貴大がそう言ってくれたので、その日のうちにさっそく、以前貴大がメンテナンスを頼んだという隣町の楽器店に電話をかけた。いつでも来てくれると言うので、火曜日の午後に貴大に社務所《しゃむしょ》を任せ、調律に来てもらうことにした。

そして火曜日、一時間ほどで調律が済み、防虫剤や除湿剤もセットして、仕上げにワックスで表面を磨いてもらう。

すべての作業を終えて業者が帰ったあと、美香はピカピカになったピアノをさっそく弾いてみた。

「うわあ……」

調律したてのピアノは、二十年以上の年月が経過しているとは思えないような、軽やかな音を奏《かな》でてくれた。

まずは低音部から順に、すべての鍵盤の音を出していく。三往復ほどして、暗譜《あんぷ》している曲を片っ端から弾いてみた。久しぶりで不安はあったが、ソナタもエチュードも映画音楽も、気持ち良く指がすべる。

このひと月ほど、貴大の家と神社の往復だったので、素晴らしい気分転換になった。

社長。残していかれたピアノ、良い音を奏でてくれますよ。

嫁入り道具のピアノを置いて家を出た希和子の気持ちを考えると、胸がずきりと痛んだ。その希和子から、美香は貴大を奪おうとしている。月末に帰国する希和子にどう説明し、どう向き合うか、美香はまだ心が決まっていなかった。

「ごめんください」

考え込んでいると、外から声が聞こえた。直後にインターフォンが鳴ったので、美香は急いでインターフォンのモニターを確認する。門の外に、日傘をさした古山婦人とアリスが立っていた。

「少々お待ちください！」

インターフォン越しにそう告《つ》げて、美香は玄関でサンダルに履き替えて外に出た。美香に気付いた古山が日傘をさしたまま、にこっと笑う。

「ごめんなさいねぇ、突然来たりして」

「いいえ」

「実家の弟がブルーベリーを作ってるの。たくさんもらったから、おすそわけよ」

そう言うと、古山はビニール袋を差し出した。ふたなしの化粧箱に入ったブルーベリーが透《す》けて見える。

「わあ、美味《おい》しそう。いただいていいんですか？」

「どうぞどうぞ。今、神社に行ったら、美香さんが家にいるので寄ってみてって神主さんが言うから、お言葉に甘えたの」

「貴大さんは果物が大好きなんです。きっと、大喜びします。あの、良かったらお茶でもいかがですか？　アリスちゃんもどうぞ」

声をかけられたアリスは、目を丸くしていた。今日の美香は小花柄のシャツワンピースにレギンス、エプロンもしている。いつもの巫女《みこ》の姿ではなく見慣れない格好なので、戸惑《とまど》ったのかもしれない。

「今日は、お仕事がお休みだから、巫女さんじゃないの。さ、どうぞ」

説明をしながらしゃがんで言うと、アリスはほっとしたように笑顔を見せた。

「ばあば、アリス、巫女さんのおうちに行きたい」

つないだ手を引いたアリスに、古山は残念そうに首を振る。

「アリスはこれから歯医者さんでしょう？　そんなわけなんで、これで帰るわ。それより、さっき聞こえて来たピアノは美香さんが弾いてたの？」

「はい……。ピアノを調律したもので、つい楽しくなっちゃって……」

「美香さんは、ピアノの先生だったの？　とてもお上手だったから」

「いいえ。わたしはもともと幼稚園の教員だったので、毎日子ども相手に弾いてたんです」

「あら、そう……」

意外と思われただろうか。しかし古山はみるみる笑顔になっていく。

「美香さん、もし良ければ、アリスにピアノを教えてくれないかしら」

「わたしがですか？」

「ええ。実はレッスンをしてくれていた先生が引っ越しちゃってね……。この子の母親はもう少し習わせたがってるんだけど、近くに手頃な教室がないのよ」

アリスのつぶらな瞳が、期待するように美香を見上げていた。

子どもを教える、久しぶりに。

それはとても魅力的な話だ。しかし、ピアノの先生をする自信はない。

「でもわたし、音大を出ていませんし、習うなら大手の教室のほうが何かと便利ですよ？　発表会やコンクールもありますから」

「発表会やコンクールなんて、まだまだ先よ」

古山は笑った。

「幼稚園の先生なら子どもに教えることに慣れてるでしょう？　そういう人に、楽しく音楽を教えてもらいたいの。アリスは美香さんが大好きだし。ねえ、考えてみてくれないかしら。お月謝はきちんと払うから」

「お月謝……」

光栄な申し出だが、自分は藤堂フーズの社員だ。出張中の身で副業をするわけにはいかない。それに、いつまでここにいるかわからない。引き受けるわけには……

「いいんじゃないか？　引き受けても」

帰宅した貴大に事情を話すと、彼は即座にそう答えた。

「気になるのなら、月謝をもらわなきゃいい。うちに来てもらって、二、三十分、教えてあげればいいよ」

「でもわたし、いつまでここにいるかわからないのよ。子どもが慣れて次を楽しみにするようになってから、さよならなんて言ったらかわいそう」

「またそんなことを。俺は美香をどこにもやらないよ」

貴大はにっこり笑って、美香を腕に抱く。そのままくるっと回転して、美香をキッチンの壁際《かべぎわ》に追い詰めた。そうして、唇に触れるだけの軽いキスをする。

「言ったはずだ。君は俺のものだって」

貴大の指先が唇をなぞり、ゆっくりと喉元《のどもと》に落ちてくる。

これまで何度も聞いた言葉だ。それなのに、いまだに心も身体も溶けてしまいそうになる。

「だけど、あなたを想うことと、仕事をどうするかということは、一緒には考えられないんです」

「おふくろへの義理立てならもう十分に果たした。君はそろそろ自分の生き方を自分自身で決めるべきだ。そう思わないのか？」

反論ができない。彼の言うことは的を射ている。そう思って美香が黙り込んでしまうと、貴大は明るく言った。

「俺のそばにいても、美香の夢をかなえてあげられるということだ。難しく考えずに、人助けだと思って引き受けてあげたらいい。もし東京に帰っても、最悪、週末にレッスンしに来ることもできる」

「あ、そっか。そういう手もあるのね……」

妥協案があったじゃない。

良かったと思った時、にやりとほくそ笑む貴大に気付いた。しまった。また彼の手に乗せられた。

「で、でもね……。神社はどうするんですか。授与所《じゅよしょ》が空《から》っぽだと困るでしょう」

「あいにく、そんなに忙しいわけじゃない。俺がいる時だったら、ちょっとくらい抜けても平気だよ」

貴大の言葉は優しく美香の背中を押してくれる。断る理由がなくなってしまった。

「飯のあとに何か弾いてくれる？　それを楽しみに早く帰ってきたんだから」

彼にリクエストされ、美香は大きくかぶりを振った。

大丈夫、なんとかなるって……

心の中に、小さな希望が膨らみ始めた。

貴大の許可が出たので、次の日にアリスの母の古山友恵《ともえ》と電話で相談をした。友恵は町の給食センターに勤務しているので、昼過ぎに帰宅するという。そこで金曜日の午後三時に、古山家を訪れる約束をした。

月謝はもらわない。教本はアリスが今までの教室で使っていたものをそのまま使う。レッスンは神社が忙しい日には休ませてもらう――そんな条件を相手が呑んでくれたら、交渉成立だ。

しかし当日、古山家を訪れると少々状況が変わっていた。待っていたのは四人の子どもと三人の母親、プラス姑《しゅうとめ》ひとり。

「すみません、巫女《みこ》さん。ピアノを教わるかもって言ったら、友達が見学したいって言うんで……」

てへへ……と自己紹介もそこそこに、友恵にお詫《わ》びをされる。友恵は美香より少し年上くらいだ。他の母親たちも、美香と同じか、やや上くらいだろう。

古山家のリビングでは、子どもたちが賑《にぎ》やかに遊んでいた。床には絵本やキャラクター物のおもちゃ。テーブルの上のお菓子とジュース。うるさいけど、なんとなく落ち着く。

これが本来の自分のやりたかった仕事だったと、美香は思い出す。

「あー巫女さんだ！」

美香に気付いたアリスが駆け寄って来る。つられて他の子どもたちも集まって来た。

全員、未就学児で、下は二歳、上は四歳くらいだろうか。

「こんにちは。みんなはアリスちゃんのお友達なの？　お名前を教えてくれる？」

美香は自然と子どもたちに話しかけていた。初めは知らない大人にきょとんとしていた子どもたちだが、我先にと自分の名前を言い合った。そして――

「生徒が増えて、ベビー・シッターも頼まれた……？」

美香の事後報告に貴大は驚いていた。しかし、驚いているのは美香本人も同じだ。

「はい……。古山さんのお宅のピアノでアリスちゃんに簡単な曲を教えていたら、一緒にいたお母さんたちが、自分の子どもにも教えてほしいって……」

美香は子どもにピアノのレッスンをしたことはないので、以前勤務していた幼稚園に来ていたピアノ講師の指導内容を参考にした。

口に出して譜読《ふよ》みをさせ、まずは片手で音を出させる。ワークブックもあったので、えんぴつで五線ノートに音符を書かせた。上手くできたら花マルと可愛いスタンプをあげる。

アリスは最後まで飽きずにピアノに向かってくれた。それが良かったのだろう。しかもひとりの母親からは、ピアノのレッスンとは別に、週に一回でいいので子どもを預かってもらえないかと相談された。

「保育所の一時保育もあるらしいんですけど、できれば信頼できる人に、自宅で子どもを見てほしいと言われて」

「すごいな、美香。いつの間にみんなに信頼されたんだ？」

貴大はビールを手に、リビングのソファに行く。美香もそのあとを追った。

「保育士の資格があることと、神主さんの奥さんなら安心だって、皆さんに言われました。おかしいですよね、わたしあなたの奥さんじゃないのに、嘘をついているみたいで申し訳なくて」

「いずれ事実になるよ。気に病むこともないって」

「事実って……」

美香は思わず額に手を当てる。貴大のこの自信。たいしたものだ。怒る気にもなれない。

「信頼してくれたのは嬉しいけど、わたしには神社のお手伝いがあるからと、お返事は保留してあります」

貴大は優しく首を振った。

「社務所《しゃむしょ》のことなら、心配ないって前にも言ったはずだよ。美香は保育の仕事がしたかったんだろう？　どうして躊躇《ちゅうちょ》するんだ」

貴大の言うとおりだ。自分はいつか保育士になるために、ずっと秘書の仕事に励《はげ》んできたのだ。

「神社はもともとうちの親父《おやじ》ひとりで細々《ほそぼそ》とやっていたんだから、なんとでもなる。ピアノのレッスンも、うちに来ていただいてあのピアノを使ってもいいよ。一生懸命に子育てしてるお母さんたちの手伝いになるのなら、おふくろも喜ぶと思うから」

ああそうだ。藤堂フーズは頑張るママを応援する……がコンセプトだ。もし社長だったら、貴大と同じことを言ったかもしれない。

六月のカレンダーに付けられた、小さな赤いマル印。その日に希和子が帰国する予定だ。

「ただし、忘れてほしくないことがある」

「なんですか？」

「君を必要としているのは、子どもたちだけじゃない。ここにもひとりいる。美香。ずっと俺のそばにいて、俺を愛してくれ」

貴大が言った直後、美香は彼の腕の中にいた。

強く抱かれ、貴大の唇が額に押し付けられる。こうやって、強引さと甘さとを交互に使い分けられ、美香は彼のそばから離れられなくなってしまった。

わたしも彼が好き。ずっと彼のそばにいられるなら、どんなにいいか。

「これがきっかけで、道が開けるかもしれない。美香先生、頑張れ」

貴大の言葉は、軽やかに美香の胸に届いた。

まあいいか、やってみよう。心境の変化につながるかもしれないし。

15

貴大が背中を押してやると、美香は素直に一歩を踏み出していった。それから一週間の間に、ふたり目の生徒のレッスンと、二歳の子どもを三時間ほど預かる仕事も引き受けた。

貴大が帰宅すると、その日はどんなふうに過ごしたか、きちんと話してくれる。ほしい楽譜をネットで買い、夕飯のあとに貴大の前でピアノを弾くのが美香の日課になった。

いつか母に返してあげようと思い、取っておいたピアノだ。それを自分の大切な女性が手入れをし、子どもたちのために役立ててくれていることが、貴大には嬉しかった。

「美香さん、子どもにピアノを教えてるんだって？　役場で年寄りたちが話してたよ。孫が喜んでるって。それに美香さんは働き者で、いい人だって」

ある日、役場への出勤前に神社に立ち寄った武は、そんな話を貴大に聞かせてくれた。

「彼女、年寄りには抜群《ばつぐん》に評判がいい。お前、いい人を見つけたと思うよ」

「年寄りから見たら、娘みたいで可愛く思うんだろうな」

「あとは、お前が真面目に神社の務めを果たしてるから、その嫁だってことで信用されてるみたいだ」

武の言った嫁という言葉に、貴大は苦笑した。

「俺と美香は夫婦ってことになってるのか？」

「一緒に暮らしてるんだし、夫婦と思ってるやつもいるよ。美香さんもこのままここに残ってくれるんなら、さっさと結婚したほうがいいんじゃねえか？」

「そういう気持ちは伝えてある。美香が決心するには、もう少し時間が必要なんだ」

「社長秘書から神主の嫁になれっつっても、簡単にはうんと言えねえか」

「と言うより、美香はおふくろを恐れてる」

「あー、それか」

武は、納得したような声を上げ、乱暴に髪をかき上げた。そして今日も暑くなりそうだなと、空を見上げる。

「なあ、たまにはふたりでどこかへ出かけろよ。休みもなく一カ月以上働いてんだろ？デートだよ、デート」

デートか。

休みのない身分では、夜遊びくらいしかできない。そこで、椎谷にオーベルジュ白岬に招かれていたことを思い出した。

「そうだな。週末にディナーに連れて行くよ。ちょうどオーベルジュから招待されてるんだ」

日曜日にオーベルジュのディナーに行くと伝えると、美香は喜んだものの、春用の服しか持って来なかったため、着て行くものがないと言った。そこで貴大は懇意《こんい》にしている東京のデパートの外商部に電話をし、オーベルジュでのディナーに着て行ける服と靴やバッグ、さらには夏服を白岬の自宅に持って来るよう依頼した。

藤堂の家が代々贔屓《ひいき》にしている老舗《しにせ》高級デパートで、美香に贈ったブレスレットも、ここで買っている。あの時は、浦部《うらべ》という四十代の女性外商部員にブレスレットを届けてもらった。

金曜の夕方に浦部が来るので、自分が帰る前でも、気にせずに好きな服を選ぶよう美香に言っておいた。しかし六時過ぎに貴大が帰ってみると、都内のナンバープレートを付けた大きなワンボックスカーがまだ庭に停まっている。

家の中では、美香がふたりの外商部員を相手にまだ服を決めかねていた。

「貴大さん！」

リビングでたくさんのドレスと靴に埋もれていた美香は、貴大の帰宅に気付くと、慌てて貴大をキッチンに引っ張って行った。

「わたしが普段買っている服よりも、お値段にゼロがひとつ多いのですが」

今までしたことのない買い物に戸惑《とまど》っているのか、美香は弱った顔で訴える。

「値段なんか気にするな。美香は春物しか持たないでここに来たんだから、必要な夏服を選びなさい。明後日《あさって》のディナーのドレスもな。セクシーな美人を連れていると俺が周りに自慢できるよう、うんとゴージャスなドレスにしろ」

「そう言われても……」

「つべこべ言わない」

ぴしゃりと言うと、貴大は美香の手を引いてリビングに戻る。浦部ともうひとり、運転手とおぼしき、三十代後半くらいの垢抜《あかぬ》けたスーツの男が待っていた。

「奥様は、スタイルがよろしいのでなんでも着こなせそうですが、だいぶ迷っていらっしゃいます。藤堂様が選んでさしあげてはいかがでしょうか？」

「いえ、あの……」

浦部の言葉に美香が反論しかけた。その美香の脇腹を、貴大は肘でつつく。

「ディナーなのでちょっとセクシーなものがいいな……、ああ、これなんかどう？」

ハンガーラックにつるされたワンピースやドレスの中から、貴大はスパンコールがきらめく黒のノースリーブのドレスを選んだ。前が深く開いたカシュクールで、背中も大胆に開いている。スカート丈は長めで、裾がふんわりと広がったドレスだ。

「それは露出がありすぎです。パパラッチに追いかけられるハリウッドセレブみたい」

「面白い例《たと》えだね。じゃあ、こっちは？」

今度は白のワンピースを選ぶ。胸も背も開いておらず、代わりに両方の袖がチュールスリーブで透《す》けていて、タイトなラインのスカートは後ろに深いスリットが入っていた。涼しげでほど良くセクシーで、品の良い大人の色っぽさを感じさせる。

「こちらでしたら、このクラッチバッグとパンプスを合わせるのはいかがでしょう？」

浦部がワンピースに合わせて、パールピンクのバッグとパンプスを選んでくれた。美香も安心したように頷《うなず》く。試着を勧められたところで、貴大は別のドレスに目を留めた。

「これはどうだろう。後ろのリボンが可愛いよ」

「え？」

そう言って貴大が取り出したのは、オフショルダーの黒のドレス。両肩と背中が露出したデザインで、袖は長め。大きく開いた背中には、共布《ともぎれ》の黒のリボンが結ばれている。

「美香は毎日、白を着てるから、たまには黒や赤のドレスが見たいな」

「どうしても、背中が開くほうを推《お》すの？」

美香がむず痒《がゆ》そうに尋ねる。貴大は自分の味方を増やそうと、男の外商部員に向かって言った。

「君だって、そう思わないか？　上等なワインと美味《うま》いフレンチ。目の前にはどんな女性にいてほしい？」

男は少々面食らっていたが、すぐに営業用のスマイルを浮かべて、貴大の持つドレスを手で示した。

「そちらのドレスのほうが、ミステリアスで私は好きですね」

「ほら見ろ」

賛同者を得て勢い付いた貴大は、試着するよう美香に黒のドレスを差し出す。

「両方お召しになるといいですよ。ご試着はお手伝いいたしますので」

浦部は疲れた顔もせずに、隣の和室に行く美香の後ろに付いて行った。

日曜日、夕方の六時半にタクシーを呼び付け、ふたりでオーベルジュ白岬に向かう。

オーベルジュは白岬町の南西部の丘に位置したフレンチレストラン。広大な敷地の中に、手入れの行き届いた庭園や露天風呂が付いた豪華な客室を併設している。

「先週の土曜日、急だったのに神前式を引き受けてくれたお礼にと、椎谷さんがディナーに招待してくれたんだ」

タクシーの後部座席に並んで座り、オーベルジュに向かう途中、貴大は美香にそう説明した。

結局美香は、貴大と男の外商部員が勧めた黒のドレスを選んでくれた。そのドレスに合わせて選んだゴールドのバッグとパンプス、ダイヤのチョーカー。そして、貴大が贈ったブレスレットを身に着けている。

彼女は髪を片側にまとめて前側に下ろし、爪には赤いマニキュアを塗っていた。

「素晴らしい」

貴大は家を出る前から、何度も美香の耳元で囁《ささや》いている。初めのうちこそ照れていた美香だが、やがて耐性がついたのか、次第に何かを企《たくら》むような視線を貴大に投げかけてくるようになった。

「あなたも素敵」

貴大はサマーウールのダークスーツに、シルバーのネクタイを合わせている。

「あなたのネクタイ姿、久しぶりに見たわ。良く似合ってる」

「惚《ほ》れ直した？」

うんと言う代わりに、美香は運転手に見えないよう、そっと貴大の手を握った。

タクシーで走ること十五分。緩《ゆる》やかな坂道を上って、オーベルジュのエントランス前の車寄せで、ふたりはタクシーを降りる。夏至《げし》が近付き、七時でも外はまだ明るい。ゆっくりと迫る闇の中、ぼうっと浮かび上がる庭園灯の下に、随所に咲く花と、芝庭や遊歩道が見えていた。

夏は夕暮れ――いにしえの人はそう言ったそうだが、確かに気持ちの良い黄昏時《たそがれどき》だ。まるで別世界に来たような気分になる。

ロビーに入ると、以前神社に打ち合わせに来た椎谷という副支配人が出迎えてくれた。

「お待ちしておりました、藤堂様。すぐにご案内いたします」

椎谷に案内され、階段を上ったところにある二階フロアに通される。一階はブッフェレストランで、二階がメインダイニングだったはずだ。

椎谷はメインダイニングの入り口を通り過ぎ、廊下の奥まったドアを開け、まるで貴族の私室のような、ゴージャスな一室に案内してくれた。六人くらいが座れる横長のテーブルに、ふたり分の席が設けられている。

「素敵、こんなお部屋、初めて入った」

席に着いて食前酒と料理の注文を済ませると、美香は中をぐるりと見渡してつぶやく。

天井からシャンデリアのつり下がった室内は、壁も天井も白で統一され、床には海のような濃い青の絨毯《じゅうたん》。暖炉《だんろ》の上には、鳥の羽根飾りのついた帽子をかぶった、中世ヨーロッパの貴婦人の絵がかけられていた。

テーブルや壁際《かべぎわ》のコンソールテーブルの上には、白とピンクのバラが山のように飾られ、ドレープカーテンのかかった窓から、庭園を見下ろせるようになっている。

「なかなか良い眺めだな。あとで歩いてみる？」

確かバラ園があったはずだと言いながら、貴大は以前来た時のことを思い出していた。

美香も窓辺に視線を送りながら貴大に尋ねる。

「貴大さん、ここに来たことはあるの？」

「何年か前に、付き合いで二度ほど来てるけど、個室には入ってない。当時は椎谷さんはいなかった。ここは大手私鉄が経営していたはずだが、いつの間にあんなイケメンを連れて来たんだか」

「テレビの取材が来たんですって。それで椎谷さん見たさに、全国からお客様が来るとか」

その話は貴大も聞いていた。そのこともあって、タイアップで神前式をと持ちかけられた時、手を組んで悪い相手ではないなと思ったのだ。

「でも、わたしは貴大さんのほうが素敵だと思う。あの人、いつ見ても仏頂面《ぶっちょうづら》なんだもの」

仏頂面という言葉が美香の口から出るとは思わなかったため、貴大はうっかり噴《ふ》き出しそうになった。


前菜から始まった料理は、冷製スープ、メインの和牛ステーキなど、どれも美味だった。特に自家製だという野菜の味が秀逸《しゅういつ》だ。貴大は明日も早朝から仕事なので、ワインはほどほどにしておいたが、美香は気分良く飲んでいる。

「もー、お料理が最高。こんな近くに、こんな素敵なフレンチがあったなんて知らなかった。泊まることもできるんでしょ？　このままお部屋は取れないの？」

目じりをほんのりと染めながら、美香はみぞおちの辺りをさすった。

「残念ながら予約開始と同時に満室になるらしいよ。こんな田舎だけど、食べ物が美味《うま》くて居心地がいいと、人は集まるんだな」

「ええー、そうなの。残念」

酔っているのか、いつもより素直に、美香はがっくりとうなだれて見せた。浮き上がる鎖骨と白い肩に思わず視線が行ってしまう。ほど良く開いた背中のカットがセクシーで、この部屋に入る前にも、廊下ですれ違った男性客がちらちらと見ていた。

このドレスを選んで正解だったと、貴大は思った。

「そういえば、美香の家族のことはあまり聞いてなかったな」

デザートに、メロンとホワイトチョコのムースが運ばれてきた。貴大はデザートに手を付けながら、そんな質問を投げかける。

「うちの家族？　ええと、父は会社員なんだけど、母が幼稚園の副園長をしてるの」

美香の家族は神奈川に在住で、二歳下の弟がいると聞いていた。

「親子で同じ職業って、代わり映えしないなあと思ったけど、わたしだけじゃなくて、弟も父と同じようなメーカーの営業になっちゃって。血は争えないっていうのかな。まあ、うちは普通の家族」

「普通でも何もおかしくないよ。両親がそろっていて、俺にはうらやましいよ」

「貴大さん……」

これまでそんなこと考えてもみなかったが、結局は自分も、温かい家庭というものに憧れていたのだろう。会社でせっせと希和子の面倒を見ている美香を見て、そのひたむきさに親しみを覚えた。彼女なら、自分のことをずっと優しく見守ってくれるのではないか。

いつしかそう考えるようになった貴大は、自分の未来に美香が入り込むスペースを作っていた。

美香が黙り込んだので、貴大は話題を美香の家族のことに戻した。

「弟さん、結婚の予定は？」

「まだよ……。お調子者で、今はまだ大勢でわいわいやってるほうが好きみたい。幼稚園に勤めていた時に、よく合コンのメンバー集めを頼まれたわ」

「幼稚園の先生って人気なの？」

「さあ……」

貴大からの問いに、美香は真面目な顔で考え込んだ。

「ナースとか保育士とかを誘いたがる男性は多いって、弟は言ってた。ねえ、答えるばかりじゃなくて、わたしも聞いていいかな？」

「どうぞ」

「大輔さんはどんな人？　会社では無口な人だけど、実際はどうなのかなって……」

「大輔か。そうだな、あいつは……」

さて、どこまで本当のことを話そうか。実は家電オタクだと言っていいものかどうか、貴大は迷った。

「あいつは、料理が上手だ」

「へえ……」

「子どもの頃、おふくろが仕事でいない時は、大輔が飯を作ってくれた」

「わあ……、でも大輔さんなら、なんでもできそうなイメージがあるわ」

美香のそんな感想に、貴大は笑いながら頷《うなず》く。

「そのとおり。あいつは料理のセンスが抜群《ばつぐん》で、高校生の時に、大学には行かずにコックの修業をするって言い出した。だけど、おふくろが大学には絶対に行けと譲《ゆず》らなくて」

ちょうどその頃、希和子は藤堂の家と和解した。そのため、ふたりを大学にやるめどが立っていたのだ。

「おふくろが、ずっと絶縁状態だった藤堂の祖父に詫《わ》びを入れて、そこから母方の実家との付き合いが始まったんだ。祖父は個人資産が数千億だとかで、海外誌にも紹介されるような人だが、会ってみると普通の人で、大輔と俺の進学のために色々な援助をしてくれた」

「す、数千億の資産……？」

美香はぽかんと口を開けた。しばらく目をぱちぱちさせてから、やがて慎重な言い方をする。

「つまり社長はおふたりのために、ご実家に頭を下げられたんですね」

「たぶんね。その後、藤堂の祖父が亡くなり、おふくろは相続した遺産で起業した。大輔はコックになるのは諦《あきら》めて、会社経営の勉強を始めた」

「ということは、副社長はお母さんのために夢を諦めたのね……」

まるで自分の夢が潰《つい》えたかのように、美香は切なそうな表情を浮かべた。

「そうとも言えるな。鬼畜《きちく》っぽいメガネで、完全無欠を装《よそお》って気取ってるけど、あれでかなりの母親思いだよ。おふくろが気に入った相手と結婚するって言い切ってるしね」

両親が離婚してからの十年は、母子三人で地面に這《は》いつくばるように生きてきた。母は二度とその時代に戻りたくなくて、必死に上を目指している。大輔は母のために見合いをし、貴大は株や投資でコツコツと財産を積み上げていた。

「シンプルな言い方をすれば、仲の良い親子なのよね」

「うん。そういうこと」

「あなたが神社を継ぐと知って、藤堂の家の人たちは反対しないの？」

「亡くなる直前の祖父は常々、チャレンジすることを忘れるなと俺たちに言ってくれた。だから俺はこうして白岬に来て、未知の世界に足を踏み込んだ」

「伯父《おじ》さんのほうは？」

「あの人は、おふくろと違って冷静な人なんだよ」

貴大は希和子より三つ年上の伯父、藤堂和明の知的な顔立ちを思い浮かべた。

「この強行突破については、電話で話してある。伯父なりに俺の行動に理解を示し、母と話し合うように言ってくれた」

「そうだったんですか。それは社長には」

「言ってない」

美香の質問はそこで途絶えた。デザートの最後のひと口を食べる前に、彼女は努めて明るい口調で言った。

「社長が、あなたのしていることを認めてくれるといいわね」

「そうなるように、きちんと話し合うよ」

16

部屋に通されてから最後のプチフールが来るまで、約二時間。その間、洗練された料理をゆっくりと味わった。日曜日のオーベルジュの夜は、ドレスコードに合わせた服装に身を包んだ人たちが集《つど》い、優雅な時が流れている。

食後、美香はライトアップされた庭園を貴大と散策し、小さなあずま屋を覆《おお》い尽くすように咲くツルバラをうっとりと眺めた。ここが同じ白岬だとは思えない。中庭に面したテラスでは、生バンドの演奏も行われている。

現実逃避、いえ、非日常空間を楽しむってとこ？　極上の男性とともに。

帰り際、タクシーを待つ間にロビーのソファで休んでいると、椎谷がそっとふたりに近付いて来た。

「お食事はお気に召していただけましたでしょうか」

「ええ。料理もワインも最高でした」

最大級の賛辞を送った貴大は、君はどう……？　という視線を美香に送って来た。美香も頷《うなず》きながら答える。

「お食事したお部屋もとても素敵でした。お庭も歩いて来たんですけど、バラの香りが甘くて、もう本当に素敵。帰りたくないくらいです」

「お褒《ほ》めいただき、ありがとうございます」

美香の言葉を聞くと、ゆっくりと口角を上げて、椎谷がほほ笑んだ。

うそ、笑った――

驚きのあまり、うっかりそう口にしてしまいそうになった美香だが、椎谷はすぐに真面目な顔に戻った。

「実は、先日の神前式の写真をブライダルサロンに飾りましたところ、縁結びのご利益《りやく》があるなら神社を参拝したいというお客様がいらっしゃいました」

「まあ」

「そういったお客様を、白岬神社にご案内いたしてもよろしいでしょうか」

「ええ、もちろんです。ただし、観光スポットではありませんので、土産物《みやげもの》や休憩所はありません。参拝していただくだけですが、それでもよろしいですか?」

貴大は即答した。椎谷は落ち着いた様子で頷く。

「もちろんです。こちらにはバスツアーでお越しになる団体客がほとんどなので、もしかしたら大型バスが乗り付けるかもしれません。それを覚えておいていただければ助かります」

「わかりました。大きな駐車場があるので、バスにも対応できますよ」

貴大の返事を聞いて、椎谷がもう一度ほほ笑んだように見えた。

話してみると、感じの良い人だな——そんなことを考えながら、美香は貴大に手を引かれて、タクシーに乗るために外に向かった。

満腹中枢《まんぷくちゅうすう》が刺激されると、人はセックスをしたくなるのか。それとも酔ったせいなのか。

そのどちらなのか定かではないが、タクシーが家に着く前から、美香は彼に触れたくて仕方がなかった。家に着いたのは十時頃だと思う。門から玄関へと歩く足取りが、ふわふわとはずむようだった。

「足元に気を付けろよ」

「だいじょうぶよ」

「まだ、酔ってるのか？」

「そんなことないわ。もう平気」

食事のあとにオーベルジュを散歩して夜風に当たった。その時に酔いはすっかり醒《さ》めたはずだ。まだ気分がハイなのは、非日常空間の効力なのだろう。

「こら待て。俺の許可なしに、そのドレスは脱ぐな」

静かなリビング。美香が風呂のお湯張りのスイッチを押そうとしたところで、貴大がそう言いながら美香の背後に迫る。ジャケットを脱いだ彼は無造作にネクタイを緩《ゆる》め、両手を美香の肩にかけた。

「どうして？」

「そりゃあ、興味があるから。そのぴちぴちのドレスの下にどんな楽園がひそんでいるのかって」

自分で言って照れているのか、貴大は少しだけ口を尖《とが》らせる。

「小さなパンティにガーターよ。こんなに背中が開いてたら、普通のブラなんて着けられない」

「うわお」

貴大は目をキラキラと輝かせ、いつも冷静な彼が発したとは思えないような歓声を上げる。

「美香ちゃん」

その呼び方は久しぶりに聞いた。肩に手をかけたまま、貴大は美香の耳の裏側にキスをした。手がそろそろと下りてきて、肘の外側をさするように撫《な》で上げる。そこから手は胸に移動した。

大きな手のひらがドレスの上から優しく乳房を覆《おお》い、円を描くようにゆっくりと撫で上げる。

気持ちいい――

陶然《とうぜん》とした気分でいると、貴大の呆れたような声が、耳のすぐそばでした。

「なんてことだ、美香ちゃん。ワイヤーもホックもないぞ」

「さっきからそうだって、言ってるじゃない。見たいのなら……、見せてあげるわよ」

口にしている間に、頬が熱くなってきた。いつもの自分なら、こんなセリフは絶対に口にしないだろう。ワインだ。ヨーロッパの葡萄畑《ぶどうばたけ》を思い出させる、あの赤くてまろやかな飲み物のせいだ。

「想像しただけで、息の根が止まりそうだ」

「じゃあ、止めてあげる。……脱がせて」

そう言って、美香は両腕を彼へ差し出した。貴大の眉がピクリと上がる。

「いいね、その強気の姿勢。うんと俺をあおってごらん」

うっすらと欲望をにじませた目付きをしながら、貴大はふんわりと、そして尊大にほほ笑んだ。

そのまま二階の寝室に連れて行かれる。貴大はエアコンと音楽プレイヤーのスイッチを入れた。彼は洋楽、それもロックが好きだ。ドライブ中はいつもロック。新旧を問わずひたすらロック。

けれど今、スピーカーから流れてきたのは、スローなバラード。女性ボーカルののびやかな歌声が、美香を心からリラックスさせてくれた。

「まずはキスして」

珍しく貴大からせがまれる。普段の貴大はこんなことは言わない。こちらの都合などお構いなしに、彼のしたい時にガツっと美香の唇を奪う。

美香は両方の腕を彼の首に巻き付け、ダンスをするみたいにゆっくりと身体を揺らしながら、顔を上向けて彼の唇に触れた。そっと、ただ押し当てるように唇を重ね、軽く下唇を噛《か》んだあと、舌で唇にタッチした。

貴大が、声にならない呻《うめ》きを上げる。

気を良くした美香は手を下ろして貴大のネクタイをほどき、ドレスシャツの前を露《あら》わにした。

「可愛いね。美香らしいキスだよ。じゃあ俺も、このリボン、ほどくよ」

「どうぞ」

じゃれ合うようなキスを続けながら、背後に回った貴大の手が、ドレスのリボンをそっとほどいた。背中にはらりと布地が落ちるのが感じられる。しかし、これはただの飾りなので、ほどいても何も変わらない。

「次はホックかな?」

一度前に回ってきた彼の指が、鎖骨に沿って横にすべっていく。

「食事中、この肩が気になってた」

そう言いながら、貴大はぎりぎりまで開いた美香の両肩を指先でなぞるようにさすり、再び背中に這《は》わす。そっとホックをはずし、ドレスを破かないように丁寧《ていねい》に脱がしていく。じっと美香の身体を見つめる貴大のその目が、次第に輝き始めた。

「おい」

露わになったバストには、カップだけのシリコンのブラ。

貴大が腰を落とし、ドレスをゆっくりと足元に下ろしていく。

シリコンのブラの下には、黒いレースのガーターベルトとストッキング。そして同じ色合いのTバックショーツだ。

「おい、美香」

「身体の線が出るドレスだから、下着には気を配るようにって、浦部さんが……」

「いや、怒ってるわけじゃないよ」

貴大は跪《ひざまず》いた姿勢から、美香の身体を舐《な》めるように見上げた。彼は美香の左手を取り、手の甲にそっと唇を押し当てる。そして感嘆の吐息を漏《も》らす。

「素晴らしい……。だけど俺以外の男がいる場で、こんな下着を着ていたとは。許せないな」

「だって、このドレスはあなたが選んだのよ」

「そうだったな。後ろを向いてごらん」

言われるがまま、美香はゆっくりと後ろを向いた。立ち上がった彼が、後ろから手を回してシリコンのブラの隙間に指を差し込むと、はらりとカップが床に落ちた。そのまま異物に覆《おお》われていた肌をほぐすように、両手で乳房を揉《も》み上げる。

温かな手のひらが心地良くて、美香はついうっとりと目を閉じた。

手のひらの動きが止まると、今度は人差し指だけでくるくると乳首の周りを撫《な》で回される。

あっという間に、左右の乳首がつんと硬くなった。

「美香はいつも敏感だね。じっとしてて」

そう言って美香の肩にちゅっと口付けた彼は、再び背後にしゃがみ込む。美香の腰の、何も覆われていない部分に彼の手が添えられた直後、かすかな息づかいを感じる。ねっとりした舌がヒップをつつき、それからつつっと舐《な》め上げた。

「あ……」

「じっとして」

「はい、あ……」

両手で美香の腰を押さえ、左右の双丘にも交互に口付け、派手な音を立ててキスマークを付けながら、同時に舌でいたぶる。その感触に身体中が粟立《あわだ》つようで、美香はぶるっと肩を震わせた。

「前を向いてくれるかな」

彼の手で、もう一度百八十度回転させられた。ショーツの前側は、面積のせまい三角のレース。貴大は匂いを嗅《か》ぐみたいに、そこに鼻先を押し当てた。

「ね……、シャワーを浴びてからにしない？」

「今更、中断はできないよ」

美香の提案はさらりと却下される。貴大は鼻先で三角の布地をぐいぐいと押しながら、手を後ろに回し、ヒップの谷間に食い込むショーツの間に指をすべらせた。

「えっと、あの……」

秘裂の後方から差し込まれた指が、合わさった襞《ひだ》を開けようと、予想のつかない動きをする。何をされるかわからない怯《おび》えと、これから起こることへの期待で美香がどきどきしていると、思いがけない場所をいじられた。驚いてバランスを崩し美香は前のめりになったが、貴大の顔と手で辛《かろ》うじて支えられる。

「安心して。君はただ感じていればいい」

「で、でもあの……」

困惑気味につぶやく間にも、後ろから差し込まれた彼の指は、ずるずると襞の合わせ目を前後になぞる。やがて指の動きがなめらかになり、美香は自分の身体が濡《ぬ》れていることに気付いた。

そうすると、内側にぬるりと指が押し入ってきた。

「ふっ……」

「そこに乗って。手をついて後ろ向きに」

「そ、そこって……」

びくりと身体を震わせた美香に、貴大はベッドを示した。言われるがまま、美香はベッドの上に手をつき、四つんばいの体勢で這《は》い上がった。直後にぎしりと音がして、貴大が美香の脚の近くに手をついたのがわかる。

「美香がこんなにセクシーに変身するとは思わなかった。素晴らしい楽園が見えたよ」

後ろに突き出したヒップに、彼からの燃えるような視線を感じた。下着は身に着けているが、大事な部分を隠せるほど役には立っていないはずだ。

美香は恥ずかしさに唇を噛《か》む。彼が相手でなければ、絶対にこんなポーズはとらないけれど次第に、見られていることにぞくぞくと興奮し始めた。

ヒップに手がかかった。割れ目の部分を隠している布が指で避《よ》けられる。あっと思う間もなく、生温かい何かが、秘裂を舐《な》め上げた。

「ひゃっ……！」

不意をつかれて、思わず大きな声を上げてしまった。

「ね、あの……、シャワーは……」

貴大は返事もせずに、ちろちろと舌での愛撫《あいぶ》を繰り返す。それどころか両手で秘部を押し広げ、甘い蜜を吸い取るように、舌を奥深くに差し込んできた。

「きゃあああ……」

淫《みだ》らすぎる体勢と全身を突き抜ける快感に、手をついていることさえできなくなる。

美香ががくりと両肘を折ってうな垂れると、脇腹から回ってきた手がそっと乳房に添えられ、そのままやわやわと揉《も》み始めた。

同時に、舌がリズミカルに割れ目を舐め上げる。いくら出かける前にシャワーを浴びたとはいえ、汗や匂いは気にならないのだろうか。

ジンジンするような快感に身体を支配され、美香は無意識に腰をくねらせた。

繰り返し呻《うめ》きながら悶《もだ》えていると、貴大はほとんど飾りでしかないレースのショーツを引き下ろした。片脚ずつ交互に上げさせられ、完全に一糸まとわぬ姿にされてしまう。

「悔しいけど、そそるよ」

舌の愛撫を終えると、貴大は背後から美香の秘部を指でほぐして、そうっと中に指を沈めていった。そのまま美香の奥まった場所で、内壁を強く押し上げる。

「はう……！」

その途端《とたん》、鈍い衝撃《しょうげき》に身体がわななないた。

「頼りなさげに佇《たたず》んでいるかと思えば、こんな大胆な姿をして」

美香の中に指を埋め込んだまま、彼はベッドを軋《きし》ませて身体の向きを変えた。反対側の手を美香のお腹の下に添え、指を下腹に伸ばす。

その無慈悲な指は、濡《ぬ》れそぼちぱっくりと開いているであろう、秘部の表面を探った。

「や、そんな……」

美香の喘《あえ》ぎをあざ笑うかのように、指は遠慮なく這《は》い回り、やがて茂みの中でひそかに息づく真珠を探り当てる。

うそ、そんな……

ずぶずぶと指が抜き差しされる一方で、もう片方の手は優しく真珠にタッチする。

両手でふたつの場所を同時に攻められ、美香は大きく喘ぎながら悶《もだ》え続けた。恥ずかしくていっそ逃げ出したいのに、この上ない愉悦《ゆえつ》に全身を覆《おお》い尽くされ、彼の指使いに屈服してしまう。

美香の意識はただ、自分を駆り立てる彼の指先だけに集中していた。

「もっと脚を開け」

クールに言い放ち、貴大は指を増やしてなおも背後からの抜き差しを続ける。太ももをわなわなと震わせながら美香が脚をずらすと、彼はいっそう羞恥《しゅうち》をあおるように、ぬかるむ音をわざと響かせた。同時に、反対の手は愛撫《あいぶ》のせいでぷっくりと膨らみ始めた真珠を、軽やかに攻め続ける。

そ、そんなことされたら、イっちゃう……

美香はひんやりするベッドカバーに顔を押し付け、両手でカバーを握りしめながら歯を食いしばって耐えた。

「もうイくのか？」

少し意地悪な彼の声。こんな体勢でいじられ続けたら、もうもたない。それなのに。

彼は突然、美香の中に忍ばせた指をぎりぎりまで引き戻した。美香がはっとして息をひそめると、あざ笑うかのように再びゆっくりと指を奥に忍ばせる。そのままじらすように、同じ行為を何度も繰り返した。

そう簡単にはイかせてくれないらしい。美香を苛《いじ》めて楽しんでいるのだろう。

やだ、こんなの、やだ……

「イかせてほしい？」

ハイとは言えずに、美香はただぎゅっとカバーを握った。

「ほしいなら、そうだと言いなさい。美香」

彼はわざと、二本の指で秘所の入り口を挟むようになぞり上げた。

「ほしい、ほしいです……」

そのもどかしさに美香は観念し、半ばすすり上げながら訴える。

「じゃあ、一緒にイこう」

不意に秘所から指が離れた。喘ぎながら懇願《こんがん》する美香の前に、貴大が回り込んで来る。

「脱がせて」

貴大の要求に、美香は髪を振り乱しながら、顔を上げる。

前が開いたシャツ。割れた腹筋。早く彼とひとつになりたくて、美香はシャツの内側に手を入れて肩からすべらせる。それからかちゃかちゃと音を立ててベルトのバックルをはずすと、ボクサーパンツの盛り上がりが視界に飛び込んできた。

「良くできた。ちょっと待て」

美香にお預けをくらわせて、貴大は背を向ける。そしてベッドサイドのテーブルから避妊具を取り出し、素早い手付きで装着し始めた。どんなに急いでいても、彼は避妊だけは絶対に忘れない。

「さあ、おいで」

もう一度美香に向き直ると、貴大は両手を美香に差し伸べた。相変わらずの見事な裸身。いつ何をしていたら、こんなに綺麗な筋肉を保てるのだろう。

ヘッドボードを背に座った彼の上に美香は這《は》い上がり、まずは唇にキスをした。互いの胸と胸が触れ合うくらい近付き、呻《うめ》きを漏《も》らした彼の唇に繰り返し口付ける。

「すごい、ぞくぞくする。さあ、美香のほうから来てくれ」

貴大は美香の腰を浮かし、自分の下半身をずり下げた。

「ほしいものは自分で手に入れるんだ。美香」

その言葉にあおられ、美香は上手く身体をずらしながら、硬く屹立《きつりつ》した貴大自身を、自分の入り口に当てがった。そろそろと腰を落とし、強い圧迫感を感じながらも根元まで収める。思わず、熱い吐息が漏れてしまう。

「あ、ふうう……」

くたりと身体が倒れそうになると、貴大が手を伸ばした。美香の手を取り、手のひらをぴたりと重ねて握り合う。彼に支えられて、美香は背を反《そ》らしながら、ゆっくりと身体を上下させた。美香の中は十分に潤《うるお》い、ぬかるんだ窪地《くぼち》はしっかりと貴大をくわえ込んでいる。

何度か上下すると身体の中で爆発が起こり、次第に自分をコントロールできなくなる。

「だめ、もう、もう……」

もともと、限界近くまで押し上げられていたのだ。ほんのちょっとの刺激でも絶頂に達してしまう。

貴大は上体を起こして、美香の腰に手を回した。半泣きで髪を振り乱す美香の乳房に、優しくキスを落とす。

「いいよ、我慢しなくて」

「ごめ……なさ……」

一緒にイこうと彼は言ったが、もう待てそうにない。自分の下で貴大が脚を広げた。そのため美香の脚も開き気味になる。

「やぁあ……ん」

「自分の感じやすいようにやってごらん、美香。美香が良ければ、俺も感じるんだよ」

さあと促《うなが》し、貴大は美香を支えながら、あおるように胸の谷間に口付けた。その言葉にこれ以上我慢ができなくなり、美香は膝を左右に大きく割って、再び身体を上下させる。彼と密着すると、激しい快感に貫《つらぬ》かれた。

「あああっ……」

彼が軽く腰を突き上げた。たったそれだけで、美香は高みへと押し上げられ、また落下する。

がくがくと全身が痙攣《けいれん》し、思わず後ろに大きくのけ反った。胸を大きく上下させ、振り落とされないようにぎゅっと貴大の頭にしがみつく。

「素敵だよ、美香。いつもこれくらい、奔放《ほんぽう》になってごらん」

何度も首筋に口付けてから、貴大はとどめを刺すように、美香のヒップをぐいと手繰《たぐ》り寄せた。引くことのないエクスタシーが、さらに倍増する。

「今夜はたっぷり楽しもうな」

つながったまま、貴大はやすやすと美香の身体を押し倒した。火照《ほて》った身体にひんやりとしたベッドカバーが心地良い。

仰向《あおむ》けに寝かせられた美香は、余韻《よいん》も冷《さ》めやらぬまま、貴大に左右の膝を抱えられる。

「あったかい。美香の中はいつもあったかいな。毎日、仕事から帰ると、真《ま》っ先《さき》に美香の中に入りたくなる。こんなにも、君が愛《いと》しくなるなんて」

低くつぶやきながら、貴大はゆっくりしたストロークで律動を刻み始めた。すでに達してしまった美香は、呼吸すらままならなくなり、酸欠で息が止まりそうになる。

「ずっとそばにいると約束してくれ、美香」

「い、いたいです……。ずっと、ずっと……」

答えながら、しっとりと汗ばんだ彼の背中にしがみつく。

ずっと届かぬ人だと思っていた。けれど運命は美香に諦《あきら》めるなと教えてくれた。彼は今、美香の腕の中にいる。美香の身体に溺れ、自分のそばにいてほしいと懇願《こんがん》している。

「浮気は許さない……から……」

言ってしまってから、自分の変化に笑いが込み上げてきた。そのはずみで内側がしめ付けられたのか、貴大がくっと顔をしかめる。

「俺は、アバンチュールには興味ないよ。地に足をつけて、しっかりと歩いていくさ」

ヒップに彼の手がかかった。そのままいっそうつながりを深め、貴大はスピードを上げて腰を打ち付け始める。

本気の彼はすごい。

激しく身体を揺さぶられ続けた美香は、残った力を振り絞り、必死に彼にしがみついた。

「愛してるよ、美香。愛してる」

最後は低く呻《うめ》いて、貴大はぐっと美香に腰を押し付けた。関節がはずれそうなほど強く抱きしめられ、意識が飛びそうになる。

「おふくろが帰国して、色々なことに決着がついたら、美香のご家族に会いたい」

やがて、はあはあと息を乱した彼が、そう言いながら美香の上に覆《おお》いかぶさる。苦しいけれど、美香は幸せだった。

この人を絶対に離してはならない。

明日になったら、ご神木の前でもう一度貴大とのことをユウナに願おうと考えた。

17

昨晩は、夜遅くまで愛し合った。

楽しい夜はあっという間に過ぎて、彼はスーツ姿から、再び袴姿《はかますがた》に戻る。美香もまた髪を水引《みずひき》で束ね、朱色の袴を穿《は》く。

寝不足ではあるが、清々《すがすが》しい月曜の朝を迎えた。朝食には冷凍イチゴとルビーグレープフルーツのスムージー。貴大が思わず笑うような、キュートな赤のドリンクができた。オーベルジュを経由して、バスで乗り付けるかもしれない——

昨日椎谷がそう予告したとおり、さっそく昼過ぎには、二十人前後の団体がぞろぞろと境内《けいだい》に入って来た。一行は添乗員を先頭に、手水舎《ちょうずや》で手を清めてから参拝に向かう。美香が授与所《じゅよしょ》の中から見ていると、団体客は八割方が女性で、そのほとんどが美香の親世代のようだ。

参拝が済むと数人の女性グループが授与所に近付いて来たので、美香は急いで授与所の窓を開ける。暑かったので、窓を閉めてエアコンをきかせていたのだ。

「神主の藤堂さんはいらっしゃいますか？」

きちんとメイクしたオバさまグループは、そんなふうに美香に声をかけてきた。

「はい。ご祈祷《きとう》でしたら、こちらでお申込みを承《うけたまわ》りますが」

美香が祈祷の申込書を取り出そうとすると、オバさまたちは苦笑いした。

「いいえ。藤堂さんにお会いしたいだけなんです。オーベルジュで教えていただいて」

グループの先頭にいた、パープルのサングラスをかけた女性が言う。

「失礼いたしました。少々お待ちください」

貴大を呼んでこなきゃ……と美香が腰を浮かしかけた時、授与所の後ろにつり下げられた布が割れて、貴大が顔を出した。その途端《とたん》、女たちがおおっとどよめく。

「あの人かしら？　写真の神主に似てるわよね？」

貴大を指さしながら、女たちは小声で囁《ささや》き合う。美香はそっと貴大に耳打ちした。

「オーベルジュから来た方々で、あなたに会いたいって……」

貴大は集団で目を輝かせる女たちにやや面食らっていたが、そこはモテ男の本領発揮とばかりに、爽《さわ》やかな笑顔で答える。

「禰宜《ねぎ》の藤堂です。はい、私が神前式を担当させていただきました」

「あらあ、良かった。椎谷さんから、縁結び神社に素敵な神主さんがいるってうかがったんですよ」

「写真よりうんと若いわ」

「椎谷さんより可愛いかしら」

「あの、一緒に記念写真を撮ってもらえませんか？　神主さんの着物を着てもらえると嬉しいんですけど」

思い思いの発言をしたあとに、女たちはちゃっかりとそんな要求をした。

「よろしいですよ、そちらで少々お待ちください」

貴大は嫌な顔もせずに要求に応じると、いったん事務所に引っ込んだ。ほどなくして、烏帽子《えぼし》と涼しげなアイボリーの狩衣《かりぎぬ》を身に着け、笏《しゃく》と呼ばれる木の板を手に外に出て行った。

オバさまたちが歓声を上げて貴大を取り囲んだのを、美香は冷《さ》めた目で眺めた。

まあ、気持ちはわかる。貴大のような若くてイケメンで長身の神主は、そうそういない。あの装束《しょうぞく》を着てゆったりと歩く姿や、笏《しゃく》を懐《ふところ》にしまったり両手をお腹の脇に添えたりする所作は、とても優雅で神社の境内《けいだい》に映える。

すぐに写真撮影に入るのかと思いきや、貴大はまずは参拝客全員に挨拶《あいさつ》をし、神社の由緒やご祭神、ご神木についてのあれこれを説明し始めた。

いつの間にか、団体客のほとんどが貴大の説明に聞き入っている。それが済んでから、希望者と写真撮影に入った。

さすがだわ――

中には説明を聞いたあとに、縁結びのお守りを買う者もいた。

写真撮影が終わり、ようやく一行を乗せたバスが出ると、貴大はふうーっとため息を漏《も》らした。烏帽子を脱ぎ捨て、それを団扇《うちわ》代わりにして顔をあおぐ。

「椎谷さんは、こういう人たちが来るってことを予告してくれたのかな」

「そうかもしれない。参拝より、あなたと写真を撮ることが目的だったみたいね」

途端《とたん》に、貴大がにんまりと笑う。悪くない……そう思っているに違いない。

「俺がいない時は、美香がお相手してさしあげろよ」

「ええっ？　そんなことできるかな……」

にわか仕込みの巫女《みこ》に、神社の由緒についての説明などできるはずがない。当たり障《さわ》りのない程度で済ませ、もし詳細を突っ込まれたら詳しい者がおりません……。そう言って逃げるしかないだろう。

「でも、楽しそうだった」

「何が？」

「何がって、だから皆さんに囲まれて……」

鼻の下を伸ばしてたじゃない、と言いそうになったので、美香は慌てて口を押さえる。

「美香、妬《や》いてるの？」

満面の笑みを浮かべた貴大に頭を撫《な》でられる。ご神域でそんなことしちゃいけません……、と言うのも子どもじみていて、美香はさっさと社務所《しゃむしょ》に戻った。

夕方、アリスのピアノのレッスンのあとで、友恵にその話をした。しかし、友恵はさして驚く様子も見せなかった。

「オーベルジュでは、椎谷さんを囲んで、毎日のようにそういう記念撮影をやってるよ」

「え、毎日ですか」

「うん。あの人オバさまたちにすごい人気で、オーベルジュのロビーには記念撮影用のスペースもあるんだから。ちょっと前に結婚したけど、それでもファンは一向に減らなくてさ」

「はあ……。すごいですね」

そういえば椎谷は結婚指輪をしていた。それでもファンが減らないとは、さすがは超絶イケメン。むしろ、あの仏頂面《ぶっちょうづら》がオバさまの心をくすぐるのかも。

「きっと神主さんの写真を見たミーハーなオバさまが、どこに行ったら会えるか聞いたんだと思う。でも参拝者が増えていいことじゃない」

「それもそうですね」

美香は友恵と顔を見合わせて、くすっと笑った。

「先生と神主さんは、いつ頃結婚するの？」

「え？　結婚？」

「うん。だって恋人なんでしょ？」

そうだった。地元の人の前では、美香は東京から貴大を追って来た恋人ということになっている。貴大があんな説明をしたから、ふたりの行く末を気にかけてくれている人は多い。

「すいませーん、余計なこと聞いちゃったかなぁ……」

美香が答えに詰まっているのを見て、てへへ……と、友恵は軽い調子でごまかした。

「いいえ。一緒に暮らしているし、そう思われるのが普通です。でもわたしは、彼のお母さんの秘書でもあるので……」

今の自分の状況は完全に公私混同なのだ。社長からの命令を受けて白岬に来たのに、誘惑に負けて貴大と同居し、身体の関係を持ってしまった。彼に押し切られたというのは言い訳に過ぎない。秘書としての立場を貫《つらぬ》くのであれば、モエの家に居座っても良かったし、結局は彼に惹《ひ》かれている自分が受け入れたのだ。

このままの状態で、貴大との関係を進展させることは許されない。

社長が帰国したら、美香は自分なりにけじめをつけるつもりでいる。彼との関係を続けるなら、会社は辞めることになるだろう。

でもその覚悟はできていた。今思えば、会社を辞めることについては、休暇願を出した時に結論が出ていた気がする。問題は希和子だ。

「秘書だと、結婚はできないの？　だって恋愛は自由でしょ」

友恵の言うことはもっともだが、世の中には常に例外というものがある。

「普通はそうかもしれないけど、彼は有名な一族の一員で、彼のお母さんは結婚どころか、わたしと付き合うことさえ許さないと思います」

「ひょっとして身分違いってやつ？　うわあぁ……」

母が大げさなリアクションをしたため、そばでジュースを飲んでいたアリスが驚いて顔を上げた。

「な、な、なんだか昼ドラの世界だよね」

「そんなにドロドロではないと思うんですけど……」

「ううん、ドラマよー。ねえ、神主さんのお母さんって、会社の社長さんなんでしょ？」

「はい……。それなりに有名な方ではあります」

　モエの父親の世代は今の希和子の活躍を知っている。しかしそれより若い世代は、宮《ぐう》司《じ》夫妻の離婚劇さえ知らない人たちが多い。

　友恵は座布団の上にきちんと座り直して言った。

「私は他所《よそ》から嫁に来たんで、神主さんのお母さんのことは知らないけど、せっかくアリスが楽しそうにピアノのレッスンしてるんだから、先生がここに残ってくれたら嬉しいなあ」

「ありがとう、友恵さん」

「どういたしまして」

　友恵はアリスの頭を撫《な》でた。

　レッスンもこれで三度目。アリスはピアノを弾いたり五線ノートに音符を書いたり、時には歌ったりしながら、三十分のレッスンを楽しく過ごしている。

「以前勤務していた幼稚園には、ピアノの講師が来てたんです。その講師の教え方を思い出しながらやってるんですよ」

「ふーん」

「わたしもアリスちゃんに教えるのは楽しいんです。レッスンだけは、続けられるように頑張りますね」

そう、友恵たちには久しぶりに子どもと触れ合う機会をもらった。お礼を言うのはこちらのほうだ。

翌日は朝から雨だった。しかし貴大はいつもどおりの時刻に家を出た。予定では、午前中に地鎮祭《じちんさい》が一件入っている。

美香が社務所《しゃむしょ》に着いた頃には、貴大は出かける準備を整えていた。祭壇《さいだん》やお供《そな》え物といった地鎮祭で使う道具一式を、社務所の裏に停めてある軽のワンボックスカーに積み始める。

「雨なのに大変ね」

荷物を抱えて勝手口から車まで往復する彼に、美香は傘をさしかけながら寄り添った。

「そのうち止むだろう。俺、晴れ男だし」

「そうだっけ」

「うん。それに工務店がテントを張ったり、足元がぬかるまないように板を並べてくれたりするから、それほど濡《ぬ》れずに済むよ」

貴大はたいして困った素振りも見せず、忘れ物がないか確認すると、白衣と袴姿《はかますがた》でワンボックスカーの運転席に乗り込んだ。

その助手席に、美香はたとう紙にくるんだ狩衣《かりぎぬ》と烏帽子《えぼし》を置く。今日の狩衣は涼しげな若草色《わかくさいろ》だ。衣替えの時期なので、袴と狩衣は薄手の夏物に替えてある。

「じゃ、行ってくる。あとを頼むよ」

「はい、行ってらっしゃい」

手を振って、彼の車が出て行くのを見送る。しとしとと降りしきる雨。いつもの巫女《みこ》装束《しょうぞく》に着替えながら、こんな日は参拝者など来ないだろうから、のんびり過ごせる――

そう、安心していたのだが。

貴大が出てからほどなくして、雨が止んだ。

「ほんとに、晴れ男なんだ……」

社務所の外に出た美香は、空を仰《あお》ぐ。雨雲の切れ間から、薄日が差し込んでいた。濡《ぬ》れないように軒下《のきした》にしまい込んでいたおみくじの箱を、授与所《じゅよしょ》の手前に出してみる。その時、鳥居の向こうに黒い車が現れた。車は鳥居めがけてまっすぐに進み、手前で曲がって参拝者用の駐車場に入った。

どうやら参拝者が来たらしい。美香は授与所の中に戻ると、おみくじ同様、雨を避けて室内にしまっていたお守りや絵馬を並べ始める。

ほどなくして、人の話し声が聞こえた。

「静かな神社だこと」

「誰もいないのかしら」

女性の声。ちらりと声の方向を見ると、女性ふたりとその後ろにスーツ姿の男性。目が合ったので軽く会釈《えしゃく》をすると、向こうも会釈を返してくれた。

見覚えがない。地元の者ではなさそうだ。女性のうちのひとりは美香と同年代くらいで、袖なしの白いワンピースに、ゴールドのチェーンの付いた黒いバッグを肩から下げている。たぶんシャネル。もうひとりは大きなサングラスをかけている。なんとなく女性ふたりは親子のような気がした。

参拝が済むと、三人はそろって授与所《じゅよしょ》に立ち寄る。

「ご朱印《しゅいん》をお願いできるかしら」

サングラスをかけた女が朱印帳を差し出しながら言った。落ち着いた声で、左手の薬指に大きなサファイアのリングをはめている。

ご朱印というのは神社仏閣で参拝記念に押してもらえる、朱色の印章のことだ。神社の場合は神職が神社名と参拝日を筆書きし、その上から朱印を押す――そう貴大に教えられている。

朱印を押すための朱印帳なるものも市販されていて、連休中には朱印帳持参で朱印を求める参拝者もいた。あの時は貴大が一枚ずつ丁寧《ていねい》に書き上げて、あまりの達筆ぶりに参拝者が感動していたのを覚えている。

「ただいま書《しょ》を書ける者が不在のため、こちらの紙をお渡しすることになりますが、よろしいでしょうか」

　美香は貴大があらかじめ半紙に書いておいた朱印を取り出して見せた。彼がいない時は、それを渡すよう言いつかっている。

「あら、神主さんいらっしゃらないの？」

「何時頃、戻るの？なんなら出直すけど」

　サングラスの女性はおっとりした口調だったが、若い方の女は、高飛車《たかびしゃ》に言い返してきた。

「帰りは昼頃だと申しつかっておりますが、はっきりとは」

　美香の言葉にふたりの女は顔を見合わせたが、やがて若い方の女が、持っていたシャネルのバッグの中からスマートフォンを取り出した。その画面を何度かタップしてから、美香に向けて差し出す。

「ここの神主さんって、この人よね？」

　美香はスマートフォンの画面に見入った。写っていたのは青い狩衣《かりぎぬ》を着た貴大だ。バックにここの拝殿《はいでん》が見えるから間違いない。

「はい、当社の者でございます」

「藤堂貴大さんよね？」

　名前を言われて、美香はびっくりしてしまった。またしてもオーベルジュから来た女性だろうか。

「はい、禰宜《ねぎ》の藤堂です。この写真は……」

「連休中に撮られたものよ。イケメン神主のいる神社……。ご朱印《しゅいん》ガールのブログにアップされてたのを見つけちゃった」

ご朱印ガール？

聞き慣れない言葉に首を傾《かし》げた美香に、若い方の女があざ笑うように告《つ》げた。

「時間がないから今日は帰るわ。小野寺沙月《おのでらさつき》に電話をするように、貴大さんに伝えてくださるかしら。電話してくれないなら、また来るから」

貴大が戻ったのは、小野寺沙月と名乗った女性たちが帰ってから、三十分ほどしてからのことだ。

「小野寺？」

「知り合い……よね？」

美香の報告を聞いた直後はかすかに眉をひそめた貴大だが、すぐに何事もなかったような顔に戻った。

「ああ。会社の取引先の女性だ。付き合いで何度か会ってる。それだけだ」

「そうなんだ。なんとなく、お母さんと娘のプライベート旅行みたいな雰囲気でした」

お供の男性は、たぶん運転手だろう。

「また来るようなことをおっしゃってたから、親しいのかなと思って」

沙月はやけに馴《な》れ馴れしい言い方をしていた。けれど貴大は、苦笑いして首を横に振る。

「仕事上のつながりだけだ。会社を辞めたし、電話する義理もないよ」

あっけない言い方だ。貴大はもともと超がつくほどのモテ男だった。女からの一方的なアプローチなのかもしれない。気にすることもないか――

そうは思ったのだが、沙月の高飛車《たかびしゃ》な物言いが、美香の心に妙な引っかかりを残した。

18

「これじゃないかしら。タイトルは『ご朱印ガールが行く！』。そのまんまね」

ようやく探し当てたブログに、モエは興味深そうに見入った。

「書いているのは神社仏閣ファンの女性みたい。ほら」

そう言ってモエは、美香に見えるようにノートパソコンの向きを変えてくれた。

今日は瑠璃子が来てくれたので、社務所《しゃむしょ》は彼女に任せて、美香は家で過ごさせてもらっている。ちょうどモエが遊びに来て、昨日沙月が言い残したご朱印ガールのことを話したのだ。

その話に興味を持ったモエは、すぐに美香のパソコンを使って問題のブログを探し当てた。

「ずいぶんたくさんの神社やお寺に行ってるのね。写真もたくさん」

ブログの内容は、神社や仏閣の訪問記だ。美香は画面をスクロールして様々な記事を眺める。

「あ、これかな」

過去の記事の中から、美香は白岬神社の訪問記を見つけ出した。

「東京から特急で一時間。海とテニスコートの町白岬に、イケメン神主がいましたよーーー！　ひゃっほう！　……だって。テンション高いなあ」

声に出してみると赤面しそうになる。記事によれば、ブログの書き手である女性が白岬神社を訪れたのは先月の一日。神社について写真と文章で詳しく紹介しているが、その中に、狩衣《かりぎぬ》姿で参拝客に対応している貴大の写真がアップされていた。

やや遠目ではあるが、なかなか良く撮れている。

「貴大さんが書いたご朱印《しゅいん》の写真もアップされてるね。ふうん、相変わらず達筆ねえ……」

モエが感心していた。貴大が言うには、神主は祝詞《のりと》を筆書きするので、必然的に字が上手になるそうだ。

「少し前から、週末に参拝に来る女性がけっこういるの。皆さん、このブログを見たのかもね」

記事が投稿されたのは訪問の二日後。内容も貴大のイケメンぶりを称《たた》えるだけでなく、静ひつな中にも古代のロマンスの香り漂う神社……というように、白岬神社の由緒や伝説にも触れていた。

関係者としてはなんとも嬉しい記事である。

「神社やお寺を巡《めぐ》ったり、ご朱印を集めるのってブームなのかしら」

紅茶のカップに口を付けながらつぶやかれたモエの言葉に、美香は自分の率直な感想を伝えてみる。

「わたしはご朱印をもらったことはないけど、神社に参拝するのは好きだなあ。神社って落ち着くのよね。モエの結婚式で白岬神社に来た時も、なんていうかこう……」

心が休まった……そう言おうとして、自分に向けられたモエの視線に気付く。

「美香もすっかり神社の人になったねー」

「そうかなあ……」

毎日ご神域で過ごしているので、密かなパワーの恩恵《おんけい》にあずかっているのだろうか。

「でも、なんか引っかかる」

「何が？」

「昨日の人」

「ああ、沙月さんとかいう人？」

「うん」

美香はテーブルに頬杖《ほおづえ》をつきながら、昨日の沙月の高飛車《たかびしゃ》な物言いを思い出していた。

「貴大さんは取引先の女性だって言ったけど、だったら平日の昼間にわざわざこんなとこまで会いに来るかなあ……」

「もともと貴大さんのファンだったんじゃない？　イケメン目的で全国各地を旅する女性だっているのよ、美香。熱心なファンならそれくらいやるわよ」

「熱心なファンね」

そう言われると、ますます気になるではないか。かすかに顔をしかめた美香に、モエは明るく言った。

「貴大さんは仕事関係だって言ったんでしょう？　だったらそれ以上のことはないわよ」

「う、うん」

「それにねえ、貴大さんぐらいの男性は、独り占めしようと思っても無理よ。子どもからおばあちゃんまで、イケメンは女性のハートをギュッとつかんじゃうんだから」

「そうね。毎朝、貴大さんに会うために参拝するおばあちゃんもいるし」

「でしょ？　イケメンは世界を救う。私たち女性の心を潤《うるお》す、なくてはならない存在よ！」

　そう力説しながら両手を重ねて頬に当て、モエはうっとりと目を細めた。

　モエがこんなにイケメン好きだとは知らなかったが、話しているうちに余計な心配は無用だと思えて心が軽くなった。

「オーベルジュでは椎谷さんがマメにブログを更新してる。白岬神社も、ブログやSNSを使って情報を発信するのはどう？　もし貴大さんが忙しいなら美香がやってあげたらいいじゃない」

「ブログか。そうね、貴大さんに言ってみる」

「頑張ってね、美香。六月も半ばを過ぎたし、そろそろ一歩前進する時期が来たんじゃない？」

　モエの言葉で、美香は希和子の帰国が迫っていることを再認識した。

　キッチンの冷蔵庫にぶら下げたカレンダーにつけた赤いマル。それが、希和子の帰国日だ。もう数日後にまで迫っている。

　この一カ月ほど、希和子から電話は来ていない。忙しいのか、それとも何か企《たくら》んでいるのか。

　海外出張の最後の二週間はドバイでの休暇だが、その予定を早めに切り上げて帰国することもなかった。

「でね、モエが言うには、オーベルジュを真似して、うちもブログで情報発信したらどうかって」

夜になり、仕事を終えて帰って来た貴大の風呂のあとの晩酌に付き合いながら、美香はモエの提案を彼に話した。

「ご朱印《しゅいん》ガールのブログを見てうちに来てくれた人もいるんだし、ここはひとつ、神主自ら世界に向かって情報を発信して、参拝者増加を狙うの。……どうかな？」

思わず力説してしまった。枝豆をつまみにビールを飲んでいた貴大は、嫌な顔ひとつせずに美香の話を聞いてくれた。

「ああ。それは俺も考えてた。手始めに、神社のホームページを新しくする」

「え？　白岬神社にホームページがあったの？」

「あるんだよ。だいぶ前に親父《おやじ》が自分で作ったらしい。かろうじてＷＥＢに公開はしたが、更新せずに放ったらかしだ」

そう言いながら、貴大は湿ったままの髪をかき上げた。彼は、風呂に入ったあとはいつもタオルドライだけだ。

「そうだったの」

「見栄《みば》えも良くないし、知人のＷＥＢデザイナーにリニューアルについて相談したら、格安で引き受けてくれた」

いつの間にそんな手配をしたのだろうか。

おそらくは美香が寝ている間に、書斎でやり取りをしたのだろう。

「年間予定や行事の写真などを、順次アップしていくつもりだ。あとは境内《けいだい》の何カ所か
を補修して、案内板を新しいものに変えたりする」

「壊れてるようなところがあったっけ？」

美香は鶏のから揚げを食べようとして、箸《はし》を止めた。顔を上げると、貴大の視線とぶつかる。

「壊れる前に手を入れることが大事だと思うよ。総代さんたちにも了承を得ている。明日から職人が来るから、足元には気を付けなさい」

「はい、わかりました」

この数日、夜になると社務所《しゃむしょ》に総代が集まっていたのは、その打ち合わせだったらしい。美香もお茶を出すなどの手伝いはしたが、詳しい話までは貴大から教えてもらっていなかった。月末には夏越《なごし》の大祓《おおはらえ》という、半年に一度の祭りがあるそうだ。それなりに人が集まるため、補修の手配をしたのだろう。

月末のお祭りか。

ぜひ見ておきたいと思うのだが、その頃にはたぶん、美香は東京に戻っているだろう。

「なあ、アイス食べたくないか?」

美香の脳裏《のうり》に希和子の顔が思い浮かんだ時、貴大がそう言って立ち上がった。

「食べたいけど、買い置きがないわ」

「散歩がてらにコンビニに行こうぜ」

「え、はい……」

急《せ》かされるように財布と携帯だけを持ち、家を出る。

自宅の前はせまい市道で、雑木林《ぞうきばやし》を挟んで向こう側には水田が広がっている。左に進むとバス通りに出て、右に進むと二分ほどで神社だ。

貴大と手をつないでぶらぶらと歩きながら、ひっそり静まった境内《けいだい》を通り抜け、川沿いの遊歩道に出た。この川を下れば海だと聞いているが、美香は近くをドライブしただけで、砂浜を歩いたことはない。

十分足らずでコンビニに到着した。客が貴大だと気付いた女性店員が、会計の際に満面の笑みで対応してくれる。

イケメンは世界を救う――

昼のモエの言葉を思い出して、美香は会計中にうっかり笑い声を漏《も》らしそうになった。

それぞれが好きなアイスをひとつずつ買い、帰り道で遊歩道のベンチに座って食べることにした。

「星がすごく綺麗」

抹茶味のミルクアイスをかじりながら、美香は上空に浮かぶ夏の星空に見惚《みと》れた。ネオンも高層建築もないので、暗い夜空に星がはっきりと浮かんで見える。

濃厚バニラバーを食べていた貴大も、一緒に空を見上げた。

「ここはそれほどでもないよ。もっと星がくっきり見える場所を知ってる。田んぼの真《ま》上《うえ》だ」

「ほんと？　じゃあ今度、連れて行って」

何気なくつぶやいて、美香は貴大の肩に頭をもたせかけた。

「今すぐ行ってもいいよ。考えてみれば、美香が白岬に来てから、どこにも連れて行ってあげてないな。毎日、巫女《みこ》の格好で神社の雑用ばかりさせてた」

「そんなことない。オーベルジュのディナーに連れて行ってもらったわ。わざわざ家にデパートの人を呼んで、ドレスやアクセサリーを選んでもらったし。あんなすごい買い物、今までしたことがない」

それもすべて高級品ばかりだ。美香が今着ているサマーニットとスカートも、その時に買ってもらった。

「ご神木のロマンスも勉強しちゃったしね。東京でＯＬをしてたら絶対に体験できないようなことをさせてもらった」

「じゃあ、ここまでは悪くない二カ月だった？」

貴大にしては珍しく、自信がなさそうな言い方だった。まるで美香の心が読めなくて、不安を隠し切れていないかのような。

「うん。だって、素敵な彼氏ができた」

もういじいじするのはやめた。貴大との未来を考えようと、美香は決めていた。

「美香」

貴大はほっとしたように笑い、唇を軽く突き出した美香に、ちゅっと音を立ててキスしてくれた。

「いろんな人と知り合えたし、可愛い生徒もできたし」

子どもたちの顔が思い浮かび、美香はうふふ……と笑い声を漏《も》らす。

やがてアイスを食べ終えてゴミをまとめると、貴大は美香に向き直って言った。

「だったら、このままここで一緒に暮らそう。神社は俺ひとりでなんとかできるから、美香は保育の仕事に就《つ》くといい」

「どうしたの？　急に」

「急というわけでもない。最初から言っておいたはずだ。君は俺のものだって」

街灯の薄明かりの下、貴大は甘い笑みを浮かべて美香を見つめた。その言葉と表情に、美香は頬がぽっと熱くなるのを感じる。

「わたしはものではありません」

「ほう、可愛いね、その言い方」

この手の皮肉は、彼には逆効果のようだ。

「夕方、武から電話があってさ。あいつの母親が勤めている総合病院が、来年から院内保育所を開設するそうだ。だから、美香に保育士として働いてほしいって頼まれた」

「うわ、スカウト？　武さんのお母さんは病院勤務なんだ」

「うん。日勤の看護師だよ」

貴大は美香の手を取った。

「美香にはずっと俺のそばにいてもらいたいんだ。でも、美香から今までの生活のすべてを取り上げるつもりはない。君の夢はかなえてあげたい」

ぼうっとなる美香の手を持ち上げ、貴大はその手の甲にそっと唇を押し当てる。

「美香はいつも、神社の参拝客を増やすことを考えてくれる。ビジネスの上ではとても重要なことだが、俺はこの神社でもうけようとは思ってないんだ」

それはまた、ずいぶんと大胆な発言だ。

「でも、神社を維持していくにはお金が必要です。境内《けいだい》の補修だって、ただではできないし」

「ある程度の収入を得られたらいい。足りない分は、他で調達するから」

「他……」

美香が寝たあとに、書斎で行われている商談のことだろう。気付いてはいたが、改めて聞くとやはり驚いてしまう。

「だから、神社は地元の人たちにご奉仕する場として存続《そんぞく》させていこうと思ってる。もちろん情報発信はするけど、金もうけのためにガツガツはしない。というわけだから、美香」

貴大はベンチの上で足を組み替え、美香をふたたびじっと見つめた。

「武の母親の病院に限らず、他にいい仕事があればそっちにしてもいい。うちでピアノ教室をやりたいならそれでもいい。開業については、資金面も含めて全力でサポートするから」

「ま、待って……。そんな急に」

「それでも不満だと言うなら、いっそ保育所を作ろうか。君が憧れたすくすくっこルームを参考にすればいいさ。計画から認可が下りるまで少し時間を要するだろうが、できないことはない」

「ちょっと待って！」

美香は思わず手を引こうとしたが、貴大は離さなかった。

「だからずっと俺のそばにいろ――。そう言いたいんだ」

話のスケールの大きさに、美香は頭がくらくらしてきた。保育所を作る。そんなこと今まで考えもしなかった。

「これって、いわゆる、あの……」

「いわゆるそれだ」

川面《かわも》から涼しい風が吹き上げてきた。慌てふためく美香に、貴大がくすっと笑う。

「厳密に言えば、二度目のプロポーズかな。一度目は友人の店で。一緒に白岬に来てほしいと言ったのに、君はヘッドハンティングと勘違いした」

モエの結婚式の翌日だ。キャンドルとカンパリソーダとピザのデート。

「あの時は、さらってでも連れて行くような強引さが自分になかった。でも今は、美香を引き止めるためならどんな手でも使うよ」

「……しゃ、社長が帰国すれば、一度東京に戻ることになるはずです」

美香はドキドキする気持ちを鎮《しず》めようと、ゆっくりと言葉をつむぐ。

「わかってる。東京に戻って、きちんと整理して、それからここに戻って来てくれたらいいから」

貴大はつないだ手を彼の膝の上に置く。その手を握る力強さに、絶対に離すまいという、彼の強い意志を感じた。美香は心を落ち着けながら、ゆっくりと語る。

「子どもを教えるのに場所は関係ないの。どこにいてもわたしは生きていける。こんな田舎でも星は綺麗に輝いているのと同じで」

貴大は皮肉っぽく笑った。

「田舎で悪かったな」

「ごめんなさい。そういう意味じゃ」

「許してほしかったら、今すぐ帰ってベッドで詫《わ》びてもらおうか」

貴大は家を出た時と同様に、急《せ》かすように美香をベンチから立ち上がらせた。

「たっぷりご奉仕してもらわないとな」

「そんなあ……」

弱音を吐いた美香に、貴大は夜空を見上げてつぶやく。

「美香だって、どこにいても輝いていられるよ。さあ、行こうか」

19

昨晩も幸せな一夜だった。帰宅後、貴大は言っていたとおりに、なかなか美香を寝かせてくれなかった。朝になり、首筋の大きなキスマークに気付いた美香は、鏡の前で冷や汗を流すこととなる。

幸い、社務所《しゃむしょ》で着替えてみると上手い具合に白衣の襟《えり》で隠れた。

良かった。巫女《みこ》が襟元《えりもと》にキスマークをのぞかせているなんて、神罰がくだっちゃうわ。

美香はほっとしながら境内《けいだい》の掃除を済ませ、いつものように授与所《じゅよしょ》に詰めた。

六月も折り返しを過ぎた、蒸し暑い日である。九時過ぎには、お宮参りの一行がやって来た。

正しくは初宮参りと呼ぶらしく、母方の祖母が赤ちゃんを抱いてお参りするのが習わしらしい。ただしこの二カ月、美香が見た限りでは、夫婦だけでのお参りも多かった。

やって来た家族は、ジャケットにスカートを穿《は》いた母親と幼稚園児くらいの女の子、祖母とおぼしきパンツスーツの女性。この女性が、白いベビードレスを着た赤ちゃんを抱いていた。

「こちらにお子様のお名前をお願いします」

申し込み用紙に記入をお願いすると、母親がペンを取る。つないでいた手を離した隙に、女の子が半べそをかきながらぐずり始めた。

「どうしたの？　これからみんなで神主さんのお話を聞くんだよ」

窓越しに美香が声をかけると、女の子はぴくりと固まったが、すぐに母親にしがみついて再びぐずり始める。

「少し熱があるんですけど、家に置いてくるわけにもいかなくて……」

困った様子で母親がそう説明をした。

「まあ、かわいそうに。熱は高いんですか?」

「三七度ちょうどくらいです。お宮参りは時間がかからないから、大丈夫ですよ」

心配ではあるが、連れて行くしかない。母親はそんな雰囲気であった。女の子は手に絵本を抱えていたが、早く帰りたいとばかりに、母親のスカートを引っぱり続ける。

受付を済ませたあと、美香は一行を拝殿《はいでん》へと案内した。しかし少女は行きたくないと言い張り、とうとうさい銭箱の手前で泣き出した。

「もしよろしければ、ご祈祷《きとう》の間、社務所《しゃむしょ》でお嬢さんをお預かりしますが」

あまりにも気の毒なので、美香はそう提案してみる。そしてしゃがんで女の子に話しかけた。

「その絵本、知ってるよ。うさぎさんがワンピースを縫《ぬ》うんだよね。あっちで読もうか」

女の子は首を振って拒否したが、美香がもう一度優しく絵本を読もうと誘いかけると、やがて小さく頷《うなず》いてくれた。アリスより幼く見えるその女の子を、美香は事務室の長椅子に寝かせ、隣で絵本を読んでやる。

「お花のワンピース」

寝そべったまま、女の子は本の挿絵を指さした。

「そうそう、お花のワンピースに変わるんだよね」

この二カ月、予想だにしない展開で神社の巫女《みこ》までやらされたが、自分が本当にやりたい仕事が何か、子どもたちと触れ合うことで改めて見極めさせてもらった。

秘書の仕事を辞めなかったのは、半分は自分の意地でもあったのだ。

パワハラに耐え切れず幼稚園を退職した過去は、自分のメンタルの弱さが招いたことだ。もし秘書を辞めてしまったら、自分が成長していないことを思い知らされる。負けたくなかったのだ。

美香は今、再び岐路《きろ》に立った。自分の心は貴大のそばにいることを望んでいる。そのためには会社を辞めなければならないだろう。しかしそれは逃げるのではなく、自分の未来を自分で選ぶことなのだ……。

美香は、今やそう思える心境になりつつあった。

「どうも、お世話になりました」

「いいえ。いい子で本を読んでいましたよ。それより早く家で休ませてあげてください」

「はい、そうします」

「巫女さん、ばいばい」

お宮参りが終わると、女の子は母親に抱っこされて、美香に手を振りながら帰って行った。

「さすがは、美香だ」

親子を見送ると、拝殿《はいでん》から出て来た貴大に褒《ほ》められた。

「ベビーシッターの仕事、増やしてもいいかもな」

狩衣《かりぎぬ》を着たままの貴大は、なんだか機嫌が良さそうだ。

「来週は、東京に戻ります。だからシッターも、ピアノのレッスンもお休みにしてあるの」

「そうか。なあ美香」

「たぶん、クビになるわ。でも大丈夫」

「そうだとしても、何も心配はいらないよ。俺が両手を広げて迎えてやるから」

だから必ず帰って来いと、貴大はそう囁《ささや》いた。

今日は吉日だからか、お宮参りのあとには地鎮祭《じちんさい》の予約が入っていた。

いつぞやのように軽自動車に道具を積み込み、貴大はひとりで出かけて行った。それと入れ違うように、瑠璃子が社務所《しゃむしょ》に現れる。

「忙しい？」

来るとは聞いていなかったので、社務所の玄関先に立つ瑠璃子を見た時には、美香は少々驚いた。

「いいえ。ひとりでお留守番です。午後はご祈祷《きとう》の予約も入ってないし」

「そう。ちょっとだけ、話があるの。お邪魔するね」

勝手知ったる兄の神社。瑠璃子はすたすたと上り込み、自ら台所でお茶を淹《い》れると、事務室にいる美香に、持参した黒糖まんじゅうと一緒に振る舞ってくれた。

「美味《おい》しいですね、これ」

まんじゅうをひと口食べ、そんな感想を口にすると、瑠璃子はにっこりと笑った。

「気に入ってくれたなら、また今度買ってくるわよ」

そうしてふたりでお茶をしていると、瑠璃子はしみじみと美香を眺める。

「巫女《みこ》の格好が板についちゃったね、美香さん」

「え、はあ……。格好だけです。わたし、舞も踊れないし、あの、なんて言うんでしたっけ……、玉串《たまぐし》の奉納のお手伝いなんかもできません……。ここでお守りを売ったり、お掃除したりするしかできないんです」

「それだけで十分よ。美香さんと貴大が来てくれてから、この神社は明るくなった。ここで生まれ育った者としてお礼を言います、ありがとう」

「そんな、お礼だなんて」

そもそも美香は希和子の命令でここに住みついたのだ。今も会社から給料は振り込まれているし、美香にとってはこれも仕事である。

「来週には兄が退院できそうなの。そうしたら、神社のことは男たちだけでなんとかするでしょ」

そうなのだ。貴大の父の博之は、来週末に退院することで調整に入ったと、美香は貴大から聞いていた。

そこで、瑠璃子の顔が曇《くも》る。

「今日来たのはね、その兄のこと……。貴大の父と希和子さんのことで、聞いてもらいたいことがあるの」

「はあ……、なんでしょうか」

「実はね、あのふたりの離婚の原因は、兄の浮気ってことになってるけど、そうじゃないの」

「そうじゃない？」

美香の驚きの声に、瑠璃子は力なく首を縦に振った。

「兄は浮気なんかしてないの。全部、母が……、貴大の死んだ祖母が仕組んだ、でっち上げなの」

「でっち上げ？　仕組んだ？」

瑠璃子はため息をついてお茶を飲み、しばらくためらっていたが、ようやく決心がついたかのように、湯呑を持ったまま美香と目を合わせる。

「希和子さんがこの家を出て行ったのは、結婚十年目、貴大が七歳の時。うちの母のいびりに耐えかねたのと、その頃、兄の博之が浮気したことが原因だと聞いてるかしら？」

「はい……。貴大さんからはそのようにうかがってます」

「父はそうでもなかったけど、母が希和子さんに辛く当たっていたのは本当なの。娘の私から見てもひどかった。希和子さんはよく十年も我慢したと思う」

その言葉に希和子の十年間を漠然《ばくぜん》と想像し、美香は寒くもないのに、二の腕に鳥肌が立つのを感じた。

「母はね、兄の嫁には社家《しゃけ》の娘が良いって、ずっと言ってたの。私もそうだけど、神社の娘と息子同士の結婚はわりとよくあるのよ」

瑠璃子の夫の修造は、隣町にある神社の跡取りだと聞いている。宮司《ぐうじ》である修造の父が高齢のために、そろそろ世代交代を迫られているそうだ。

「それなのに、大学を卒業して戻って来た息子は、お腹の大きな女性を連れて来た。お嬢様育ちで勝気で、神社のことなんかなんにもわかっちゃいない女性。母はもう、カンカンだった」

「お互いのご両親は結婚に反対したと聞きました……」

美香は恐る恐る言ってみる。瑠璃子はそのとおりだと頷《うなず》いた。

「それでも子どももいることだし、母は希和子さんを社家の嫁にふさわしくなるように教育しようとした。でも希和子さんはああいう性格なので、たびたび衝突しちゃってね。

そのうち母は、希和子さんを追い出して、どこかの神社の娘を後妻に迎えようと考えたらしいの。それで……」

瑠璃子は口ごもる。先を急がせるわけにもいかず、美香はただ瑠璃子が口を開くのを待った。

「それでね、あの頃、兄が通っていた飲み屋の女将《おかみ》に頼んで、店で働いていた若い女の子と、兄が関係を持ったと嘘をつくように頼んだの」

「ええっ……！　お、おばあ様がですか？」

美香はわが耳を疑った。母親が自分の息子の不倫をでっち上げたなど、にわかには信じられない。

「本当なのよ。兄はもともと、その手の店に行くタイプじゃなかったけど、家は母と希和子さんが険悪で、居心地が悪かったんでしょうね。だんだん酒に逃げるようになって」

瑠璃子は大きく吐息を漏《も》らした。やりきれないと、その顔に書いてある。

「あのぉ……。神主さんも、仕事のあとはそういうお店に行かれるんですか？」

「行くに決まってるでしょ。神主だって男なんだから」

美香の問いかけに、瑠璃子はぴしゃりと言い返した。

「いえね、付き合いなんかで行くこともあるって意味よ。修造でさえ、飲み屋の女の子の名刺くらい持ってるから。貴大は違うの？」

「貴大さんは……、毎日まっすぐお帰りになります」

少なくとも美香が居候《いそうろう》してからは、まっすぐに帰宅している。何度か総代たちとの集まりがあったが、会場は常に社務所《しゃむしょ》の座敷だ。その後、二次会でどこかに繰り出したりはしていない。誘われても、朝が早いという理由で断るらしい。

仕事のあとに買い物に行くこともあるが、いつも美香を連れて行ってくれた。美香がコーヒーが飲みたいと言えば、湊屋のラウンジのようなカフェに連れて行ってくれたこともある。

そういう点では、貴大はあまりにも堅物かもしれない。いや――美香を大切にしてくれているのだ。

「あの子は真面目なのね。それならそれでいいわ。とにかく」

にこっとほほ笑んだものの、瑠璃子はすぐにまた言いにくそうに胸を押さえた。

「母に頼まれて女将は町中に嘘を触れ回った。噂《うわさ》はあっという間に広まって、希和子さんの耳にも入った。プライドの高い人だから、兄に問いただすような真似はせず、ある日突然出て行っちゃったの」

「まあ……。社長はご主人と話し合うことはしなかったのですか」

「しなかったのよ。兄が親睦旅行《しんぼくりょこう》か何かで家をあけた隙に、大輔と貴大を連れていなくなった。驚いたのは母よ。希和子さんだけを追い出すつもりだったのが、孫たちまで出て行ったんだから」

「でも、社長の行動は母親として当然だと思います」

美香はつい希和子の肩を持ってしまった。その言葉に、瑠璃子は気の毒なほどしょげ返る。

「そのとおり。確かに気が強い面もあったけど、希和子さんは頑張っていたんだから。それなのに、亭主は姑《しゅうとめ》から守ってくれるどころか、自分を裏切った。もう限界だったんでしょう」

生まれついてのお嬢様が、田舎の神主の嫁になり、ただひとりの理解者だったはずの夫に裏切られた——。もうここに自分の居場所はないと、希和子はそう思ったのかもしれない。

「町の人たちも、希和子さんに同情した。神主のくせに女遊びをして、嫁が子どもを連れて出て行ったんだから。兄の自業自得だって」

「でもあの、お父様は申し開きしなかったんですか？　だって、実際に浮気はしてなかったんでしょう？」

「しなかった。一切の言い訳をせず、希和子さんを迎えに行こうともしなかったの。兄の一番いけなかったのは、そこなのよ」

きっと、疲れてしまったのだ。博之も。

実母と嫁の間に立ち、どうとりなしたらいいか、途方に暮れたのかもしれない。

「それからは、母への風当たりも強くなってね。あんなキツい姑のいる家に娘は嫁《とつ》がせられないと、ことごとく縁談を断られた。人を使って子どもの親権を取ろうと手を尽くしたけど、それも失敗。いつの間にか、うちの神社の悪い評判まで立ち始めた」

「縁結び神社のくせに、神主が離婚した……。ですか？」

以前、貴大はそんなことを言っていた。ご神木にはご利益《りやく》がないと言われ、参拝者が減り始めたと。

「うん。母は思惑がはずれて途方に暮れてたわ。兄も離婚してからは、めっきり無口になって、日々のご奉仕がおざなりになり始めた。そして今に至る……。こんなとこよ」

「瑠璃子さんはどうして、おばあ様が企《たくら》んだお芝居だということをご存じなんですか？」

そこが疑問である。

「母の葬式にその女将《おかみ》が来てね。こっそり私に打ち明けたのよ。全部母に頼まれた芝居だったって。お金をもらって、口外しないという念書を取り交わしたことも。それを聞いた時、これが実の母親のすることかって、椅子から転げ落ちそうになった」

ね、念書……

美香もまた椅子から転がり落ちそうな気分だ。確かに、実の母親が息子にする仕打ちではない。そんなことをして、博之や神社の評判がどうなるか、サキはそこまで考えが及ばなかったのだろうか。

逆に言えば、サキはそうまでして希和子を追い出したかったのだろう。それほどまでに烈《はげ》しい姑《しゅうとめ》だから、貴大の辞任を知った希和子は、涙ながらに電話で美香に訴えたのだ。

『あんな男の跡を継がせるために育ててきたんじゃないのよ！』

思い出すと、胸が痛い。よほど辛い結婚生活だったのだろう。もし自分も同じ目にあえば、希和子と同じ言葉を口にするかもしれない。

「ごめんね、嫌な気分にさせて。美香さんは希和子さんの部下だもんね。いい気はしないわよね」

「いえ……。ただ社長がお気の毒です」

「できるなら、本人に会って母の代わりにお詫《わ》びしたいわ。でも今の希和子さんには、そんな安っぽい謝罪なんて必要ないのかもね。いくらご実家の支援があったとはいえ、会社を興《おこ》して大きくさせた。すごいことよ」

瑠璃子はそう言いながら、空《から》になった湯呑を手のひらで転がす。

「代わりに私は、兄の面倒を見てきた。考えてみれば、兄も被害者なんだからね」

「このこと、貴大さんは？」

「知らないわ。ずっと私の胸にしまってきたの。でも美香さんは貴大のお嫁さんになってくれるかもしれないから……。いえ、きっとそうなるだろうから、知っておいてほしかった。兄たちが別れたのは母のせい。ご神木は不吉だとか、ご利益《りやく》がないとか、そんなことはないから」

「瑠璃子さん」

「貴大はまだプロポーズしてないの？」

美香は下を向く。なんと答えれば良いのか。

「ここで一緒に暮らしてほしいと言っていただきました。わたしも、そうできたらと思います」

「そう、だったら……」

顔をほころばせた瑠璃子に、美香はたった今、頭の中ではっきりと固まった決意を伝えた。

「そのためにも一度東京に帰り、仕事の整理をつけます。そして社長にきちんと話します。社長は怒るでしょうが、許していただけるまで、ここで貴大さんと待ちますから」

「希和子さんを納得させるのは大変じゃないの？」

「ええ」

罵詈雑言《ばりぞうごん》のたぐいは覚悟しなくては。

「でも、きちんと筋《すじ》を通したいです。わたしまで社長をないがしろにしたら、社長がお気の毒です」

「美香さんは、優しいのね」

瑠璃子は切ない目のまま、笑って見せた。

「貴大も優しい子なの。あんな頼りない父親のために仕事を辞めて、白岬に帰って来てくれたんだから。あの子を支えてあげてね。これは私からのお願い」

そう言う瑠璃子の目に、うっすらと光るものがあった。

夕方、美香が食事の用意をしていると、貴大が帰宅した。

貴大はおばあちゃんが大好きだから、この件は内緒のままでと瑠璃子に念を押されている。祖母がしたことは知らないほうがいい。しかし希和子はどうだろう。元夫は希和子を裏切っていないと、知る権利があるのではないか?

いや……。知ったところですべてが元に戻るわけでもない。希和子と博之はもう長いこと、別々の道を歩んできたのだから。

「何を企《たくら》んでる」

美香が何かを隠していると目ざとく見抜いた貴大は、シンクの前に立つ美香を後ろから抱きしめた。

「何も企んでません。そうだ。瑠璃子さんから美味《おい》しいおまんじゅうをもらっちゃった。すぐに食べる?」

「飯の前だからいいよ。食べるなら美香がいい」

貴大は美香の前で交差させた手で、服の上から美香の胸を撫《な》で回す。

「わたしは逃げないから、まずはご飯にしましょう」

「余裕だな。俺よりセックスの上手い男を知らないくせに。東京に戻っても、すぐに俺が恋しくなるさ」

「なっ……」

貴大の言葉に、体温が一気に上昇する。おっしゃるとおり、彼とするようなセックスは経験したことがない。まさに身も心も彼の虜《とりこ》になってしまった。

返す言葉もなく恥ずかしげにうつむくと、貴大は勝利を確信したような濃厚なキスをした。

20

希和子から帰国の連絡が入ったのは、翌日の晩だった。

「日曜の夕方に成田に着くわ。迎えはいらないから、来週の水曜に出社しなさい」

貴大と寝室にいた美香は、彼の手を振りほどいて、携帯を手に廊下に出た。

「承知いたしました」

「まさかとは思うけど、貴大が変な女に入れあげたりしていないでしょうね」

「いいえ。そんな」

希和子が貴大の女性関係を気にするのは、自分の経験から来るものなのかもしれない。

そう考えてちくりとした胸の痛みを感じたが、美香は無難な答えを口にした。

「わたしの存じ上げる限り、そういった事実はありません」

「そう。良かった」

そして、珍しく希和子のため息が聞こえた。

「数日前、弁護士から報告が届いたわ。貴大は大学生の時に私の目を盗んで父親と再会し、その後神主の資格を取って、こっそりとあの男の神社を手伝ってた。同じことを大輔も白状したから間違いはなさそう」

あの男。すなわち別れた夫のことだ。

「十年よ。有吉。そんなにも長い間、私を欺《あざむ》いてきたなんて。だけど、それもあの男が貴大の優しさに付け込んだからなのね」

「社長……」

「他にも面白い報告があったわ。貴大は祖父が残した遺産を投資に回して、莫大な資産を築いてる。そのへんの国会議員より、よほど資産を持ってるわ」

それは貴大から聞いていた。どうやら本当のことのようだ。

「さすがは藤堂の血を引いてると言いたいところだけど、それならますます、田舎の神社で神主なんかさせられない。あの子には新規事業部を任せるつもりよ。だから説得は諦《あきら》めない」

新規事業部。いつの間にそんなものが立ち上がったのか。でも希和子の言い分は理解できる。貴大は少し強引だけど考え方が柔軟で、外国語に堪能《たんのう》だ。何より社交性がある。

「ということで、お前も二ヵ月間ご苦労様でした。出張の任は解きます。会社で待ってるわよ」

「はい、かしこまりました」

電話を切って寝室に戻る。新規事業部の件が頭から離れないが、美香はベッドに起き上がって本を読んでいた貴大に、希和子の言葉を伝えた。

「社長は日曜の夕方に戻るそうよ。だから、水曜日に行ってきます」

週明けの月曜と火曜の二日間、貴大は不在だ。キャリアが浅い神主向けの、泊まりがけの勉強会なるものに参加するそうである。戻って来るのは、火曜の夕方。

それまでは、美香が留守を預かるべきだ。

「そっか。じゃあ、水曜の夜に家に行くと、おふくろに伝えてくれる？」

「え？」

「美香を俺の家に連れて行く。ふたりの将来のことだから、俺も一緒におふくろに話すよ」

彼が自分の母親と会って話してくれる。

「貴大さん……。いいんですか?」

「いいに決まってる。おふくろが美香に何を言っても俺が一緒だ。心配するな」

あれこれ考えても仕方ない。彼の生き方は彼が決めることだ。彼がそばにいてほしいと言ってくれるのだから、美香はどこにでも付いて行くつもりだ。

けっこうな人数の参拝者たちが訪れた日曜日が過ぎて、月曜日の朝。朝拝《ちょうはい》を済ませた貴大は、勉強会へ出かける準備で忙しそうにしていた。

その彼の代わりに美香は、境内《けいだい》の掃除に励《はげ》んでいた。ほうきで掃《は》き、落ちているゴミを拾ったり、雑草を抜いたり。ご神木の周囲も、念入りに点検する。

人が手で触れぬよう、木の周りにはロープを張り巡《めぐ》らせ、紙垂《しで》と呼ばれるギザギザの紙をぶら下げてある。点検したところ、これといっていたずらをされたような跡も見当たらず、安心した。

掃除を終えて、ゴミとほうきを片付けるために社務所《しゃむしょ》の裏手に回る。すると突然女性の声が聞こえて、美香は足を止めた。

「驚いたわ。神社巡りが好きな母が、偶然ネットであなたの写真を見つけたの。でもこの目で確かめるまで信じられなくて……。ねえ、どうして電話をくれなかったの？　私、ずっと待ってたのに」

　この声を、どこかで聞いたような気がする――丁寧《ていねい》な口調だが、徐々《じょじょ》に怒りが増幅しているように聞こえた。

「それともあの巫女《みこ》が、私が来たことをあなたに伝えなかったの？」

　巫女？　それは自分のことだろうか。

「いいえ。うかがってますよ。ただ、あなたに電話をする理由がなかったので」

　これは貴大の声。女性とは対照的に、ひどく冷淡である。美香はほうきを握りしめたまま、足音を忍ばせてふたりの声のするほうに近寄った。

　物陰に身を隠すようにして、盗み見る。社務所の裏手に停められた貴大の車のそばで、袴姿《はかますがた》の貴大と、生成《きな》り色の中折れ帽子にカーディガンを羽織《はお》った、髪の長い女性が向き合っていた。

　女はサングラスをかけているので、顔がわからない。

「ひどい人。いつもそうやって、一方的に終わらせようとする。うちの父も心配してるんですよ、お前たち、どうなってるんだって……」

　ええっ？

　危うく声を上げそうになり、美香はぐっとこらえる。いったい何者だろう。

そこで、女性が肩から下げたバッグに目が留まる。ゴールドのチェーンのついた黒のシャネル。確か、先週やって来た小野寺沙月という女が持っていた。ということは——

「おかしな方だ、小野寺さん。終わるも何も、初めから何もなかった」

やっぱりそうだ。小野寺沙月。前に聞いた時には取引先の女性だと貴大は説明したが、この様子では仕事上の付き合いだけではなさそうだ。

「そんな言い方は卑怯《ひきょう》よ。お互いの親も認めた関係だったじゃない。うちとお宅が手を組めば、両社は安泰。父だけでなく、うちの役員たちも喜んでいたのに」

な、なんなの——！

互いの親だの、両社は安泰だのと。次から次へと聞こえてくる言葉に、美香は頭を抱えて絶叫しそうになる。

「言葉を慎《つつし》んでください、小野寺さん。私の母はあなたについて、何も認めたりはしていない」

「いいえ。あなたのお母様は、私のような娘がほしいとおっしゃってくださった。だから苦手なお料理も頑張って覚えたのに」

「社交辞令という言葉をご存じですか？　小野寺さん」

「それなのに、あなたは急に冷たくなった。他に好きな人ができたから？　そんなのひどすぎます。まだ私たち、終わってないのに」

「いいえ。しかるべき筋《すじ》を介して、きちんとお断りを伝えたはずです」

「私は納得してないわ」

「困りましたね。ルールを守っていただかなくては。失礼、私は仕事がありますので……」

そっけなく言い放ち、貴大は沙月に背を向けた。察するに、別れた元カノに復縁を迫られる貴大――そういう場面に遭遇《そうぐう》したらしい。

「待って！」

沙月は貴大の前に回り込み、いきなり貴大に抱きついた。その光景に美香は凍り付く。

「気を悪くさせたのなら謝るわ。謝るから一緒に東京に帰りましょう。あなたは田舎の神主なんかに収まる人じゃないわよ。せっかく父が、あなたに跡を譲《ゆず》ってもいいと言ってるのよ……」

お願い……と、涙声で沙月は訴えかける。

最後まで聞いていられなかった。ほうきを手にしたまま、美香は走ってその場を去る。

そして社務所《しゃむしょ》の前まで来て、玄関前にしゃがみ込んだ。

落ち着いて、美香。過去に恋人くらいいたわよ。彼は素敵な人なんだから。

現在進行形の女性はいないって、彼は誓ってくれた。沙月が別れたくなくて駄々をこねてるのよ。

彼は、わたしのことを好きだと言ってくれているじゃない。

必死に自分に言い聞かせた。たぶん沙月は、貴大が美香と出会う前の見合い相手のひとりだろう。きっと大きな会社の社長令嬢で、縁談がまとまれば双方に利益がもたらされるような相手。

希和子が息子の嫁にするのに、歓迎しそうな条件を備えた人だ。

「美香、どうかしたのか」

「た、貴大さん」

どれくらいそうしていたのか。不意に貴大に声をかけられ、美香は慌てて立ち上がる。

「顔色が悪いぞ」

「な、なんでもないわ。掃除をしてたら汗かいちゃって、それで……」

「本当か？　以前も立ちくらみで倒れたし」

「なんともないです。それより誰かいたの？　話し声が聞こえたけど」

「ああ、武の親父《おやじ》さんが寄ったんだ。留守にするから、美香を頼むと言っておいた」

嘘……。沙月さんと話してたくせに。

貴大は顔色すら変えずに嘘をついた。その態度に美香は傷付く。

「武の親父さんも帰ったからそろそろ着替えるが、俺がいない間は戸締まりには注意しなさい。何かあればすぐに連絡してくれていいから」

「はい……。わたしのことは大丈夫だから、あなたは遅れないようにね」

出かける直前まで美香にあれこれと言い含めた貴大は、涼しげなグレーのスーツに着替え、十一時前には車で出発した。

彼は最後まで沙月のことに触れなかったし、美香も問いただすことができなかった。

しかし先ほどの沙月の口ぶりでは、ふたりの関係は終わっていないことになる。気になって仕方がない。

「ちょっと！」

「きゃっ！」

裏手の参道から走り去る貴大の車を見送っていると、突然背後から声をかけられた。

振り返った美香の前に、サングラスをはずした沙月の姿があった。その目は怒りに燃えている。

「あなた、藤堂社長の秘書よね。以前、社長の講演会で一緒のところを見かけたわ」

沙月にじいっとにらまれて、美香は思わずたじたじとなった。

確かに希和子はテレビ出演の他に、講演会やサイン会も行っている。美香もたまに、そういったイベントに同行することがあった。

「秘書がここでいったい、何してるの？　こんな……。こんなコスプレみたいな真似して」

眉間に皺《しわ》を寄せて、沙月は美香の緋袴《ひばかま》を指さした。

「わたしは社長のご命令で、貴大さんのお手伝いをしているんです。授与所《じゅよしょ》にいるには、この格好のほうが都合がいいもので……」

「お手伝い？」

沙月はまたあの、どこか見下すような視線を美香に向けて来た。

「川の向こうのコンビニで聞いたんだけど、あなたは東京から彼を追って来た恋人だそうじゃないの。いつから彼と付き合ってたの？」

「そんなこと……、お答えする必要はありません」

「なんですって？」

沙月は美香の頭からつま先まで見下ろして、さらに険《けわ》しい顔になる。

「言っておくけど、あなたに勝ち目はないわよ」

「勝ち目？」

「そう。貴大さんとは結婚なんかできないってこと」

「なぜでしょうか」

「あら、やっぱり結婚しようって考えてるのね」

沙月はまたしても美香を見下したように笑う。今までの人生でこういう扱いは何度か受けたことがある。しかしこれが最も不快に感じるのは、沙月が貴大の元カノだからだろうか。

「彼は藤堂一族の男性よ。ああいう人はね、好きな相手と結婚なんてできないの。それ相応の相手と、家や会社の利害が絡んだ結婚をするのよ。あなたも希和子さんの秘書をしてるなら、それくらいわかるでしょ」

「でも、貴大さんは会社を辞めました。ここの神社を継がれるんです」

「そんなことできっこないわ。周囲が許すわけないでしょ」

沙月の声は次第に冷静になっていった。

「私の父は小野寺物産の社長よ。ちょうど一年前に、藤堂和明さんからお話をもらって貴大さんとお見合いしたの。希和子さんはね、父の会社が持ってるカフェのチェーン店を買収して、藤堂のブランドで展開したいそうよ」

小野寺物産が、そこそこ大きな会社であることは美香も知っている。ただカフェの件は初耳だ。

社長がソイラテを好きすぎて、とうとう自分でカフェを経営しちゃうってこと？

希和子が先日の電話で言っていた新規事業とは、そのことだろうか。

「双方にとって、意味のある結婚になるはずだったの」

それなのに、と沙月はそこでまた口調を荒らげる。

「最初から意気投合して、デートも順調にしてた。だけど去年の秋にいきなり破談になったわ。その理由が、今ならわかる。彼は神社を継がなきゃならないから、身を退《ひ》いたのよ」

「身を退いた？　貴大さんがですか？」

「ええ。お父さんが病気なんでしょ？　それで彼が神社を継がなきゃならなくなった。

コンビニでそう聞いて、彼は私を思って身を退《ひ》いたってわかったの」

あのコンビニの店員は、よほど口が軽いと見える。それとも沙月に買収でもされたのか。

「彼は私を嫌いになったわけじゃないわ。だって私たち、身体の相性も最高だったのよ」

沙月は意地悪そうな目付きで美香を上から下まで眺めて言う。

「彼ってあなたにも言ったの？　子どもの頃からひとりで寝るのが怖かったって。週末はずっと一緒だったから、彼、私にしがみついて眠ったのよ。果物が大好きで、お魚よりお肉が好き。イワシが苦手で、すり身にしてつみれ汁にしても食べてくれない……。知ってるみたいね」

「仕事がありますので、そろそろ……」

聞いているうちに吐き気が込み上げて来て、美香はその場を去ろうとした。けれど沙月に腕をつかまれる。

「もしあなたが夜の相手もしてるのなら、それは私の代わりよ。母親の秘書なら自由にできるものね。ただの欲求不満解消。それくらい気付きなさい」

「やめてください」

「やめないわ。あとで彼の伯父《おじ》さんから電話があるはずよ。駄々をこねないで、東京に帰れってね。私と結婚してグローバルな仕事をすることが、彼や彼のご親戚のためよ。

あなたは彼の母親の部下なんだから、そうするように仕向けなさい。それが仕事でしょ？」

沙月がいつ帰ったのか、記憶になかった。

気付いたら美香は、社務所《しゃむしょ》の中にいた。玄関の上り框《かまち》に座り込み、ズキズキする頭を抱えるようにして息をひそめている。

電話も鳴らず、辺りはしんとしている。やがて奥の座敷の壁にかけられた年代物の柱時計が、ぽーんと音を立てて十二時を告《つ》げた。

シンデレラの魔法が解けるのは、夜の十二時。それにはまだだいぶ早いが、自分にかけられた魔法が解けてしまったことを美香は思い知る。何もかも上手くいくと思い込んでいたのに、沙月に会って、その自信はすっかり打ち砕かれた。

——ああいう人はね、好きな相手と結婚なんてできないの。

——あなたは彼の母親の部下なんだから……それが仕事でしょ？

嫉妬《しっと》まじりではあっても、沙月の言葉はあながち的外れでもない。

白岬の人は皆親切だから、誰も美香に厳しいことを言わないでいてくれた。結果的に自分がしたことは、二カ月の間、仕事そっちのけで貴大との甘い日々を謳歌《おうか》し、子どもたちと触れ合っただけだ。

希和子にすべて打ち明けて理解を得ようという気分も萎《な》えた。冷静になればなるほど、上手くいきっこないという思いが強くなる。沙月の言ったように、貴大にとって美香は、分相応な相手ではない。

あの希和子が、溺愛《できあい》する息子を諦《あきら》めるはずがないし、貴大だって、元の生活に戻るほうが彼の才能を十分に発揮できるに違いない。美香も最初は同じように考え、戻ってくれるよう彼を説得した。

貴大の父には気の毒だが、大輔とふたりで経済的な支援をすればいいのだ。この神社については、修造に頼んでまとめて面倒を見てもらうという手がある。

わたしはバカだ。

美香は両手で顔を覆《おお》った。二カ月経っても、結局は何も変わっていない。悲しいどころか、笑いが込み上げる。しかも、耳に入れたくないことまで聞かされた。

――彼、私にしがみついて眠ったのよ。

沙月の言った内容は事実だ。美香も毎晩同じようにされているのだから。貴大の過去を気にするだけ愚《おろ》かだとわかってはいるが、こればかりは耐えられそうにない。今度こそ本当に吐き気を催《もよお》しそうになる。

これ以上彼のそばにいたら、もっと傷付くことになるだろう。

電話が鳴った。びくりと肩を震わせ、美香は息を呑む。それから涙をぬぐって事務室に行く。

「白岬神社、社務所《しゃむしょ》でございます」

鼻声になりながらも、なんとか電話に出た。

「藤堂です。貴大の伯父《おじ》の」

「あ……」

ややおっとりとした重厚な声。藤堂和明。仕事柄、美香も何度か会ったことがある。

「はい……。存じております」

「貴大がお世話になっております。ちょっと話したいのですが、貴大はおりますか？」

相手が妹の秘書だということに気付いていないらしい。影響力のある人物だが、腰が低くて温厚だ。電話の声にも、それが表れている。

「貴大さんは、明日の夕方まで戻りません。お世話になっている神社で勉強会の最中で、連絡が取りにくくなっております。戻り次第お電話するように伝えますが」

「そうでしたか。では明日で良いので、私に電話をくれるように伝えてください」

電話を切ると、ますます気分が落ち込んだ。沙月が言い残したとおりになった。貴大の理解者であったはずの伯父は、沙月の家族に懇願《こんがん》され気が変わったのだろう。

伯父からも貴大に東京に戻り、沙月との将来を考えるほうが賢明だと言われたら、きっと、もうどこにも美香の居場所はなくなる。

もう、だめ……

美香はモエに電話をして話を聞いてもらうことと、瑠璃子に留守を頼むことと、どちらを先にすべきか迷った。結果、先に瑠璃子に電話をかける。明日、留守を預かってもらえないかと。

21

和明さんに電話をしてほしい——

携帯に入っていた美香からのメールを貴大が読んだのは、勉強会の初日が終わり、就寝時刻が迫っていた時だった。その時は時刻も遅かったので、貴大は翌朝起床してから、和明の携帯に電話をした。

「おはようございます。貴大です。昨日お電話をいただいたそうで」

「ああ、おはよう。勉強会だそうだな。頑張ってるのか？」

「ええ。未熟者なので何かと大変ではありますが」

宿泊所になっているのは、会場となる神社に併設された研修所だ。この研修所に、貴大のような奉職歴《ほうしょくれき》の浅い神職が集まり、祭式の作法や神道についての勉強会が行われている。

今日も昼過ぎまで、びっしりと予定が詰まっていた。電話の向こうはしんとしている。朝の七時半。和明はまだ家にいるのだろう。

「電話したのは、小野寺物産の娘のことだ。覚えているだろう、沙月さんという女性を」

その名を聞いて、貴大のこめかみが痛んだ。沙月の母が神社マニアだったとは知らなかったが、携帯の番号も変え、会社も辞めたのに、まさか白岬まで追って来るとは思わなかった。

「昨日、神社に来ましたよ。どうして電話をくれないのかってせがまれました。きちんと断りを入れているのに、なんなんですか彼女は」

沙月との縁談を持って来たのは和明だ。貴大としては気乗りはしなかったが、和明の顔を立てる形で見合いし、後日一度だけ食事に誘った。もちろん食事をしただけで、それ以上のことは何もしていない。

その後すぐに、丁重に断りを入れている。初めは小野寺物産とのコネができることを喜んだ希和子も、実際に会った沙月の印象が気に入らなかったらしく、反対はしなかった。

だが、その後数回、もう一度会ってほしいと沙月から電話があった。

「一昨日《おととい》、小野寺社長から、電話があったんだよ。もう一度娘と会ってもらえないかとな」

「俺にはそういう意思がないと、はっきり断ってください。彼女だって田舎の神主に興味はないでしょう」

貴大はあえて辛辣《しんらつ》な言い方をした。そしてこの半年の間、何度か沙月から電話があったことや、昨日の神社でのことも伯父《おじ》に話す。

「彼女、妄想癖があるんですよ。まるで俺が将来を約束し合った相手かのような言い方をしてくる。食事をして、当たり障《さわ》りのない会話をしただけです。なんとかしてほしいのは俺のほうです」

和明は電話の向こうで困ったような笑い声を上げた。

「そう、熱くなるな。そういうことなら、この件は私が責任を持って話をつける。お前は勉強会を頑張りなさい」

「良かった。助かります。ご無理を言って申し訳ありませんが、よろしくお願いします」

「ああ。それと希和子は帰国している。逃げていないで、一度話し合いなさい」

「わかっています」

「博之さんの容態《ようだい》は？」

「おかげ様で、今週末に退院の予定です」

「そうか、ひと安心だな」

「でも。完治したわけじゃない。治療の効果が出て、一時的に良くなっただけです」

「そうか。しかし、たとえそうでも、喜ばしいことじゃないか」

そう告《つ》げると、伯父は博之によろしくと言い残して電話を切った。沙月の件が上手く片付きそうで、貴大は胸を撫《な》で下ろす。残る問題は母だ。

明日の夜、美香と一緒に母に会いに行くつもりだ。会って、素直に詫《わ》びてすべてを話す。

逃げやしないさ。もうひとりじゃないしな。

朝食までまだほんの少し時間があったので、家にいるはずの美香に電話した。少しでいいから彼女の声が聞きたかった。しかし、電話はすでに留守電になっていた。


午後四時過ぎ、勉強会のすべての日程を終えた貴大は、車で白岬神社に直行した。授与所《じゅよしょ》はすでに閉まっていたが、社務所《しゃむしょ》に美香はおらず、代わりにはっぴを着た瑠璃子が留守番をしていた。

「あら、お帰り」

「ただいま、ルリさん。美香は？　もう帰ったの？」

「美香さんなら、お昼頃、東京に戻ったよ。なんでも久しぶりに会社に行くから、前もって準備があるとかで。私、留守番を頼まれたの」

「準備？」

いったいなんの準備だろう。なぜ、自分に連絡をくれなかったのか。

「勉強会は忙しいでしょ。お前の邪魔をしたくなくて、美香さんは黙って行ったのよ」

納得のいかない顔をしていると、瑠璃子はそんなふうに慰《なぐさ》めてくれた。

そうして夕方の奉仕を済ませ、家に帰ったのは六時過ぎ。いつもは美香がいて、玄関を開けると夕飯の匂いが漂ってくる。けれど今夜の家は空《から》っぽで、誰も貴大を迎えてくれなかった。

貴大にとって、いつの間にか、美香との生活が当たり前になっていた。

むなしさを感じたまま、貴大は着替えを詰め込んだバッグを洗面所に運ぶ。そこからはヘアブラシやコスメなど、美香のものがすべてなくなっていた。数日は東京で過ごすのだから持ち帰ったのだろう。当然と言えば当然かもしれない。

しかし何かがおかしい。

よく見れば、リビングからも美香のものがなくなっている。貴大が出かける前には、ピアノの上に子どもたちに教えてやるための教本や楽譜のコピーがあったが、それもない。

嫌な予感がした。貴大は急いで二階の寝室に向かう。するとウォークインクローゼットの中から、美香が持参した衣類やスーツケースが消えていた。残っていたのは貴大がプレゼントした、黒のドレスや夏服だけ。綺麗にハンガーにかけられている。

まるで美香が、自分のいた痕跡《こんせき》を消し去ったようだった。

美香――

ベッドサイドのテーブルには、彼女が読んでいたファッション雑誌が置いてあったはずだが、それすらも見当たらない。

その代わりに、真っ白《まっしろ》なハンカチを広げた上に、貴大が贈ったダイヤのブレスレットと、オーベルジュのディナーのために買った、ダイヤのチョーカーが残されていた。

ブレスレットを手に取り、貴大は困惑する。

「なんだよ、これ……。美香」

思わず声に出した時、インターフォンが鳴った。窓から外を眺めると、門の前にモエが立っている。貴大はブレスレットを持ったまま急いで階下に下りた。玄関を飛び出し、門の前に立つモエに走り寄る。まだ日は暮れておらず、夕暮れ時の風がそよいでいた。

「モエさん、美香がいないんだ」

貴大の顔を見るなり、モエは明らかに渋い顔をして見せた。

「お昼頃、私が駅まで送りました。今は自分のマンションにいます」

「え？」

モエは言いにくそうにしながら、上目づかいに貴大を見る。

「黙っているように美香には言われたんですけど、あの子もう、ここへは帰らないと思います」

どこか自分を責めるようなモエの視線と言葉に、貴大は愕然《がくぜん》とした。

「いったい、何があったんですか」

「……昨日、美香は貴大さんの別れた恋人に会ったとかで……」

「恋人って……あ」

沙月か。

もしかしたら美香は、昨日の自分と沙月とのやり取りを聞いていたのかもしれない。

あのあと自分にすがって訴えた沙月の手を振りほどき、早く帰るように促《うなが》した。沙月は怒り狂ったが、貴大が折れないとわかると、鳥居の外に待たせていた車に乗り込み走り去った。確かにその場面を見届けている。

しかし貴大が神社を出たあとに戻って来て、美香に会ったのかもしれない。

「美香は泣いてました。きっと、その人にひどいことを言われたんです。かわいそうに、すっかり傷付いたみたいで」

貴大は目を閉じてこぶしを握りしめる。沙月の動向が気になって、さりげなく美香に注意するよう伝えた。それが現実になったのだろう。小野寺沙月。ただではおかない……！

「その女性は別れた恋人なんかじゃないんです、モエさん。心配をかけて申し訳ありません。すべて俺が至らないせいだ。美香にはきちんと説明しますから」

怒りをこらえて、貴大は辛抱《しんぼう》強く言った。

「本当？　元カノじゃないの？」

「ええ。ただの見合い相手です。それもとっくに断った」

「良かった……」

モエは貴大の言葉に、ほっと胸を撫《な》で下ろした。

「美香を迎えに行ってあげてください。貴大さん。あの子、根が真面目すぎて、社長さんと貴大さんの間で、ずっと悩んでました。でも貴大さんと暮らすようになってから、本当に幸せそうでした。このままじゃ、ピアノを教わってる子どもたちもかわいそうです」

涙ぐみながらそう訴えるモエに、貴大ははっきりと約束した。

「ええ、すぐに迎えに行きますよ」

そうさ。すぐに連れ戻しに行かなくては。行って彼女の誤解を解かなくては。

放っておけば、親父《おやじ》とおふくろのようになってしまう。そんなことさせない。絶対に！

モエが帰ると、貴大はすぐに瑠璃子に電話をかけた。そして、明日の社務所《しゃむしょ》の留守番を頼んだ。事情を知った瑠璃子は、快《こころよ》く留守を引き受けてくれた。

翌日、朝拝《ちょうはい》を済ませた貴大は、拝殿《はいでん》の横から境内《けいだい》を見下ろすご神木の前に立った。

俺から彼女を奪わないでくれ――

目を閉じて、心の底からそう願う。静かに佇《たたず》むご神木は、貴大に何を語りかけることもなかった。だが、この木の下で手を取り合った男女は、結ばれる――。それが白岬神社のご神木の伝説なのだから、会って話せば、美香はきっと理解してくれる。自分たちは、この木の加護を受けているのだから。

貴大は瑠璃子にあとを頼んで、愛車で東京へ向かった。十時には藤堂フーズ本社ビルの地下駐車場に着く。昨夜のうちに電話をしておいたので、坂田が駐車場で出迎えてくれた。彼は、今にも泣きそうな顔で貴大の車のドアを開けてくれる。

二カ月ぶりの会社の光景は、貴大の目にやけに新鮮に映った。

坂田を従えて廊下を歩いて行くと、貴大に気付いた社員たちが次々に集まって来る。

「専務。お戻りになったんですか？」

口々にかけられる、専務と呼ぶ声。もう専務ではないと言いたいところだが、IDカードもそのままの状態で残されていた。

「いつお帰りになってもいいように、専務室はそのままにしてあります」

相変わらずの気取った口調で、坂田はそう嬉しそうに言ってくれた。

しかし、社長室の前にある秘書席に美香はいなかった。驚いた様子の高木悦子の制止を振り切り、貴大は社長室のドアを開ける。中には希和子と大輔がいた。

「ずいぶん、長い休暇だったわね、貴大」

貴大の顔を見ると、さほど驚きもせずに希和子は言った。

「ご無沙汰しております、社長。私の辞任届は受理していただきましたでしょうか」

「休んだ分、今日からたっぷり働いてもらうわよ」

「社長」

「ヨーロッパで美味《おい》しい生ハムとオリーブオイルを買い付けたわ。シンガポールでは新しくフードコート事業を始めるの。夏までに、現地に準備室をオープンさせる。忙しくなるわよ」

こちらの訴えを無視する戦法のようだ。貴大は苦い顔をしている大輔の顔を見る。日本を離れている間に、大輔が母に貴大の考えを伝えてくれていたはずだ。

そんな兄に、昨夜のうちに電話で事情を伝えていた。まずは詫《わ》びろと、大輔の顔が訴えている。

「お前が勝手な真似をするから、有吉まで退職願を出したわ。見なさい」

そう言って希和子は、退職願という文字の書かれた白い封書をかざして見せた。

「彼女はいつ、ここに来たんですか？」

「九時きっかりに、私を迎えてくれて、いつものようにソイラテを買いに行き、それからこれを置いて帰った。お前を説得できなかった責任を取りたいそうよ」

貴大とほとんど入れ違いに帰ったようだ。希和子はため息を漏《も》らしてから、貴大を見上げて一喝《いっかつ》した。

「いったい、どうなってるの！」

「申し訳ありませんでした」

希和子のデスクに一歩歩み寄り、貴大はがばっと頭を下げる。

「今頃謝るの？　まったく勝手すぎるわ。私の面目《めんぼく》は丸潰れ、社員にだって、示しがつかないじゃないの！」

貴大は数十秒間頭を下げてから、やがて顔を上げて、デスクを挟んで母と対峙《たいじ》した。

「相談もせずに会社を去って悪かった。でもおふくろはすぐにカッカして、俺の話を聞いてくれなかった」

「聞けるわけがないわ。辞める理由があんな、あんな男の跡を継ぐだなんて……」

希和子は唇を噛《か》んだ。怒りの込み上げた目に、みるみる涙が浮かんでいく。

「私がどんな思いで三枝の家を出たか、貧しくて食べるものにすら事欠いて、電気や水道も止められたことを思い出して、貴大。すべてあの男と鬼みたいな姑《しゅうとめ》のせいよ。そんな家にお前は帰るっていうの？」

「母さん」

大輔が希和子のそばに歩み寄る。そうして、かつての悪夢をよみがえらせた母親の肩にそっと手を置いた。

「ばあさんはもう死んだよ。もう誰も母さんを責めたりしない。俺たちはずっとそばにいるから」

「大輔……」

希和子は肩に置かれた長男の手に、自分の手を重ねた。

「俺だって忘れたわけじゃない。一生忘れないよ。だから子どもの頃はずっと、親父《おやじ》やばあさんたちを憎んできた」

貴大は静かに言葉をつむぐ。希和子に非はない。怒るのも無理はないのだ。

「でも、ばあさんが死んだと知って、心が動かされた。俺には三枝の血も流れてたってことかな。親父は癌《がん》で、もう長くない。せめて残りの人生は、支えてやりたいんだ。あんな男でも父だから」

「そんなこと許しません！」

希和子は叫んだ。社長室の外まで響きそうな剣幕《けんまく》だ。

「それは私と私の会社を捨てるってことよ？　どうしてそんなひどい仕打ちができるの」

「捨てたりしない！　困ったことがあれば相談に乗るし、おふくろに何かあればすぐに駆け付けるさ、今みたいに」

「本当？　本当に？　貴大……」

「本当だよ、俺はずっと藤堂貴大のままだから」

「貴大……」

唇を震わせながら希和子は黙り込み、苦悶《くもん》の表情を浮かべている。ずっと尊敬し、その背を見つめ続けてきた母にこんな思いをさせることは、貴大にとっても辛かった。

それでも、いつかは自分の道を歩いていくしかない。

「それから、もうひとつ聞いてほしいことがある。有吉……、いや、美香のことだ」

貴大が美香の名を口にすると、希和子がぱっと顔を上げた。

「俺は彼女のことが好きで、この先の人生を彼女と一緒に生きたいんだ」

「待ちなさい」

希和子は机の引き出しを開け、白い封筒を取り出すと、中から数枚の写真を出した。烏帽子《えぼし》に狩衣《かりぎぬ》姿の自分と、巫女装束《みこしょうぞく》の美香が写っている。

「ずっと日本にいなかったから、代わりに大和田《おおわだ》にお前のことを調べさせた」

大和田というのは、会社の顧問弁護士だ。探偵や興信所を使わない辺りが、いかにも希和子らしいと貴大は思った。

「お前がいつごろ神主の資格を取ったか、資産はどれくらいあるか、大和田から報告をもらってる。白岬でどんなふうに過ごしてるかについては、実際に向こうに行って、近所で話を聞いたそうよ。お前、有吉と一緒に暮らしてたそうね」

希和子は指で一枚の写真を引き抜くと、貴大に見えるように突き出した。写真は三枚家の庭で、自分と美香が見つめ合って立っている。

「ええ」

「いつからなの？」

「彼女がこの会社に来た頃から惹《ひ》かれていました。気持ちを伝えたのは、彼女が白岬に来てからです」

　希和子は椅子から立ち上がると、デスクを回って貴大の前に歩み寄り、いきなり平手で貴大の頬を打った。大輔が小さく声を上げ、慌ててふたりの間に割って入る。

「母さん」

「今のは、有吉のご両親の代わりよ。大切なお嬢さんを預かっているのに、自分の息子が手を出したなんて、どうお詫《わ》びしたらいいのよ」

「おふくろ……」

　また別の怒りが希和子の中で渦巻《うずま》いていた。けれどそれは、社長としての行動というよりは、年頃の息子を持つ母親として、我慢できずに取った行動のようだった。美香に厳しく当たりながらも、娘を思う親の立場で美香を思いやってくれた母が、貴大は嬉しかった。

「あの状況でお前に関係を迫られて、有吉が断れると思うの？　男として卑怯《ひきょう》だと思わなかった？　どうしてもっと、責任のある振る舞いができなかったの！」

「確かにやり方は強引だった。それは認める。でも俺は、本気だよ。誰に尋ねてくれてもいい。美香との将来を真剣に考えて過ごしてきたから」

打たれた頬がひりひりしたが、貴大は冷静に自分の気持ちを伝えた。なんと罵《ののし》られようが、美香への想いは確かなものだ。

希和子は、頑《がん》として譲《ゆず》らない貴大の目をしばらく見据《みす》えていたが、やがて肩を落とした。

「今日は帰って」

うつむいたまま、力なく希和子は言った。

「一度に全部は受け入れられそうにないわ。ひと晩でいい。考える時間をちょうだい」

そう言うと、希和子は息子たちに背を向けて窓辺に歩み寄る。

「明日の午後に時間を取るから、有吉と一緒に来て。あの子は今、自分のマンションにいるはずよ。理由はわからないけど、元気がなかったわ」

22

二カ月ぶりに会うボスは、海外出張の疲れも見せずに、やる気に満ち溢《あふ》れていた。そしてどういう風の吹き回しか、美香にお帰りと言い、今までの労をねぎらってくれた。

その希和子のために、美香は希和子の大好物のソイラテを買いに走る。もう夏だから、エクストラホットにはしない。それから退職願を提出した。

「これはなんのつもり？」

退職願を見た希和子は驚き、悦子は呆然となった。

「申し訳ございません。専務を説得することに失敗いたしました」

てっきり希和子に怒鳴られるかと思いきや、そうはならなかった。

「失敗したからって、簡単に辞めるなんて言わないの。次の仕事で取り返しなさい。うちはアジアに進出するのよ。これから忙しくなるんだから」

アジアに進出。

それが海外出張の成果のひとつだろうか。もしかしたら電話で言っていた新規事業というのは、これを指すのかもしれない。

あれ？　だったらカフェの件は――

美香が考え込んでいると、目の前で希和子は退職願をつかんだ。

「これは預かっておく。今日は帰っていいから、頭を冷やして出直しなさい」

きっぱりと言われ、やむなく社長室をあとにした。追いかけてきた悦子が、

「ちょっと……。あなたが辞めたら、私が雑用係も兼任になっちゃう……。困るわよ」

とぼやいた。申し訳ないとは思うが、しばらくは悦子に頑張ってもらうしかない。新規事業部で頑張る貴大を見ながら会社に残るのは辛すぎる。美香は藤堂フーズを辞めて東京を離れ、今度こそ保育園か幼稚園に就職するつもりだ。

退社後、希和子の指示に従い、寄り道もせずにマンションに戻った。エアコンのスイッチを入れ、スマートフォンの音楽配信サイトから、貴大が好きだったロックを選んで流す。ソファで膝を抱えていると、無性に切なくなってきた。ベランダ側の窓から、青空がほんの少し見えた。この空は白岬にも続いている——

「もう、やだ……」

小さくつぶやいて、美香はクッションに顔を埋めた。貴大のことを諦《あきら》めようと誓って東京に戻ったのに、ふとした拍子に貴大や白岬のことばかり思い出してしまう。同じ関東にありながら、白岬と違って東京の風は湿って重く、清々《すがすが》しさとは無縁だった。彼の面影《おもかげ》を追い払おうと、ぎゅっと目を閉じる。

そうするうちに、いつしか美香は眠りに落ちていた。

目の前に赤い彼岸花《ひがんばな》が群生している。辺りには誰もおらず、無音の世界だ。その静けさが、美香の心を穏やかにしてくれた。ふと気配を感じて振り返ると、若草色《わかくさいろ》の被衣《かずき》をかぶり、薄桃色の小袖をまとった女性が立っている。

女性はゆっくりと顔を上げた。若く、美しい女性だ。美香と会ったことはないはずだが、なぜか懐かしさを覚える。彼女は美香に向かって優しくほほ笑んでくれた。何かを言うでもなく、手まねきするわけでもなく、ただじっと、その場に立ち尽くし、慈《いつく》しむような優しいほほ笑みで美香の心を癒《いや》してくれた。

「ユウナ」

女性のいた光景が、白岬の郷土資料館で見たユウナの絵だと気付いた時、目が覚めた。

ソファの上に置き上がり、美香は周囲を見回す。

今のは夢——？

ここは自分のマンションのリビングルームで、他には誰もいない。またしても不思議な体験をしたのだろうか。けれど心は軽く、穏やかだった。

伝説によれば、ユウナは直実の帰りを十年待った。その強い愛はやがて報《むく》われ、直実は武士の身分を捨て、白岬で待つユウナの許《もと》に帰って来たのだ。

「元カノがなによ……」

自分を奮い立たせるような言葉が、自然に美香の口をついて出た。貴大は美香を好きだと言ってくれた。何度も愛してくれた。白岬で過ごした二カ月、本当に幸せだった。

その事実と、彼の気持ちを信じないでどうする。

昨日から自分がしたことといえば、沙月の毒に当てられ、自分を蔑《さげす》み、夜通し泣き、貴大に確かめもせずに、白岬を飛び出したことぐらいだ。それはかつて、希和子がしたことと同じ。

これでは希和子のように愛を失くしてしまう——

「だめ、ちゃんと彼に確かめなきゃ」

沙月さんの代わりなんかじゃない。

貴大の心が誰にあり、彼がどんな生き方を望んでいるか、直接確かめなくては。

何かに突き動かされるように、美香は立ち上がる。その直後にインターフォンが鳴った。はっとなってモニターを確認すると、そこに映っていたのは貴大だ。

「貴大さん。どうしてここに……」

迷うこともせずにロックを解除すると、ほどなくして玄関のドアが開いた。美香の部屋は三階だ。階段を走って来たのか、貴大は息を乱し、ネクタイも曲がっていた。

「美香！」

血相を変えたとはまさにこういう顔を言うのだろうか。貴大は玄関に入るなり、迎えに出て来た美香を抱きしめた。

「心配したよ、美香。どうして……」

「ごめんなさい。留守番を放り出して。約束したのに……」

美香も、夢中で貴大にしがみついていた。忙しい彼が、すべてを投げ出して自分に会いに来てくれた。申し訳なさもあったが、嬉しくて胸が熱くなる。

「いいよ、そんなこと。それより何があったのか教えてくれ」

「ええと、あの……」

美香は貴大を室内に招き入れた。彼がここに来るのは初めてだ。とりあえずはリビングに案内し、並んでソファに座る。

「あなたが出かけてすぐ、小野寺沙月さんが来たの。彼女が言うには……」

言いながら、自分に対して向けられた、沙月の見下したような視線を思い出す。

「あなたと彼女は週末を一緒に過ごすような仲だったけど、あなたが神主になるから身を退《ひ》いた。ふたりはまだ愛し合ってる。彼女と結婚して彼女のお父さんの会社を継ぐほうが……」

「ぜーんぶ嘘だ。大嘘だ！」

すべてを聞く前に、貴大は怒りを露《あら》わにして叫んだ。

「彼女とは、和明さんに頼まれて見合いをして、一度だけふたりで食事をした。けど、その後すぐに断ってる。恋愛に発展する間なんてないよ」

「本当に？」

「本当だよ。俺がふた股するような男に見えるか？」

見えません……という代わりに、美香はふるふると首を横に振った。しかし。

「じゃあ、どうして取引先の人だと嘘をついたの？　昨日の朝も彼女が来たんでしょう？」

「言えば美香は気にしただろう？　余計な心配をかけたくなかったんだ」

「じゃあ、彼女があなたの食べ物の好みを知ってたのは？　子どもの頃からひとりで寝ることが嫌いだということも知ってたわ。わたしにするように、あなたは彼女にもしがみついて寝るって……」

「くそ」

貴大は恥ずかしさをごまかすように、乱暴に前髪をかき上げた。

「それはおふくろがばらすんだ」

「え？」

怒りなのか照れなのかはわからないが、貴大は顔を赤くしながら教えてくれた。

「毎回見合いの席で、おふくろは俺や大輔の癖《くせ》や、食べ物の好みを先方に話すんだ。本人が知られたくないようなことまでね。沙月さんはそれを覚えてたんだよ」

「そうなんだ」

それを聞いて一気に気が抜けた。こんなことなら、逃げ出したりせずに彼の帰りを待って、直接確かめてみれば良かったのか。

「じゃあ、わたしがひとりで空回《からまわ》りしてたってこと？　あなたを信じていいの？」

「いいに決まってる。俺の気持ちを疑われたとは心外だ」

そう強く言い切り、もう一度、貴大は美香を抱き寄せた。そして無言のまま、強く抱きしめ続ける。

「美香は悪くない。悪いのはあの女だ。半年も前に縁談を断ったのに、その後も何度か電話をかけてきたり、会いに来たりした。その上、嘘つきで君を傷付けた。絶対に許さない」

そう語る貴大の口ぶりがぞっとするほど冷淡で、美香は背筋がぞくっとなった。

「許さないって……、何をするの？」

「伯父《おじ》にすべて話す。そしてこれ以上俺たちに付きまとうなら、小野寺物産の息の根を止めると伝えてもらう。藤堂グループの影響力を考えれば、たやすいことだ」

この縁談を持って来たのは伯父なのだから、伯父の手でとどめをさしてもらう――

そう告《つ》げた貴大の目が、怒った時の希和子の目に似ているように見えて、美香は震え上がりそうになる。

「こ、怖いのね……」

「俺が？」

貴大は美香に向き直ると、ようやくいつもの甘い表情に戻った。

「時と場合によるよ。もし大切なものを傷付けられたりしたら、決して容赦《ようしゃ》しない。相手が誰であろうとね」

「わたしは、あなたの大切なもののひとつ？」

「もちろんだ。今はこの世の何より、美香が大切だよ。だから俺から離れないでくれ」

熱い視線にとらえられ、すぐに貴大の唇が重なった。美香は彼の腕の中で目を閉じ、全身で彼を感じる。

と、一度唇を離した貴大は、ポケットからハンカチを取り出す。それを広げると、中からダイヤのブレスレットが現れた。そうして彼自ら、美香の左手首に着けてくれる。

「君は俺のものだという証だ」

真面目な顔で言うと、貴大は美香の肩にそっと手を置いた。

「明日の午後、おふくろに会いに行こう。君を連れて来いとおふくろに言われてる」

「えっ！　会社に行ったの？」

「ああ。美香のことだから、出社して、ソイラテを買ってるんじゃないかと思ってさ」

ぼそぼそと言いながら、彼の唇が美香のあごをとらえ、すぐに首筋にキスの雨を降らせていた。それから顔を上げて、美香の目をのぞき込む。

「一緒にふたりの未来のことを聞いてもらおう。正直に本音を伝えれば、おふくろだってきっとわかってくれる。何しろ俺たちは……」

「ご神木のご加護を受けている……ものね」

美香も貴大の言葉を真似て言ってみる。

「そのとおり。出会うべくして出会い、結ばれる運命にあるんだ」

貴大が両手を広げたので、美香は自分から彼の胸に飛び込んだ。

「結婚してくれ、美香」

「はい。よろしくお願いします」

「よし。もう絶対に離さないからな」

　標準サイズのシングルベッドは、彼のような長身の男性とふたりで寝るには、少々小さすぎるようだ。

「まだ、お昼なのよ？」

「知ってるよ。外は明るくて、蒸し暑い」

　六畳のリビングの横には、ほぼ同じ広さの洋室がある。美香はそこをベッドルームにしていた。ベッドから手を伸ばせば、壁際《かべぎわ》においたチェストに手が届きそうな、せまい部屋だ。

　北欧風の花柄のベッドカバーをめくり、貴大は美香をそこに横たえた。ゆっくりとキスを続けながら、美香のブラウスのボタンをはずしていく。

「だけど、せっかくふたりきりになれたんだし、愛を確かめ合うシーンが必要だと、俺は思うよ」

　笑いながらそう言って、貴大は美香のブラウスを左右に開いた。そうして鎖骨の上にキスをして、一度美香の身体を起こす。袖からブラウスを抜き取り、ブラやキャミ、スカートや下着を順番に剥《は》いでしまう。

まだ明るい室内。美香は自分の身体が、彼の目にどう映っているのかが気になった。

「美香の肌は綺麗だよ。色が白くて、きめが細かい。そしてとても魅力的だ」

向かい合って座り、裸の肩にキスを落とした彼は、ゆっくりと唇を前にすべらせ、乳房のやや上に音を立ててキスをした。

唇が離れた時、そこに大きな赤いキスマークが付いていた。

「あんまり上には付けないで」

「わかってる」

「貴大さん」

「ん？」

「来てくれてありがとう」

心からそう感謝の言葉を伝える。

「いや、当然だよ」

貴大は左腕に美香を抱き、唇にキスをした。同時に右手が、乳房をゆったりと揉《も》みしだく。

「美香を愛してるから」

「ありがとう、わたしも……。あ……」

胸を揉んでいた手は、すぐに下りていった。左手で美香の身体を抱きながら、右手で美香の秘所を探る。草むらをかき分けた指は、すぐさま閉ざされた秘裂をなぞり上げた。

「はう……ん」

ぞくっとして、思わず頭をのけ反《ぞ》らせた。反射的に胸が上に押し上げられ、貴大が乳房を口に含む。

「ふ……」

「脚、もっと開いて……」

優しく命令され、美香は脚の力を弱めた。そっと秘裂をなぞっていた指が、すうっと奥に沈んでいく。やがて室内に美香の身体が奏《かな》でる、淫《みだ》らな水音が響き出した。

「た、たか……」

貴大は乳房をねっとりと舐《な》め上げながら、指先での愛撫《あいぶ》も忘れない。たったひと晩、離れただけなのに、美香の身体は彼の指を恋しがっているようだった。

「う……」

指の動きがなめらかになり、肌が次第に熱を帯びてくる。貴大は美香をじらすように指を抜き差しし、美香の欲望を存分に高めていった。

彼はいつも美香だけを先に押し上げてくれる。頂点に達した美香が、しどけなく乱れる様《さま》を見届けるのが好きなのか。それとも先に女性を満足させることが、できる男のたしなみだとでも思っているのか。あるいはその両方かもしれないが。

「もうイきそう？」

美香は唇を噛《か》んだ。まだイきたくなかった。けれど、美香の身体を知り尽くした指に、あっという間に屈服してしまう。

「ああっ……」

ひそやかに息づく真珠が、ぬるりと指先で撫《な》でられる。同時に膣の内壁が攻められ、頭の中が白くなった。彼の腕に抱えられたまま、美香は大きく喘《あえ》ぎながら身体を痙攣《けいれん》させ続ける。

「いくよ」

ベッドの上に身体を横たえた美香は、彼がネクタイをほどいて裸になる様《さま》をぼんやりと見ていた。

「早く来て」

急《せ》かしてみたが、彼は脱いだ上着を探って避妊具を取り出し、それを装着してから美香に覆《おお》いかぶさってきた。

裸になった貴大が美香の頭の脇に手をつくと、美香は両手を差し伸べた。彼はにっこりとほほ笑み、美香の脚を抱えて、ぐっと中に身を沈める。美香が彼の腰に両脚を絡み付かせると、安心し切った顔で腰を打ち付けてきた。

「あったかいよ。あったかくて、すごく安心する」

腰の動きを止めないまま、貴大は美香の背に手を回して、強く抱きしめてくれた。

「わたしも、貴大さんと一緒だと安心する」

「もう、短気は起こすなよ」

「はい」

「いい子だ」

軽く息をはずませながら、唇に熱い口付けをされた。少しずつ腰の動きが早くなり、身体中の血液が下腹に向かって流れ込むような、あの一種独特の感覚が襲《おそ》ってくる。

悦《よろこ》びを余すところなく受け止めようと、美香はいっそう脚を開いて、貴大と深くつながった。

23

翌日の午後、美香は貴大とともに、再び社長室を訪れた。そこには希和子だけではなく、大輔と希和子の実兄《じっけい》である藤堂和明の姿もあった。

どう見ても親族会議。部外者の自分がこの場にいていいものかと、美香は脚が震えそうになる。

そんな美香をエスコートして、貴大は和明と大輔の向かいに座らせた。

全員が着席すると、ひとりだけデスクに座っている希和子から、そんな発言が飛び出した。

「有吉……。色々と無理を言って悪かったわ」

「実を言うと、弁護士の報告にはお前のこともあったの。お前と貴大がこの二カ月、白岬でどう過ごしてきたか、大よそは知ってるのよ」

「え……」

希和子から告《つ》げられた言葉に、美香は頭が真《ま》っ白《しろ》になった。

もうばれていたとは。

六月に入って、希和子からの電話が途絶えたのは、そんな事情があったためだろうか。

昨日も、美香が退職願を出したというのに、希和子はやけに落ち着いていた。溺愛《できあい》する息子をたらし込んだ部下の顔など見たくもなかったのかも。

だから帰って頭を冷やせと言ったのだろう。

美香は次第に膝が震え始めた。その状態の中、貴大が口を開いた。

「今更だけどおふくろ、俺は専務に戻る気はない。親父《おやじ》のそばについていてやりたい」

希和子はデスクの上で両手を組んだまま、黙って目を閉じた。

「ひとりではなく、彼女、有吉美香さんと一緒に」

自分の名前が出て、大輔と和明の視線が自分に注《そそ》がれたのを感じる。

美香は思わず姿勢を正した。

「俺からもお願いします。母さん」

大輔がやんわりと、母親に呼びかけた。

「俺が藤堂フーズを継ぎ、貴大が親父の神社を守る。もし貴大に何かあっても俺は絶対にこいつを見捨てない。ふたりでそう約束し合ったんだ」

「頼もしいな、お前たち」

和明が、貴大と大輔を交互に見てからしみじみと言う。

「俺は、このふたりの考えを支持するよ」

そして妹に向かって穏やかに言い添える。

「希和子、気持ち良く送り出してやったらどうだ」

そう兄に呼びかけられても、希和子は黙ったまま両手を組んだ上にあごを乗せ、じっと目を閉じている。決心がつかずに迷っている様子が、美香にも伝わってきた。

「親父のそばに行っても、母さんと、この会社のことは全力で守るよ。どこにいても、俺は母さんの子だと思ってるから」

貴大も穏やかに口にする。男たちが気負わず言葉を交わすからか、場のムードはピリピリとしたものにはならなかった。

その空気に、美香も次第に落ち着きを取り戻していった。

「有吉」

「はい」

沈黙を破り、希和子が重々しい声で口を開いた。

「貴大から聞いたと思うけど、私は神主のタマゴだった男と結婚し、十年連れ添った。神社の仕事なんて何もわからず飛び込んだ結婚。辛いことが多かったわ」

「社長」

「お前は二カ月、白岬で過ごし、知り合いも増え、地元の人たちにも可愛がってもらったそうね。だけど、結婚となるとそうはいかない。長く連れ添えば、良い時ばかりじゃないのよ」

希和子はひと言ずつ、噛《か》みしめるように言う。

「ただでさえ、神社は古い作法やしきたりに縛られる。休みはないし、経営も苦しい。何も知らずに飛び込んだら、痛い目を見るわ。昔の私のように」

そこまで言うと、希和子は男たちを見渡した。

「貴大が父親の跡を継ぎたいと言うならこれ以上は止めません。子どもじゃないし、本人の意思を尊重します」

やっとその勇気が持てたと……希和子はどこか寂《さび》しそうに言った。

「でも有吉を連れて行くことは、簡単にはうんと言えない。私と同じ苦労を、この子にさせたくないのよ」

「おふくろ……」

「別に、肩揉《かたも》みが上手な秘書を手放したくないから言うんじゃないわ、貴大。有吉が心配なだけ、本当に」

「お前の言い分はわかるよ。だけどふたりを信じて、任せたらいいいんじゃないか？」

「兄さんは黙ってて」

兄の言葉をぴしゃりと遮《さえぎ》ると、希和子は貴大に視線を向ける。

「ここから先は社長としてではなく、母親として聞きます。貴大。もし夫婦に危機が訪れた時、お前は彼女を守れるの？」

「守ります。全力で」

一瞬の迷いもなく、貴大ははっきりと答えた。

「お前のお父さんは、私を守ってはくれなかったのよ……？」

希和子は遠い過去を思い起こすかのように、小さい声でつぶやいた。貴大はそんな希和子をなだめるように、優しく答える。

「俺は親父《おやじ》とは違うよ。大切なものは、この手で全力で守る」

「だったら、私や大輔、兄の前で、有吉を守ると誓って」

希和子はきっぱりと言った。

「誓えないのなら、結婚は認めない」

全員の視線が貴大に注《そそ》がれる。貴大はほほ笑みさえ浮かべて、その場に立ち上がった。

「誓うよ。母さん。美香は絶対に俺が守る。母さんが美香を心配しないで済むように」

「有吉……」

「は、はい、社長……」

つられて美香も立ち上がる。希和子はデスクの上で手を組んだまま、静かに言った。

「息子には誓わせたわ。これならお前は安心できる？　神主の嫁になってくれる？」

目に涙を浮かべた希和子を、美香は初めて見た。思わずもらい泣きしそうになったが、しっかりと返事をする。

「はい。わたしでよければ、貴大さんのそばにいさせてください」

試練だとか苦労だとかは、どこにいても、誰と結婚してもあると思う。未来のことはわからないが、恐れずに進んでみたいと美香は思った。

貴大とともに。

「だったら、私はもう何も言わない。ふたりが決めた道を進みなさい」

「ありがとう、母さん」

「ありがとうございます。社長」

　ほんの数秒の間、希和子はうつむき声を詰まらせる。美香が駆け寄ろうとした時、希和子は大丈夫だと美香を手で制した。

「ただし、ひとつだけお願いがあるの。専務は辞めてもいいから、名前だけでも会社に残してくれないかしら。藤堂フーズは、三人で頑張ってきた証。離れてほしくないのよ」

「外部役員という形がある。定期的に顔を出すくらいはしてやりなさい、親子なんだしな」

　伯父《おじ》の口添えに、貴大は明るい表情で頷《うなず》いた。

「異論はないよ」

「ありがとう、貴大。離れても、親子の縁は切りたくないから」

「昨日も言ったよ、おふくろに何かあったらすぐに駆け付けるとね」

　構わないだろう……？　と貴大は美香に同意を求めた。

「はい。わたしもいつでも社長の肩を揉《も》みに参りますから」

　美香の言葉に、大輔がぷっと笑った。和明も声を殺すように笑う。希和子は涙をぬぐいながら長男と実兄《じっけい》を冷ややかに一瞥《いちべつ》したが、美香には優しく言った。

「有吉……、いいえ、ありがとう、美香さん。私の次男をよろしくね」

24

七月の第二週の土曜日。真っ青《まさお》な夏空の下、白岬の第一海水浴場では海開きが行われていた。

白い水しぶきを上げて波が寄せる浜辺には、ライフガードのサーフボードが二艇《てい》、横倒しに置かれていた。そこからやや離れた砂浜の上には、白いテントが二基張られている。

ひとつのテントの下には、机が並べられ、町長を始めとした関係者が集まっていた。

もうひとつのテントの下には、お神酒《みき》とスイカやトウモロコシ、メロンなどが供《そな》えられた祭壇《さいだん》が設けられていて、白い浄衣《じょうえ》を着た神職が二名、粛々《しゅくしゅく》と海開きの神事を進めている。

「あの着物、夏は暑いんだろうなあ……」

美香の右隣で大輔がぼやいた。

「どうってことない、日陰じゃねえか」

左隣で、グレーのアロハシャツに涼しげなスラックスを穿《は》いた男が、偉そうにつぶやく。大輔と貴大の父、博之だ。

退院して三週間。体調が安定している博之は、再び宮司《ぐうじ》として神社に復帰していた。しかし今日の海開きは日差しが強くて高温なので、熱中症にでもなっては大変だと、周りに引き止められた。

だから代理の貴大と、修造の神社からつかわされた若い神職のふたりが、神事を執《と》り行っている。

今まさに貴大が、祝詞《のりと》を読み上げていた。

三人は砂浜に立てたビーチパラソルの下に、椅子を並べて見物中だ。波の音が強くて貴大の声は届かないが、神事の参加者は、安心して眺めているように見えた。

「俺から見たら、まだまだだ」

瘦《や》せて頰のこけた博之だが、言うことはなかなかに手厳しい。

「そんな言い方よせよ。あいつなりに頑張っているんだし」

今日の大輔はメガネを黒いサングラスに変えている。そして弟を思いやることは忘れていない。

一見、無表情でとてもクールに見えるが、実際の大輔は意外なほどの人情家だ。美香にも良くしてくれる。

「ま、美香さんの前だし、ちょっとは大目に見てやるか」

海面からの強い照り返しに目を細めながら、博之はどこか楽しそうに言う。口は悪いが、次男の作法に満足しているのが美香にも伝わってきた。

やがて貴大がもうひとりの神職を後ろに従え、波打ち際《ぎわ》に進んだ。浄衣《じょうえ》の袖を風にひるがえしながら、海に向かって紙ふぶきのようなものを撒《ま》く。切麻《きりぬさ》と呼ばれる、祓《はら》いに使う道具のひとつだ。

その様《さま》がとても絵になって、進行を見守る観光客やサーファーたちの間から、歓声が上がった。

夏が来たんだなあ……

風に乗ってひらひらと舞い散る切麻を眺めて、美香は今年が忘れがたい夏になることを願った。


「で、親父《おやじ》のやつ、俺にけちを付けてたのか？」

「ううん。率直な感想をおっしゃっただけ」

「なるほどな。だめ出しか」

「そんなんじゃないって」

その晩、貴大の家で一緒にビールを飲みながら、美香は貴大と昼間のことを話し合った。六月で会社を辞めた美香は、今は週末だけ貴大の家に泊まりに来ている。今夜は博之が瑠璃子の家に泊まりに行ったので、貴大とふたりきりだ。

すでに実家の親には、貴大と希和子を引き合わせた。美香の両親はカリスマ社長の登場に驚き、そして神社を継ぐという貴大に戸惑《とまど》いを隠せないでいたが、数日考えた末、貴大との結婚を許してくれた。結納や式はまだ未定だが、年内には整うのではないかと思う。

アリスやその友達へのピアノレッスンは、きちんと続けている。モエは元気で、武は仕事に励《はげ》んでいる。

「まあいいよ。親父が元気なうちに、たっぷりとしごいてもらうさ」

ほろ酔い加減の貴大はおおらかに言った。それから、いつかのようにコンビニに行こうと言い出した。

懐中電灯と虫よけマットを手に家を出て、神社の境内《けいだい》に差しかかった時、美香は何気なくご神木に近付いた。

「よせよ、蚊がいるぞ」

「うん……。でも……」

「でも、なんだよ」

立ち止まった美香は、少しだけ離れた場所から、闇の中に佇《たたず》むご神木を見上げる。このところ、この木の前で記念撮影をするカップルが増えたと聞く。じわじわと、ユウナの伝説が人々の間に復活し始めたようだ。

「わたし、声を聞いたの」

おもむろに美香はつぶやく。

「なんの?」

「わからない」

「はあ?」

「わからないけど、確かに聞いたの。あの日……」

初めてここを訪れた日、優しい女性の声を聞いた。そして声が約束してくれたとおり、美香は貴大と結ばれた。まるでユウナと直実のように。

「酔ったのか、美香」

「そうかもね。わからないけど、まあいいか」

自分が聞いた声はユウナだったのかもしれないし、もしかしたら恋の神様だったのかもしれない。あるいは気のせいだったのかも——。けれど今のふたりは幸せを手に入れようとしている。間違いなく、このご神木のご利益《りやく》だ。

悠久《ゆうきゅう》の時を超え、恋人たちを見守り続けた老木。夜風に揺れる枝葉を見上げながら、ずっとこの地にとどまり貴大とともに古木の行く末を見守ろうと、美香は胸に誓った。

書き下ろし番外編

幸せの隠れ場所

ゆっくりと月日は巡り——

貴大が白岬に戻って三度目の春を迎えようとしている、一月のある朝のこと。

「おーっす！　今朝も冷えるなぁ」

いつものように境内《けいだい》の掃《は》き掃除をしていると、黒のダウンジャケットを着て首元にマフラーをぐるりと巻きつけた三浦武が、白い息を吐きながらやって来た。

「おはよう、武。本当に冷えるな」

貴大がそう返事をすると、武はずんずんと境内を歩いて拝殿《はいでん》の前にたどり着き、ダウンのポケットから取り出した小銭をさい銭箱に放り込む。晴れて空気の澄んだ早朝の境内に、武が打ち鳴らした鈴の音がじゃらんじゃらんと響き渡った。

元々は母親の言いつけで貴大の様子を見に来ていた武だったが、今では毎朝出勤前に神社に立ち寄り、参拝がてらに貴大と雑談をするのが日課になっている。

今朝もその日課をこなしている武は、最後に一礼して拝殿の前から退《ど》くと、革の手袋をはめた両手をこすり合わせながら貴大のそばまで来た。

「うー。さぶっ！」

「大げさだな。それだけ着てるのに寒いのか？」

貴大は、着ぶくれした背中を丸める幼馴染《おさななじみ》に呆れたような言葉を投げかける。真冬ではあるが、貴大は作務衣《さむえ》に軍手というスタイルで掃除中だ。

「そりゃあお前は薄着に慣れてるだろうけど、俺は冷え性なんだよ」

ぶつぶつ言うと、武は首に巻きつけたマフラーを口元まで引き上げた。そしてふと視線を上げて、石段の下にそびえ立つ大鳥居を見やる。

「にしても早いもんだな。お前がここの神主になってから、三度目の正月が過ぎたとは」

「ああ……。確かにあっという間だったな」

貴大もほうきを動かす手を止めて、同じ方向に目を向ける。

「お前は立派に跡を継いだし、博之さんもあの世でほっとしてるだろうよ」

「いーや。うちの親父《おやじ》はひねくれてるから、そう簡単にほっとなんかしないさ」

今頃雲の上から下界を見下ろし、自分にダメ出しをしているだろう……と、貴大はおととしの春に亡くなった父を思い浮かべて苦笑した。

貴大が美香と結婚したのはプロポーズから数か月後、三年前の秋のことだ。挙式も披《ひ》露宴《ろうえん》も都内で行ったが、母の希和子の強い意向で父方の身内は誰ひとり招待していない。

だから後日、この白岬で二度目の披露宴を行い、博之にも出席してもらった。

貴大と美香の結婚を見届けた博之は、翌年の春に再び体調を崩し、ほどなくして永遠の眠りについた。

「そうかな……。お前たちがオーベルジュで披露宴をやった時、博之さんは嬉しそうな顔してたぞ。なんかもう、思い残すことは何もない——みたいに俺には思えたけど」

武は当時を思い出すかのようにして言葉を切り、やがて、なあ……と、貴大に問いかけてきた。

「お前、幸せか？」

「なんだよ、急に」

真面目くさった武の表情がおかしくて、貴大はつい笑いをもらしてしまう。武は寒さで鼻の頭を赤くしながらも、言葉を続けた。

「だからほら、三年前に言っただろう？　お前が自分の未来を諦《あきら》めたみたいで納得いかないって……」

貴大は白岬に戻ってすぐ、ちょうどこの辺りで武とやり取りした日のことを思い出した。武は会社を辞めて神主になった自分の身を案じ、もったいないとか納得がいかないとか言ってくれたのだ。

「美香さんとふたり、ここじゃない別の場所での未来があったんじゃないかって……、余計なお世話だが、いまだに俺は気になってるんだ」

相変わらず、お人よしだな。

貴大は、あごの下にうっすらとひげをたくわえ始めた幼馴染《おさななじみ》の顔をまじまじと眺める。そして朗《ほが》らかに言う。

「幸せに決まってるだろ。住む家があって仕事があって、生活していけるだけの蓄《たくわ》えもあり、支えてくれる家族がいる。俺はそれで十分だよ」

「ほんとか？　無理してないか？」

「ほんとだって……！」

笑みを浮かべながらも、貴大はやや強めに否定した。

「無理なんかしてないよ。それに言ったと思うけど、俺はまだおふくろの会社の役員を完全に辞めてない。時々はスーツを着て役員会に顔出ししてるんだ」

「あー、そうだったな。表向きは神主だけど、他にも肩書きがあるんだっけか」

母に懇願《こんがん》されたし、伯父《おじ》の和明にも勧められたので、貴大は今でも藤堂フーズの取締役に名を連《つら》ねているのだ。

「そう。だからこれでも多忙の身なんだよ」

にっこり笑うと、つられて武も笑みをこぼす。

「自分の人生を自分でプロデュースする……か。そうやって幸せを捕まえたんだな、お前は」

「俺はただ、タイミングを逃さなかっただけだよ、武。幸せは案外自分の近くに隠れていたりする。早く気づいて手を伸ばせば捕まえられる」

「そ、そういうものか……」

なぜだか武は、ぽっと頬を赤らめた。

「お前の幸せも、早く見つかるといいな」

お互い三十歳を過ぎたが、武はいまだ独身だった。早く嫁をもらえと親に急《せ》かされていると聞く。

「ありがとよ。見つからなかったら、今度こそ本当に熱愛を祈願してもらうから」

「おう。ご祈祷《きとう》の受付は午後四時まで……」

「社務所《しゃむしょ》でやってるんだよな」

武はそばの社務所の窓を指さして笑ったあと、じゃあなと言って仕事に向かうべく背を向けた。そして一歩踏み出してから立ち止まり、ぼそぼそとつぶやく。

「だけどさ、こうして鳥居に向かって歩くと、いまだに美香さんが荷物を抱えて石段を上ってくるような気がするんだ。おかしいよな。そろそろ三年になろうってのに、ほんの数日前のことみたいにはっきりと覚えてるんだ……」

貴大も覚えている。自分を連れ戻そうとした美香が、大きなキャリーケースを引きずりながら石段を上って来たのだ。会いたくてたまらなかった彼女が突然目の前に現れて、心の中でご神木に感謝した。

そして今、武の言葉が終わらぬうちに、まるでその光景を再現するかのように美香の声がした。

「貴大さん！」

今日は鳥居の方角からではなく、反対側からだ。ぱっと振り返った貴大の目に、社務所の裏手から娘の愛梨《あいり》を抱いたまま駆け寄ってくる妻の笑顔が映る。

「美香。どうしたんだ？　愛梨も」

「愛梨の鼻水が止まらないので、これからお医者さんに行ってくるわ。だから今のうちにお弁当を届けようと思って……。はい、これ」

そう言うと美香はうっすらと鼻水をにじませる愛梨を抱いたまま、弁当箱の入った紙袋を差し出した。今は子育てに専念中の美香だが、こうして毎日貴大のために弁当を作り、昼前には社務所に届けてくれていた。

紙袋を受け取った貴大は、暖かそうなピンクのコートを着せられた愛娘《まなむすめ》も妻の腕から抱き上げる。

去年の春に生まれた愛梨はやっと九か月。まだパパとは言えず、代わりに「ちゃー」

と赤ちゃん言葉を発しながら、貴大に抱かれて愛くるしく笑った。

この小さな笑顔が貴大の心を癒《いや》し、無限のパワーとこの上ない幸せを与えてくれる。

そこでようやく武に気づいた美香が、あら！　と小さく声をあげた。

「おはようございます、武さん。今日も寒いですね」

「おはよう、美香さん。今日も冷えるね。愛梨ちゃん、風邪ひいたのか？」

「ええ……。熱はないし咳も出ないんですけど、鼻水が止まらなくて。モエにメールしたら淳平《じゅんぺい》君も風邪気味だから、一緒にお医者さんに行こうって誘われたんです」

モエと正平夫婦の間にも、愛梨より半年早く、淳平という男の子が生まれていた。

「ふーん。ママ友ってやつか」

「はい。ママ友であり親友でもあるんですけどね。あ、車はモエが出してくれるから大丈夫よ」

美香は貴大のほうを向いて、思い出したように言う。

「そうか。じゃあ、モエさんによろしく伝えてくれ。今日はずっとここにいるから、何かあったらいつでも電話して」

「うん」

嬉しそうにほほ笑んだ美香に、貴大は後ろ髪をひかれる思いで愛梨を返した。まさに目に入れても痛くないほど可愛い娘。だが今は仕事中だ。

「ここは冷えるから、早く家に帰って出かける支度をしなさい」

「はーい。ほら愛梨、パパにバイバイしよう」

美香に促《うなが》され、愛梨はきょとんとしながらも小さな手を上げて、覚えたてのバイバイを披露してくれた。

「……改めて聞くまでもなかったか」

夫婦のやり取りを眺めていた武が、ぽつりとそんなことを言う。

「聞くって、何をですか？」

怪訝《けげん》そうな顔の美香に、武はゆっくりと首を横に振った。

「なんでもないよ、美香さん。じゃあ俺は仕事に行くからこのへんで。愛梨ちゃん、お大事にね」

愛梨に向かって手を振ると、今度こそ武は背を向けて歩き出した。

†

その日の夜。

「今朝、武さんと何を話してたの？」

キッチンで片づけをしていた美香は、愛梨を寝かしつけてリビングに戻って来た夫にさりげなく尋ねた。幸い愛梨は軽い風邪と診断され、シロップの薬を処方されただけで帰された。

「武？　ああ……。大したことじゃないよ」

思い出したように笑った貴大はキッチンに入ってくると、電気ポットでお湯をわかし、まだ断乳が完了していない美香のために、カフェインを含まないルイボスティーを淹《い》れてくれた。

それをカップに注《つ》いでリビングに運び、ソファに並んで座ってふたりでゆっくりと味わう。

「なんていうかその……。幸せについて武と語り合ってたんだよ」

「幸せについて？」

凍《こご》えるような早朝の神社の境内《けいだい》で、そんな話をしていたとは。

「うん。とにかくまあ、俺は幸せだよって武に伝えたんだ。きれいな奥さんと可愛い娘。こんな宝がそばにあって、何の不満があるってんだ」

お茶をすすっていた貴大はカップを置くと、膝に乗せた美香の手を取りそっと握ってくれた。

「美香はどう？　ほんの少しでいいから、俺と同じ気持ちでいてくれる？」

普段自信に満ち溢《あふ》れている貴大の目が、わずかに切ない光を宿したように見えたので、美香はあえて明るく返事をした。

「わたしも幸せですよ。素敵な旦那さまと結婚して、可愛い娘を授かりましたので」

「そうか。ありがとう、美香」

言うなり貴大は、美香の肩を抱いて自分のほうに引き寄せた。そのまま無言で優しく髪を撫《な》で続けてくれる。

こんなふうにされると、疲れが吹き飛ぶ。

愛梨が生まれてからは初めての育児に追われ、毎日くたくただったが、貴大が積極的に育児を手伝ってくれたおかげでどうにかやってこれた。最近になって少しずつ、夫婦ののんびりした時間をもてるようになったと思う。

神社のほうは神職とアルバイトの巫女《みこ》をひとりずつ雇ったので、貴大は週に一度は休めるようになったし、美香も子ども相手の仕事を続けてこれた。今は育休中だが、愛梨が学校に通う歳になれば復職していいと貴大は言ってくれる。

欲しい物があれば貴大がデパートの外商部を呼んでくれるし、愛梨のおもちゃや子ども服に至っては双方の実家から大量に送られて来るので、これまた不自由しない。

日に日に愛らしさを増す娘と、愛情深い夫がそばにいてくれる。これ以上の幸せなどないと美香は思う。

「いまだに武は、田舎の神主よりも都会でバリバリ働く企業戦士のほうがステータスが高いと思ってるんだ。事実かもしれないが、まあ、俺はこういう性格なんで、あまりこだわらない」

「わたしも。多少の不便は感じるけど、なんとかやってこれたし」

「だよな。いざとなったら東京なんか、電車でも車でもすぐだ。それに俺には美香がいてくれるし」

そう言うと、貴大は美香のあごに手をかけてそっと上を向かせた。

「だから、これからもよろしくな。可愛い奥さん」

「はい……」

再び力強さを取り戻した彼の瞳に見つめられる。小さく頷《うなず》くと、優しく唇が重ねられた。美香は愛する夫の腕に身体を預け、何もかも忘れて甘い時間に酔いしれる。

妊娠中は禁じていたセックスも少し前から再開した。ただし美香の身体の回復を優先して避妊だけは忘れていない。

「……とりあえず、産後一年は子づくりしない、でいいんだっけ？」

貴大も同じことを考えていたのかと、つい口元がゆるんでしまう。

「うん……。お医者様がそう言ってた。だから次の子はもう少し我慢よ」

「了解。じゃあ、可愛い娘も寝たことだし、パパとママは激しくしない程度に、愛を深め合おうか」

身体を起こした貴大が、艶《つや》めいた視線で美香を包んだ。以前と変わらない彼の愛を感じて、身体の奥が熱くなる。

「お手柔らかにお願いしますね。イケメン神主さま」

美香は夫の首に腕を回し、自分から彼の胸にもたれかかる。

「その辺はご安心を。奥様」

いたずらっぽく言うと、貴大は美香の身体をゆっくりとソファの上に寝かせた。彼が身体の位置をずらし、すぐそばまで顔が迫る。

「愛してるよ、美香」

甘い囁《ささや》きのすぐあとに唇が重ねられた。

わたしも愛してる。

伝えようと思ったが、その言葉は甘い口付けにかき消される。幸せを噛《か》みしめながら美香は目を閉じて身体の力を抜き、彼が与えてくれる優しさと情熱に身を任せた。

EB エタニティ文庫

甘党彼氏に食べられちゃう!?

エタニティ文庫・赤

スイーツ王子とわたしのヒミツ

篠原怜　　装丁イラスト／敷田 歳

文庫本／定価 640 円＋税

ある日お気に入りのスイーツを買いに出かけた麻里。そこで目当ての商品を超イケメンと取り合うことに……。翌日、彼が新しい職場の上司であることが判明！
おまけに麻里は、彼のトップシークレットを知ってしまい——！　甘くてやっかいなオフィスラブがはじまる！

※エタニティブックスは大人の女性のための恋愛小説レーベルです。ロゴマークの色で性描写の有無を判断することができます（赤・一定以上の性描写あり、ロゼ・性描写あり、白・性描写なし）。

詳しくは公式サイトにてご確認ください。
http://www.eternity-books.com/

携帯サイトはこちらから！

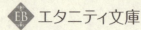

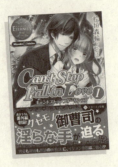

大手商社で働く新人の美月《みづき》。任される仕事はまだ小さなものが多いけど、やりがいを感じて毎日、楽しく過ごしている。そんな彼女が密かに憧れているのは、イケメンで頼りがいのある、専務の輝翔《あきと》。兄の親友でもある彼は、何かと美月を気にかけてくれるのだ。だけどある日、彼からの突然の告白で二人の関係は激変して――!?

B6判　定価：640円＋税　ISBN 978-4-434-22536-9

エタニティ文庫

庶民な私が御曹司サマの許婚!?

エタニティ文庫・白

4番目の許婚候補1～5

富樫聖夜　　装丁イラスト／森嶋ペコ

文庫本／定価 640 円＋税

セレブな親戚に囲まれているものの、本人は極めて庶民のまなみ。そんな彼女は、昔からの約束で、一族の誰かが大会社の子息に嫁がなくてはいけないことを知る。とはいえ、自分は候補の最下位だと安心していた。ところが、就職先で例の許婚が直属の上司になり——!?

※エタニティブックスは大人の女性のための恋愛小説レーベルです。ロゴマークの色で性描写の有無を判断することができます（赤・一定以上の性描写あり、ロゼ・性描写あり、白・性描写なし）。

詳しくは公式サイトにてご確認ください。
http://www.eternity-books.com/

携帯サイトはこちらから！

派遣OLの杏奈《あんな》が働く老舗《しにせ》デパート・銀座桜屋の宝石部門はただ今、大型イベントを目前に目が回るような忙しさ。そんな中、上司の嶋崎《しまざき》の一言がきっかけとなり杏奈は思わず仕事を辞めると言ってしまう。ところが、原因をつくった嶋崎が杏奈を引き止めてきた！その上、エリートな彼からの熱烈なアプローチが始まって――!?

B6判　定価：640円+税　ISBN 978-4-434-22634-2

本書は、2014 年 7 月当社より単行本として刊行されたものに書き下ろしを加えて文庫化したものです。

エタニティ文庫

熱愛《ねつあい》を祈願《きがん》します！

篠原《しのはら》 怜《れい》

2017年 1月 15日初版発行

文庫編集－塙綾子
発行者－梶本雄介
発行所－株式会社アルファポリス
〒150-6005 東京都渋谷区恵比寿4-20-3 恵比寿ガーデンプレイスタワー5階
TEL 03-6277-1601（営業） 03-6277-1602（編集）
URL http://www.alphapolis.co.jp/
発売元－株式会社星雲社
〒112-0005東京都文京区水道1-3-30
TEL 03-3868-3275
装丁イラスト－れいじ
装丁デザイン－ansyyqdesign
印刷－株式会社暁印刷

価格はカバーに表示されてあります。
落丁乱丁の場合はアルファポリスまでご連絡ください。
送料は小社負担でお取り替えします。

ISBN978-4-434-22778-3 C0193